KB097350

도리화가

1867년, 조선 최초 여류 소리꾼 이야기

도리화가

임이슬 소설 · 이종필 김아영 각본

고즈넉

스물네 번 바람 불어 만화방창萬化方暢 봄이 되니

구경 가세 구경 가세 도리화 구경 가세

도화는 곱게 붉고 희도 힐사 오얏꽃이

향기 좇는 세요충은 젓대 북이 따라가고

보기 좋은 범나비는 너픈너픈 날아든다

신재효의 단가 '도리화가' 중에서

차 례

프롤로그

큰 눈이 내린 지 오래지 않은 탓에 초가집 기스락은 축축하게 젖어 있었다.

마당을 가로질러 경사를 타고 흐르던 뒤꼍의 연못물도 꽝꽝 얼어붙는 날씨였다. 볼일이 급한 몇몇 인사들마저 떠나자 인적도 드물어진 하루의 끝자락이 쓸쓸히 깊어갔다.

덧문을 닫아 건 노래청에서는 여전히 들릴 듯 말 듯 노랫소리가 이어졌고, 툇마루에서는 타닥타닥 불씨 튀는 소리와 함께 매캐한 냇내가 구름처럼 퍼져나갔다.

음음음, 어떤 소리 한 토막을 작게 흥얼거리던 채선은 지전을 태우던 손을 멈추고 오래도록 붙박였다.

소리에는 이야기가 있다. 그 이야기에는 너와 내가 있었다.

남기지 않으면 사라질 것 같아, 쓴다.

오래전 그려왔던 음성이 어른거렸다.

채선은 한자 한자 소리 내어 읊는 것조차 아쉬워, 하얀 손가락으로 활자를 훑어 만졌다.

어쩐지 스승의 체온이 여태 온화하게 깃든 것만 같은 서안. 꾸깃꾸깃, 전하려 했으나 끝내 부치지 못했던 진심. 채선은 그를 처음 만났던 날, 소리를 들었던 날을 떠올렸다.

부리부리한 눈매에 강직하게 쭉 뻗은 콧날 그리고 시원한 목청을 틔우던 커다란 입매까지. 피식, 웃음이 터졌지만 이내 알 길 없는 쓸쓸함이 뒤따랐다.

채선은 호흡을 고르며 남은 지전을 태우고 다시 손에 쥔 편지지마저 화롯불 안으로 던져넣었다. 진즉에 태워, 날려 보내야 했을 마음이었다. 미련이 남아 끝없이 쥐어보았지만 이제는 보내고 놓아줄 차례였다.

삽시의 찰나, 어느새 시뻘건 불씨는 종이의 형체를 잡아먹고 갈기갈기 찢어 잿개비를 토했다.

채선은 가슴속 맺힌 소리를 풀어내며 지나간 시간을 회상하듯 허공을 응시했다. 묵직하고 쭉 뻗은 천구성이 우렁우렁 울려 퍼지기 시작했다.

***

"계집아이라……."

아슴푸레 해질녘 봄의 저잣거리는 사람들로 붐비고 있었다. 햇발이 희미해지고 땅거미가 내려앉았음에도 불구하고 겨우내 움츠렸던 육신들은 약동하려 애쓰는 듯했다. 이번 겨울도, 추위도 무사히 잘 넘겼구나, 그리 서로의 안위를 확인하는 모양새였다. 그 중에서도 시전 한복판에 떡하니 멍석을 깔고 북장단을 맞추는 소리판은 집으로 돌아가려던 행인들의 발걸음을 멎게 했다.

얼쑤!

고수의 맛깔 나는 손놀림에 장단은 빨라지고, 붉은 도포 차림의 사내는 판 중앙에 서서 굵직하고 쩌렁쩌렁한 목소리를 자아냈다.

"만득으로 낳은 자식이, 사내도 아니고 계집이라니, 곽씨 부인 원통절통하오."

덕지덕지 애통함이 묻어나는 사내의 절절한 표정에 구경꾼들의 입에서는 탄식이 쏟아졌다. 사십 중반에 겨우겨우 얻은 자식이 달고 나와야 할 것을 아니 달았으니 누가 가문을 일으켜 세울 것인가!

북을 치던 고수의 입에서도 쯧쯧쯧, 혀 차는 소리가 뒤따랐다.

"아, 그때, 곽씨 부인은 찬물에 빨래를 하였던가… 뜻밖에 병이 생겨! 아이고 배야… 아이고 허리야… 아이고 다리야… 사대삭신 육천 마디 아니 아픈 데가 전혀 없네!"

제 몸이 부서져라 실감나게 재현되는 판소리 심청가 사설은 불어

오는 저녁 바람도 잊게 하는 힘이 있었다. 민초들은 어둑해진 사위도 알아차리지 못한 채 옷깃만 간신히 여미고 옹기종기 판 주변에 모여들었다.

노산에 산후조리조차 받지 못하고 찬 얼음물에 빨래를 해야 했을 현실이 어디 곽씨 부인뿐이었겠는가. 숱한 병치레를 겪고도 고된 노동을 멈추지 못했던 것은 여느 집이나 비등비등하였고, 그래서일까, 사람들은 웃고 울고, 잊어버릴 잠시의 여유를 뿌리치지 못했다.

그리고 그 가운데 깨금발을 든 아홉 살의 어린 채선은 사내의 말을 경청하다 말고 가만히 제 어미를 떠올렸다. 지난겨울, 저를 두고 눈 속으로 등을 돌려야만 했던 어미의 뒷모습이 내쳐 바람소리와 함께 기억에 박힌 탓이었다.

아이는 눈발이 쏟아지던 성곽 길과 멀리 안개처럼 희뿌옇게 내려다보이던 초가마을을 되새겼다. 휘이이잉, 요란한 바람소리 사이로 어미의 심상치 않은 기침 소리는 연신 콜록콜록 들려왔다. 왈칵 하얀 눈밭으로 새빨간 토혈이 내비쳤다.

"쯧쯧쯧, 더 살 길이 없는지라… 계집아이 잘 좀 부탁한다고 유언을 하는듸!"

채선의 기억을 뚫고 사내의 안타까운 음성이 끼얹어졌다.

아이는 고개를 들어 사내를 바라보았으나 그 눈은 저 멀리 다른 곳을 더듬었다.

채선은 눈송이 너머로 보이던 붉은 홍등 빛을 헤아렸다.

"옛 정을 생각해서… 밥만, 굶지 않게 해주십쇼."

노류장화, 곱게 치장한 기생 몇을 병풍처럼 두른 사십대 여행수는
마뜩치 않은 표정으로 채선과 어미를 내려다보았다. 재차 기침을
뽑아내던 어미는 숨쉬기도 버거운지 가쁜 숨을 헐떡였다. 바닥까지
납작 엎드려 통사정을 하는 어미의 말에 채선은 불안하기도 하고,
서럽기도 하여 미간을 찡그렸다.

"제가… 아픕니다. 행수 어르신, 저는… 곧 죽습니다."

힘겹게 떼어진 입술은 자신의 죽음을 담담하게 예견했다.

누가 무당년 아니랄까 봐, 별걸 다 확언하는구나.

행수는 몇 해 전 기어코 제 말을 듣지 않은 채 가끔씩 기방을 드나
들며 점을 봐주던 세습무를 따랐던 채선의 어미를 책망했다.

예나게나 살기 어려운 세상은 매한가지였으나 팍팍한 시절에 굿
판은 호사였다. 차라리 기방에서 사내에게 옷고름을 내어주고 춤사
위를 벌이는 일이, 입에 풀칠은 끊이지 않게 했을 것이었다. 행수는
거보란 듯 복잡한 얼굴로 모녀 앞에 자리했다.

채선은 그 눈빛의 끝이 두려웠던지 아니면 금시라도 툭 치면 쓰러
질 것 같은 어미가 눈에 밟힌 것인지 으앙, 울음을 터트리고 말았다.
어미 역시 속울음이 치받쳐 올라왔으나 입술을 꽉 깨물고 딸년의 등
짝을 손바닥으로 후려쳤다. 울지 마라. 아가. 어미 있을 때도 이리
눈물이 많은 것을, 어미 없고 나면 어찌 감당할꼬.

쏘아보는 어미의 시선에 채선은 합죽, 억지로 끅끅 시끄러운 소
란을 작고 여린 몸속으로 욱여넣었다. 감정은 작은 틈새 사이로도
새어나오지 못할 것이었다.

"그래, 알았다. 독한 년 같으니라고. 네 딸년도 네년 닮아 소리는 곧잘 하겠구나. 술상 받아놓고 고운 가락이나 몇 소절 하면 될 인생을 어찌 험한 굿판에 쏟아 부었누. 진향아, 손님 나가신다. 저 계집년은 부엌데기로라도 써먹어야지!"

콜록, 어미의 미소에서 피가 섞여 나왔다.

채선은 문간에 서서 눈 내리는 성문 너머로 멀어져가는 어미의 뒷모습을 좇았다.

치맛자락은 된바람에 이리저리 휘날렸다. 아이는 어미 쪽을 한 번 보고, 뒤쪽을 한 번 보다 발가락을 움칫거렸다. 작은 머리통에서 무슨 생각이 치고 박았는지 모르겠으나 채선은 눈을 감고 곧 고개를 떨궜다.

좇아가는 것도 두려움이라⋯⋯.

귓가로 북장단과 함께 계속되는 판소리가 아스라이 의식을 깨쳐들었다.

"멀고 먼 황천길은⋯ 눈물겨워 어이 가며, 앞이 막혀 어이 가리⋯⋯."

소리는 심청가 중에서도 심청의 어미인 곽씨 부인이 죽는 대목이 한창이었다. 어느덧 한켠으로 물러선 사내의 너머로 소리꾼 하나가 부채를 펼쳐들고 심청가를 이어갔다.

채선은 몇 달간 내내 아래로만 눌러왔던 마음의 빗장이 허물어져가는 것을 느꼈다. 오묘한 어루만짐이었다.

"저 자식이 죽지 않고 제 발로 걷거들랑, 앞을 세워 길을 물어 내

묘 앞에 찾아오셔……."

옳지, 이제는 다음 가락으로 내달리자! 격정을 향해 달리는 구슬픈 창에 사내는 고개를 끄덕였고, 북을 치던 고수 김세종은 시선에 응답하듯 추임새에 맞춰 북장단을 쳤다.

얼쑤! 완연히 이야기에 이입한 청중들은 핏덩이와 앞 못 보는 지 아비를 남겨두고 떠나야 할 곽씨 부인을 연민했다.

사내는 눈물을 훔치는 민초들을 바라보며 고개를 주억거렸다. 본디 심금을 울리고 보이지 않는 말을 눈앞에 구현하는 것이 판의 맛이라 할 수 있었다. 가장 낮은 곳에서 누구보다 밀접하게 민중을 교화하는 예악의 길 또한 판에 있다 이르리라.

사내는 흡족한 눈씨로 좌중을 하나하나 톺아보았다. 누런 이를 드러내고 박장대소 하는 이, 울고불고 콧물을 흥 풀어 제치는 이 그리고 고개를 떨구고 두 눈을 꾸욱 감은 채 줄줄 눈물을 흘리는 어린 계집아이…….

사내의 시선은 하염없이 울고 있는 어린 채선에게서 멈췄다.

어찌, 아이가 저토록 사연 깊은 표정을 지을까. 어찌, 으앙, 그 흔한 소리 한 모금 내뱉지 않고 안으로만 삭이는가.

사내는 저벅저벅 채선에게 다가섰고, 작은 머리통 위로는 족히 3척은 되어 보이는 긴 그림자가 드리웠다. 소리는 젖동냥을 다니는 심봉사의 대목으로 나아가는 참이었다.

"마음껏 울거라."

지척으로 다가온 인기척에 천천히 눈을 뜨고 고개를 든 채선의 정면으로 사내의 얼굴이 아로새겨졌다.

그는 몸을 숙여 아이의 눈높이에 자신을 맞추었다. 눈물 그렁한 채선의 눈가로 사내의 큼지막한 손길이 다가와 물기를 닦아내었다.

"울고 나면 또 웃게 될 거다. 그게 판소리라는 거다."

원 없이 소리 내어 울고 또 웃다 보면 세상사 별거 없단다. 좁은 가슴에 벌써부터 무얼 그리 꽉 채우고 쌓아만 가느냐.

채선은 사내의 얼굴을 바라보며 커다란 눈을 뒤룩뒤룩 굴렸다. 순간, 막혀 있던 귓구멍이 뚫린 듯 세상의 소리들이 아이에게로 쏟아져 들어왔다. 환호하는 사람들의 웃음소리와 밤기운을 물씬 머금은 풀벌레 소리. 그리고 사내의 낮지만 부드러운 울림까지. 차곡차곡 안으로만 쌓아둔 채 내색치 않았던 감정과 소리들이 그녀의 작은 몸을 붙들고 휘몰아쳤다.

채선은 어느덧, 소리꾼의 소리가 파한 자리로 되돌아가 민초들에게 인사를 건네는 사내를 바라보았다.

하나 둘, 자리를 털고 떠나는 사이에도 넋이 나간 듯 선 자리에서 꼼짝도 할 수 없었다. 그런 채선을 아는지 모르는지 사내마저 자신의 소리패를 이끌고 저잣거리를 빠져나간다.

아이는 덩그마니 자리에 남아 동그란 눈으로 떠나간 자리를 응시했다. 불현듯 그녀의 옆에서 함께 장을 보러 나왔던 부엌어멈이 돌아갈 길을 재촉했다.

"아이고, 늦었다. 행수 어르신 화 나셨겠다."

아이는 멍하니 부엌어멈 쪽으로 고개를 돌려 처음으로 궁금한 것을 물어왔다. 기방에 들어온 후로 줄곧 입을 닫고 있던 채선의 첫 물음이었다.

"어멈, 저 사내가 누구요?"

"응? 그것은 왜? 소리패 말하는 게야? 동리 선생이라면 읍성 근처에… 아, 근데… 지, 지금 채선이 네가 말을 한 게냐? 워메, 우리 채선이가 입을 틔워부렀구먼!"

처음 듣는 채선의 맑고 호기심 어린 목소리에 어멈은 깜짝 놀라 허둥댔다. 그녀는 아이의 말이 멎을세라 즉각 물음에 대한 답을 내놓았다.

"채선아, 소리패가 궁금한 게냐? 저 소리패는 말이다, 동리 신재효 선생이 이끄는 소리패란다. 그니께 판소리 말이여. 방금 들은 심청이 인당수 빠지는 소리랑 춘향이 몽룡이 만나 배 맞추는 소리 같은 거 말이다. 아무튼 동리 선생은 고창 바닥에선 유명하지. 괴상한 양반으로 어엄청 유명하당께! 소리 재미난 것은 시방 나도 알겠다만 글쎄… 그 양반은 하늘 천 따지, 글자도 아니고 판소리를 가르친다지 뭐냐!"

신재효……. 수선을 떠는 부엌어멈을 따라 채선의 발걸음도 기방으로 뻗기 시작했다. 멀리 그들이 사라지는 방향으로부터 작게 흥얼거리는 소녀의 노랫소리가 들려왔다.

동리정사

무성한 초록 잎들이 바람결에 흔들렸다.

견고하게 아귀가 맞물린 돌담 옹성을 따라 영산홍과 철쭉도 만발했다.

아~ 읍성의 지축을 흔드는 성음이 울리면 북장단과 함께 판소리 학당의 활기찬 하루도 시작되었다. 잠시 후, 어느 틈에 달려왔는지 초록 잎들과 만개한 꽃망울 사이로 붉은 볼에 촌티를 벗지 못한 채 선의 얼굴이 드러났다.

도둑괭이마냥, 살금살금 학당의 담 너머를 바라보던 그녀의 눈빛엔 생기가 감돌았다.

동리정사(桐里精舍). 사립문 너머 초가집 마당에는 이미 배움을 얻으러 온 문하생들이 일사분란하게 움직였다. 학업의 장을 깨끗이 정돈하려는 이들은 커다란 초가 본채 앞에서 현판을 닦기도 했으며, 그 앞으로는 물 담당을 맡은 문하생이 물통을 짊어지고 우물가로 걸어가는 모습도 보였다.

한쪽 마당에는 왁자지껄 모여 앉아 북장단을 연습하는 문하생 무리가 추임새를 넣어 장내의 신명을 키웠다. 이제 채선의 눈길은 까장까장 깐깐하기로 소문난 소리 선생 김세종의 잔걸음으로 이어졌다.

그는 소고를 두드리며 묘기를 부리는 생도들의 손목 움직임, 박자, 호흡을 하나하나 눈여겨보더니 불시에 목을 푸는 소리를 내질렀다.

"이 산으로 가면~."

"소꾹~ 소꾹~."

삼십여 명의 문하생들이 정신을 바짝 차리고 세종의 선창에 맞춰 소리를 냈다. 몇몇은 흙바닥에 반쯤 누워 단전의 힘을 길렀고, 그 양 옆으로는 가부좌를 튼 채 머리 위에 돌을 올려놓고 소리의 안배와 평정심을 키우는 훈련을 하고 있었다.

채선은 제 머리 위에도 큼지막한 돌을 얹고선 가만히 장내의 일거수일투족을 훔쳐보았다.

"소리는 뱃심이니라. 울림통이 크고 목청이 드넓어야 먼 곳까지 이를 수 있으니!"

오래지 않아 단전에 힘이 빠진 나머지 비딱하게 쓰러지는 문하생을 향해 김세종이 타박 아닌 잔소리를 퍼부었다.

그는 멀리 사랑채 방향을 힐끔대더니 채를 쥐고 걸어가 귀퉁이에 매달린 커다란 징을 쳤다.

지이이잉.

소리가 마당 이곳저곳으로 퍼져나가면 흩어져 있던 문하생들은 질서정연하게 줄을 맞춰 바닥에 착석했고, 덩달아 담 너머에 있던 채선 역시 마른침을 삼키며 몸에 긴장을 더하였다. 완벽하게 정돈된 정적 속, 신재효는 황소걸음을 걸으며 노래청 안으로 들어섰다.

"시작하자."

쥘부채를 펼친 신재효가 문하생들 앞에 서자 드디어 동리정사의 수업이 시작되었다. 담의 뒤꼍에서 몸을 숨긴 채선도 귀를 내보이며 수업의 내용을 엿들었다.

"내 일찍이 광대가에서 소리꾼이 갖춰야 할 몇 가지 덕목을 얘기했다. 무엇이냐!"

삼십여 명의 문하생들이 일제히 한 목소리로 소리쳤다. 채선 역시 개미만 한 목소리로 입을 벙긋댔다.

"하나! 외모와 기품인 인물치레!"

"판소리는 듣는 것이 아니다. 보는 것이다. 보면서, 듣고, 웃고, 울며, 즐기는 것이지. 인물치레란 얼굴이 아름다워 보는 사람으로 하여금 호감을 주어야 한다는 것이다."

재효의 말이 끝나기 무섭게 간판 소리꾼 길중의 너머로 작은 소란이 일었다. 문하생들 중 외모가 준수해 뵈는 칠성은 저 잘난 맛에 우쭐댔고 상대적으로 억울하게 생긴 용복은 우거지죽상이었다. 외모는 변통도 아니 되는 것인데…….

어디선가 심통난 목소리가 이어졌지만 재효는 아랑곳 않고 문하생들 사이로 걸어가 그들의 면면을 관찰했다.

"호감을 주는 얼굴이란, 입술이 도톰하니 붉은빛을 띠어야 하고, 코는 오똑해야 하며 눈동자는 황소마냥 둥글둥글하니 큼지막해야 한다."

삐죽삐죽, 내민다고 제 입술이 보일 리 만무하건만 문하생들은 입술을 내밀고 두 눈을 튀어나올 듯 굴리며 해괴한 표정들을 만들었다.

픕, 밖에서 엿보고 있던 채선의 입에서 바람 빠지는 소리가 새었지만 기실 그녀도 다른 학생들과 별반 다를 바가 없었다. 그녀는 붉은 입술 위로 혀를 내둘러 침을 발랐고, 두 눈을 커다랗게 떠보이며 신재효의 뒤를 좇았다.

"그 중에서도 가장 중요한 것은 눈썹이다. 숯덩이마냥 눈썹이 짙어야 좋은 인물치레이니라!"

유난히 눈썹이 옅은 채선은 울상이 되어 미간을 찡그렸다. 그녀는 제 눈썹을 조심히 문지르며 재효의 다음 말에 귀 기울였다. 이깟 눈썹이야 기방에 있는 흑묵으로라도 칠하면 그만이었다. 지금은 수업에 집중할 때였다. 그녀는 수업의 한 구절이라도 놓칠세라 다시 조막만 한 귀를 담 너머로 바짝 가까이 댔다.

"소리꾼의 두 번째 덕목은 사설치레다. 사설치레란 이야기를 알고 있어야 한다는 거다. 소리꾼이 이야기를 모르면, 보는 사람이 웃기 힘들고 울기는 더 힘들지. 심청이가 왜 인당수에 빠지는지, 별주부는 어쩌다 토끼에 당하는지, 알고 소리를 해야지, 모르면서 입만 벙긋거리면 안 된다, 그 말이다. 청중은 오로지 소리꾼 입 밖으로 내어진 말만을 듣고 이야기를 상상한다. 그러니 소리 내는 자가 정확하게 그림을 그릴 줄 모르는 상태에서 소리를 뱉으면 완전히 엉뚱하고 다른 그림이 구경꾼들 머릿속에 콕, 박힐 수 있단 말이다. 자, 그럼 내 하나 묻겠다. 춘향이는 월매의 딸이다. 기생의 딸인 것이다. 그렇다면 춘향이도 기생인데 어찌 변학도의 수청을 들지 않는가. 기생 주제에 어찌 이몽룡을 기다리며 수절을 하는가?"

채선은 알 듯 모를 듯, 고개를 끄덕이다 골똘히 생각에 잠겼다.

＊ ＊ ＊

"얘, 그 동백기름 좀 나눠주라."

"이거 한양서 온 보부상한테 산 연지분 아니냐? 값 비싸다고 하더니 색깔이 참 곱기도 하다."

까르르르, 주홍빛 등불이 불 밝혀진 기방 안에서 기생들은 꽃단장에 열중했다. 아직 화초도 올리지 않아 솜털이 보송보송한 동기부터 원숙미를 물씬 풍기는 기생들까지 두루 모여 앉아 치장 일색인 것이다. 헌데 그 사이에 이질적인 이가 한 명 섞여 있었으니, 기생들의 오색한복과는 대조적인 허연 소색저고리 바람의 채선이 엉덩이를 틀고 앉아 눈화장을 하고 있었다.

"어머, 채선이 좀 봐. 치장에는 영 관심이 없는 줄로만 알았는데, 오늘 해가 서쪽에서 떴으려나?"

"우리 채선이도 이제 손에 물 그만 묻히고 드디어 화초라도 올리고 싶은가 보이."

비슷한 연배로 기방 생활을 시작했던 기생 방울이와 다른 동기가 농을 주고받으며 채선을 희롱했다. 그러거나 말거나, 채선은 옅은 눈썹을 까맣게 칠하느라 장단 맞춰 어울려주지도 못했다.

그녀는 명경 안 엉망으로 짙어져버린 제 눈썹을 벅벅 문지르곤 방 밖으로 나섰다. 어디선가 양반과 놀고 자빠진 기생들의 웃음소리가 환청처럼 끼얹어진다.

채선은 기방의 밤을 알리는 청사초롱을 말없이 응시했다. 문득 어울리지 않는 낯선 곳에 외따로 똑떨어진 기분이 엄습했다. 이제 곧 기방 안은 시름 잊고 욕구는 잊지 않은 남정네들이 노류장화를 꺾어보겠다며 찾아들 차례였다.

덧없고 부질없는 하룻밤 풋정. 채선은 멀찍이서 들려오는 남녀의 웃음소리를 피해 부엌으로 들어섰다. 주방은 이미 거나한 술상차림을 준비하느라 분주한 참이었다.

"그러게, 춘향이는 왜 그랬을까."

어찌 기생이 지방관의 수청을 거절할 수 있었을까. 이리 환락이 넘쳐나는 기방 안에서 어찌 정절을 지켜낼 수 있었을까.

채선은 아궁 속 붉은 불길을 바라보며 재효의 물음을 혼잣말처럼 중얼거렸다. 알 수 없었다. 채선이 기녀가 되지 않고는 알 턱이 없는 답일지도 몰랐다. 그녀는 절레절레 고개를 흔들었다.

"그러는 나는 왜 이럴까. 기생집에 왔는데 왜 기생이 안 됐을까……."

채선은 문살 너머로 번지는 계집과 사내의 분탕 섞인 몸짓을 훔쳐보았다. 울고, 웃고, 지고 펴고……. 거짓으로 울고 싶지도, 웃고 싶지도 않았다. 채선은 조용히 마음속 동리정사를 그렸다 지웠다.

혹독했던 겨울, 어미의 손을 붙잡고 기방 문턱을 넘어선 지도 꼬박 칠팔 년의 세월이 훌쩍 지났다. 채선은 봉긋하게 가슴이 솟아오르고, 둥근 굴곡이 부드러운 처자로 자라 있었고, 행수 어르신은 하루에도 몇 번씩 곱상한 채선의 얼굴을 뜯어보며 머리를 올리자 어르고 달랬다.

하지만 채선은 기적에 이름을 올리지 않았다. 그미는 기방에 속했지만 기녀가 아니었다. 행수와 몇몇 기생들은 그것이 불만인 것도 같았으나 개의치 않았다. 그건 바라 마지않던 하나의 열망이 마음속에 단단히 자리 잡고 있었던 탓이다.

소리, 그저 소리판에 서서 굽이굽이 절절한 소리를 펼쳐보고 싶었다.

행수는 그것이 무부였던 네 아비와 세습무의 길을 선택했던 어미에게서 물려받은 못난 기질이라 힐난했다. 어미의 심병이 너에게도 도져 갈피를 잡지 못하고 험한 길로 이끄는 게라고.

그러나 채선은 이제 어미가 외던 굿도 좀체 떠오르지 않았다. 그저 어릴 적 소리판에서 들었던 소리를 배우고 싶을 뿐이었다. 활력이 넘치고 배운다는 열망 하나만으로 반짝반짝 빛을 내는 문하생들 곁에 제 자리도 존재하길 바랄 뿐이었다.

그미는 다시 한 번 눈을 감아 동리정사의 수업풍경을 더듬었다.

어느새 채선의 귓전으론 시끄러운 취흥도 가야금 산조도 아닌 '아~ 아~~ 아아~~ 나아~' 하는 김세종의 성음이 울려왔다.

스르륵스르륵, 억새풀이 옷깃에 스치는 소리도 사이사이 섞여 들었다.

"등뼈 세우고! 가슴 쪼오까 열고! 입꾸녕으로 숨을 들이켜고, 딱 멈춰!"

허허벌판, 억새가 흐드러진 천변에서 웃통을 깐 삼십여 명의 문하생들이 김세종의 선창에 맞춰 '아~ 아~~ 아아~~ 나아~'를 내지르다 말고 일시에 숨을 멎었다.

칠성과 용복도 크게 심호흡을 하곤 숨을 참았다. 멀리 떨어진 억새풀밭 밑에서 채선도 웅크리며 호흡을 멈췄다.

"고 상태로, 숨을, 소리로, 바꿔서, 평평하게 질러보드라고! 제 입에서 나는 소리를 스스로 밀고 달고 맺고 풀 수 있으면 그만한 악기가 이 세상에 없는 것잉께!"

"밀고 달고 맺고 푼다. 밀고 달고 맺고 푼다."

채선은 김세종의 말을 되뇌며 즐거운 듯 연거푸 반복했다. 가끔 뱃심이 딸려 통성(뱃소리)을 뽑아내다가 까무러칠 뻔한 적도 있었지만, 다음 번엔 좀 더 나아진 소리를 끌어낼 수 있으리라.

* * *

억새밭에서의 수업 이후 채선은 끊임없이 소리를 밀었고 당겼고 쥐었고 놓아버렸다. 밥을 먹다가도 그리하였고, 뒷간에 가서도 당기고 떨쳐내었다. 급기야 채선은 한밤, 기생들도 취침에 들고 하루를 마무리할 무렵에 홀로 마룻바닥을 닦으며 호흡을 연습했다.

그녀는 걸레로 바닥을 닦으며 시김새 중 평목을 질렀다. 아~ 곧고 평평한 소리가 밤공기를 흔들었다. 신이 난 채선은 여세를 몰아 다른 소리들도 입 밖으로 뿜어냈다.

"흔들면서 질러보고! 밀어 올리며 질러보고! 쥐어짜면서 질러보고!"

아무도 없는 적막한 마루 위에서 채선은 걸레를 흔들며 요성, 한 손으로 돌리며 추성, 쥐어짜며 꺾는 소리를 구사했다. 멀리 버들나무 근처에서 잠귀가 밝은 올빼미가 화답하듯 울었다.

정교하진 않지만 제법 그럴싸한 소리였다. 채선은 쉬지 않고 날이 새도록 노래했고, 건넛방의 기생들과 방울이, 행수 어르신은 아침 일찍 세수를 하러 나왔다 채선의 신들린 모습을 보며 떡, 입을 벌렸다.

"채선아, 밤새 한숨도 자지 않은 게냐? 피곤하지 않어?"

"응. 방울아, 나… 소리가 좋다. 목과 머리와 배를 울리며 나오는 소리를 하나씩 터득할 적마다 먹지 않아도 먹은 듯 배부르고 자지 않아도 잘 잔 듯 어지럽지가 않어. 나… 소리가 참말 좋다. 히끅! 히끅!"

채선은 밤새 하도 목청을 혹사시킨 나머지 딸꾹질 소리까지 내질렀지만 그미의 말마따나 무척, 행복한 표정이었다.

* * *

"소리꾼에게 있어 중요한 것은 득음이지. 목청이 좋아야 하는 것이고. 하지만 득음만큼이나 판소리에 있어 중요한 것이 있다. 이것은 무엇이겠느냐."

동리정사의 툇마루 위에서 좌악 부채를 펼쳤다 내리는 신재효가 눈을 빛내며 또다시 문하생들에게 질문했다. 한 번 쥘부채를 펼치고 내릴 적마다 그의 얼굴은 비상하게 넘나들었다. 어느 순간엔 처음 보는 낯선 이의 눈빛마냥 기묘했고, 어느 순간엔 술청 작부에게서나 볼 수 있는 요상하고 끈끈한 눈빛으로 변하기도 했다.

멀리 초록 잎 너머 수업을 훔쳐보던 채선을 비롯하여 여러 문하생들은 영문을 알 수 없는 스승의 변화에 어리둥절한 표정이었다. 지긋이, 눈꺼풀을 닫으며 신재효가 요상한 눈빛을 거두고, 진지하게 말을 잇는다.

"연기 능력인… 너름새이니라! 위선위귀(爲仙爲鬼), 즉 신선도 되고 귀신도 되면, 구경하는 남녀노소 웃게 하고 울게 할 것이다."

성큼성큼, 재효가 이쪽저쪽을 왔다 갔다 하며, 때로는 신선처럼 때로는 귀신처럼 부채를 펼쳤다 접었다 표정을 바꾸었다. 그 능수능란한 변화에 문하생들과 채선은 혀를 내둘렀다.

"자, 판이 깔렸다! 그 위에 무엇을 펼칠 것이냐, 소리를 펼칠 것이다! 움직이며 펼쳐야 한다. 가진 건 부채 하나뿐이다. 이놈이 심봉사에겐 지팡이가 되고, 흥부 놈 박 탈 때 톱이 된다. 손짓 몸짓 하나하나, 걸음걸이 하나하나, 설렁설렁 했다가는 판이 깨친다. 구경하던 사람들이 떠나간다. 여실히 해야 판이 펼쳐진다. 사람들이 울고 웃는다. 그게 판소리다. 사실처럼 해야 한다. 진실해야 한다. 진짜가 돼야 한다. 판 위에 있는 누가! 내가! 부채 하나 들고, 흥부가 되고! 놀부가 되고! 별주부가 되고! 토끼가 되고! 변학도가 되고! 이몽룡이 되고! 춘향이가 되고! 뺑덕 어미가 되고! 심봉사가 되고! 심청이가 돼야 한다!"

실감나는 감정 표현과 상황에 적절한 장단과 박자 그리고 정확한 발음이 구경꾼들로 하여금 보이지 않는 세계를 보이는 양 유도해낼 수 있다. 소리가 감추고, 소리가 품고 있는 면면을 보여야 관객들로 하여금 참된 웃음과 울음을 자아낼 수 있음이라.

판 위에 오르는 순간, 소리의 주인은 소리꾼이기도 했지만 더불어 구경꾼이기도 했다. 해서, 봉황소리도 잘못 내면 참새소리가 되어 나르고, 거친 파도소리도 전해지지 않으면 일개 개천의 도랑 흐르는 소리로 전락할 수밖에 없었다. 재효는 문하생들을 바라보며 열변을 토해냈다. 그때의 눈빛은 왠지 서늘할 정도의 광기를 내재하고 있어 채선은 그의 피부 가죽이 과연 몇 겹일는지 궁금해지기도 했다.

채선은 재효의 가르침을 차분하게 되새겼다.

"광대에게 있어 중요한 이치는 인물치레와 사설치레, 득음과 너름새이니라."

그녀는 짐짓 재효의 무표정한 낯빛과 엄한 목소리를 흉내 냈다. 푸드드득, 솔나무 숲 사이로 새들이 날아갔다. 채선의 목청에서 흘러나온 굵고 근엄한 목소리가 나무와 나무 사이를 울리며 숲속으로 퍼졌다.

채선은 기방에서 모아온 빨랫감을 한쪽 허리에 꿰차고 풀밭을 걸어 개울가까지 다다랐다. 아직 덜 여문 풀밭의 정경은 소담하고 싱그러웠다. 채선은 커다란 연꽃잎 한 장을 부채삼아 아니리(말)를 했다. 이제부터 연꽃잎은 그녀의 지팡이이자, 톱이렷다. 발밑의 가시여뀌와 메꽃과 뽕모시풀은 그녀의 첫 관객이렷다.

채선은 심호흡을 가다듬곤 곱고 여린 목소리로 말문을 떼기 시작했다.

"여보시오, 선인님네. 억 십 만금 퇴를 내어, 본국으로 가시거든, 우리 부친… 우리 엄마 위로하여주옵소서."

심청이 인당수에 빠지기 직전 뱃사람들에게 유언하듯 남기는 말이었다.

채선은 섬약하게 부서지는 목소리로 눈물 찍어내는 흉내까지 내어보였다.

까악까악까악, 숲새 우는 소리가 울려왔다. 채선은 걸음을 멈추고 뒤를 툭 돌아본 후 이번엔 굵직한 사내 목소리를 내뿜었다.

"글랑은 염려 말고, 어서 급히 물에 들라."

뱃머리 앞, 술렁이는 파도가 발밑에서 넘실거린다. 헌데 저놈의 뱃놈은 야박하고 서럽게도 등을 떠미는구나.

채선은 허공을 향해 연꽃잎과 나뭇가지를 북채 삼아 장구 치는 시늉까지 선보였다. 쿵 궁 궁딱 궁, 빨래터 아낙들의 방망이질은 자진모리장단이 되어 들려오고, 춤을 추듯 총총걸음으로 징검다리를 폴짝 뛰는 채선은 노래를 멈추지 않았다.

"심청이 거동 봐라, 바람맞은 사람처럼. 이리 비틀 저리 비틀, 뱃전을 나가더니!"

절정에 치달은 긴장감은 휘청대는 채선의 몸짓으로 대변되었다. 그녀는 커다란 바위 끝까지 단숨에 뛰어 올라 종내에는 처연한 표정을 지으며 흔들렸다.

머릿속을 왕왕 울리는 장단은 그녀의 신났던 표정을 거두었고 시커먼 물밑은 날름날름 혀를 내뺐다. 심청의 마음이 채선과 같을진대… 그녀는 서러움이 더께 묻은 닭똥 같은 눈물을 또옥, 맺더니 단장이 끊어지는 애절한 울음소리를 아주 길고 늘어지게 불렀다.

꺽꺽 슬픔을 집어삼킨 목청에 숲은 고자누룩해지고, 시간은 느릿느릿 별주부마냥 미련하게 흘러갔다.

"만경창파 갈매기적으로 떴다 물에 가, 퐁!"

마침내 두 눈을 질끈 감은 채선이 치맛자락을 꽉 움켜쥐고 바위 위에서 뛰어내렸다. 풍덩, 채선의 작고 여윈 몸뚱이가 물속으로 빨려 들어간다.

꼬르륵꼬르륵, 시퍼런 물밑에서 채선은 저를 향해 다가오는 커다란 물짐승을 보았다. 원을 그리며 퍼져나가던 수면은 차츰 잠잠해져갔고 고요해졌다. 나지막이 물보라 이는 귓바퀴 속으로 신재효의 경쾌한 목소리가 겹쳐졌다.

'허우적… 허우적…….'

채선은 재효의 말소리에 따라 물장구를 치며 수면 위로 올라왔다.

어른어른 볕살이 물 위에 일렁이는 와중, 푸하! 소리를 내며 얼굴을 드러낸 채선은 재기발랄하고 익살맞은 표정으로 헤엄을 쳐 나왔다.

"허우적거리며 토끼가 세상에 나왔다, 이 말이여!"

쿵딱, 빨랫방망이 두드리는 소리가 멈추면서 부엌어멈의 매서운 손바닥이 채선의 등짝을 가격했다.

"시방, 미쳐도 작게 미친 것이 아니랑께. 뭐한다고 빨랫감만 늘리고 앉었냐, 이 몹쓸 지지배야!"

불의 만남

목구멍이 포도청이라, 웃음도 뱃대지에 보리 한 톨이나마 들어갈 적에 가능한 일이었다. 재효는 몇 안 되는 민초들의 음울한 낯을 바라보며 목청에 힘을 돋우었다. 그는 토별가에 대해 설명을 하려던 참이었다.

"내 간은 뱃속에 없소, 하고 꾀를 내어 살아났다 이 말이여! 근디 요놈의 토끼가 누구냐, 백성들이다! 먹을 게 없어 칡뿌리 씹어 먹는 백성들이다, 이 말이여!"

며칠을 굶었는지 누렇게 황달이 온 구경꾼은 무기력하게 우우, 추임새를 넣어주었다. 요사이 민초들의 삶은 파국을 향해 전진하는 모양새였다. 벌써 삼대에 걸친 세도가들의 장기집권은 정권을 썩은 내

나는 인사들로 가득 채웠고 지방 수령들 역시 돈으로 매관매직을 일삼아 자질 없고 폭압적인 자들로 넘쳐났다.

심지어 실제 소유하지 않은 공지에 세금을 징수하는 백지징세(白地徵稅)와 실제 세액의 몇 배를 징수하여 착복하는 도결(都結)과 방결(防結)이 난무했다. 거기에 죽은 자와 어린아이를 구분할 것 없이 군포를 징수하는 폐단과 아전을 필두로 환곡을 어지럽히는 일들도 공공연하게 이루어졌다. 삼정의 문란. 눈이 있었으나 코를 베어갔고, 입이 달렸으나 귀가 떨어진 이들뿐이었다.

재효는 적막강산을 이루는 장내를 휘둘러보며 저잣거리에서 장사를 하는 시전상인들을 훑었다. 삶에 찌든 공허한 눈씨에는 내일에 대한 긍정도, 포부도 담겨 있지를 않았다. 이미 짙은 패배감의 악취는 곪을 대로 곪아 고린내를 풍기기 시작했다.

재효는 오기가 발동하여 재우 뱃속으로부터 소리를 꺼내 외쳤다.

"용왕은 누구냐! 지 혼자 살겠다고 토끼한테 간 내놔라, 백성들한테 쌀 내놔라… 하는 사또야, 사또! 그러니까 사또는 육시랄 놈의 개새끼야, 개새끼! 아니지, 아니야! 것보다 더 높은 차원에 있지! 없는 땅을 있다 하며 쌀 내놔라 하옵시고, 죽은 자를 살았다며 또 쌀을 내놓으라 하옵시니 전지전능한 개놈의 신이라고도 할 수 있겠지! 옛다, 개병신!"

잠시 잠깐 몇 안 되는 구경꾼들의 입꼬리에서 슬며시 미소가 번졌다 사라졌다. 고개를 끄덕끄덕 움직이던 이들 중 몇은 카악 퉤, 침 뱉는 자세도 취했다. 퀭하게 말려들어간 눈꺼풀에서도 생기 비슷한 안광이 언뜻 스쳐지나갔다.

재효는 씁쓸하게 말끝을 맺으며 소리의 시작을 알렸다.

"자 그럼, 토별가는 요런 이야기다 생각하시고 소리를 이어가보겠습니다."

그가 민초들에게 인사하며 물러서자, 뒤에 섰던 김세종이 북을 치고 중앙에 선 간판 소리꾼 길중은 토별가를 풀어냈다.

"일개간퇴 그대 신세 삼촌구추를 다 지내고 대한엄동 삼한풍 만학에~."

흥겹고 익살맞은 표현과 춤사위가 몇 차례 작은 폭소를 만들어냈지만 그뿐이었다.

소리판 구석에 빗겨 선 재효는 좀 전의 기개와 강건한 모습은 온데 간 데 없고 판에 박은 듯 우울한 표정으로 술병만을 들이켰다. 그에게도, 소리판 밖 저이들에게도 힘겨운 시절이었다. 진주에서는 농민봉기가 일어나 여럿 모가지가 날아갔다는 흉흉한 소문도 전해지고 있었다. 재효는 쓴 술을 안주도 없이 들이켜며 술렁이는 세상사를 비몽사몽 버텨내려 애썼다.

"사나이로 조선에 생겨 장상댁(將相宅)에 못생기고 활 잘 쏘아 평통할까. 글을 잘한다 과거할까……."

그가 조용히 혼자 읊조렸다.

어지러우니, 누구라도 팽글팽글 엎어지기 쉬운 나날이었다. 정신을 챙기는 것 자체가 빠듯한 인사들도 수두룩하였고, 배곯지 않고 하루를 살아내는 것이 어렵고 고된 일이었다. 그나마 재효의 아비와 어미는 중인 신분으로 관약방을 하며 모아둔 재산이 있어 자식 새끼 비쩍 말리는 일만은 간신히 면했다.

하지만 그래봤자 중인 신세였으니… 재효는 그 많던 꿈과 충만했던 배포를 내려놓고 또 떠나보내길 반복했다.

총기와 영특함은 무딘 칼자루에 불과했고, 기민하고 빠른 행동력은 제 그릇에 맞지 않았다. 깨진 사발로 시작하였으니 그 안에 담을 수 있는 것도 딱 그만큼이었다. 한정된 만큼만 안에 부을 수 있었고, 간직할 수 있었음이라. 그리하여 재효는 젊은 시절을 방황하며 술에 찌들어 보냈다.

머릿속에 든 생각과 이치와 도리들은 마땅히 세상에 뜻을 펼쳐야 한다 부추겼지만 그는 과거조차 응시할 수 없었다. 자격조차 주어지지 않았으니……

한때는 제가 선 자리에서라도 맡은 바 소임을 다하여야 한다며 가당찮은 희망을 품은 적도 있었다. 차선책! 그는 지방 수령을 도와 향촌에 이바지하려 아전이 되었다. 사또의 명을 받잡아 세금을 모으고, 세금을 거두고, 세금을 빼앗고……

기름기가 쏙 빠져 검버섯이 피어오른 민초들에게서 모으고, 거두고, 빼앗고. 더 잃을 것도 없는 자들에게서 마지막 남은 실오라기 하나라도 더 뜯어오라는 명령을 받잡고……. 마침내 신물이 올라, 재효는 냅다 이방 자리를 걷어찼다. 더 해봐야 오물을 뒤집어쓰기밖에 더하겠는가.

결국 이리저리 도망치다 다다른 곳이 바로 판이었다. 소리였다.

소리는 억압되지 않았으니까. 아직은 입에서 나오는 대로 시원스레 지껄여볼 수 있었으니까. 웃으면서 울음을 삼킬 수 있는 방법을 만났으니까!

그래서 재효는 술 한 잔에 안주 삼아 미친 듯이 지껄이고 까불며 민초들을 달랬다. 사는 것이 팍팍한 것은 누구나 마찬가지였고, 제가 선 자리가 못마땅한 자들도 여럿이었으니 서로서로 보듬고 얼러야 위안이 되었다.

재효는 환멸에 빠지지 않으려 버둥거렸다. 판소리를 부둥켜 잡았다.

* * *

"아이고! 아이고! 나리! 사또나리, 죽을죄를 지었당께요. 지발 목숨만 살려주쑈이!"

불그스름한 황혼녘, 재효는 술기운도 가시지 않은 마당에 멍석말이를 당하고 있었다.

포졸들의 홍두깨질은 그칠 줄을 몰랐고, 재효는 입술이 터지고 이마가 깨지는데 허허, 실없는 웃음만 날렸다.

"네 이놈! 네놈이 감히 시국이 어지러운 것을 생각지 않고 수령에 대한 음해를 늘어놓았으렷다! 그저 매타작으로 끝날 성싶더냐!"

쩌렁쩌렁, 노기 서린 목소리가 동헌을 메우자 김세종은 죽었구나, 두 눈을 질끈 감으며 덜덜덜 다음 차례를 기다렸다. 저 정도 세기로 맞으면 족히 달포는 드러누워 있어야 장독이 오르지 않을 텐데……

세종과 간판 소리꾼 길중은 두려움에 발발발 사시나무 떨 듯 떨었다.

다 큰 사내들이라도 여자와 폭력 앞엔 나약해질 수밖에 없었다. 신재효는 괜히 제 불온한 사설 탓에 소리패에게 피해를 준 것 같아 착잡할 따름이었다. 제멋대로 제 생각조차 읊조리지 못하다니, 그 것이 어찌 소리꾼이라 할 수 있겠는가. 부릅, 생각에 잠겼던 재효는 두 눈을 동그랗게 뜨곤 사또를 향해 고래고래 외쳤다.

"사또 나리, 북 치는 고수 놈과 노래 부르는 소리꾼이 뭘 알겠소이 까! 그저 이 소리패 두목 말만 듣고 시키는 대로 한 죄밖에 없으니, 그 역시 죄라면 벌을 받아 마땅하겠으나… 멍석말이만은 면해주시 지요. 소인이 저놈들 몫까지 다 맞겠나이다."

"나으리!"

"사또 나리, 북 치는 놈은 손이랑 팔이 명줄이옵니다. 헌데 자칫 잘못 맞아 어긋나기라도 한다면 평생 밥줄이 끊기는 것이니 소인만 벌하여주십시오. 그리해주신다면 우리 동리정사 사또를 위해 필요 하시면 언제든지 따르겠나이다."

흙먼지 이는 멍석 안에서도 재효는 서릿발마냥 카랑카랑 날선 목 소리로 대꾸했다. 사또와 아전은 솔깃한 제안에 입맛을 다셨으나 그것보다 재효의 당당한 태도가 아니꼬웠던지 대꾸조차 않았다.

퍽, 점차 둔탁한 몽둥이질은 거세어졌고 재효의 의식은 가물가물 흐려져만 갔다. 꼼짝없이, 동리정사의 주요 스승들이 순서대로 매질 을 당하게 생겼으니 며칠간은 제대로 돌아갈 리 만무한 상황이었다. 재효는 제 처지가 시뻐 술기운에 푸흐흐, 웃어젖혔다.

그때였다. 누군가 아전에게 다가가 귓속말로 무언가를 속닥이는 소리가 들렸다.

세종과 길중은 사태가 어찌 돌아갈지 몰라 멍청히 새로운 인물의 출현을 지켜보았다.

"흠… 그래? 저놈이?"

이방에게서 말을 옮겨들은 사또의 표정은 아리송했다. 그는 한참 고민을 하더니 탁, 맥이 풀린 소리로 고했다.

"그래, 알겠네. 내 하는 수 없지. 그렇다면 이번 한 번만은 그냥 넘어가도록 하지. 그래, 운 좋은 줄 알라고. 내 부탁도 있고 하니, 이번 한 번만은 용서를 해주는 걸세. 그만 데리고 나가시게!"

아쉬운 듯 사또는 혀를 쩝쩝대며 고개를 돌려버렸다.

재효는 무슨 이야기가 오갔는지 모르겠으나 사또의 육색이 밝은 것으로 보아 뒤가 켕기는 속내가 있으리라 생각했다. 하지만 저 말고 다른 이들은 태형을 면했으니 우선은 그것만으로도 족하다고 여겼다.

재효는 저를 향해 다가오는 족제비상의 사내를 바라보며 의아해했다.

구면인가 떠올렸지만 역시나 초면이었다. 재효는 세종과 길중의 부축을 받으며 사내에게 예를 갖추었다.

"누군지 모르겠으나 어찌 나를……?"

"내 주인께서 그대에게 흥미를 보이셨소. 그리 알고 근신하시오. 지금 같은 세상에 진실을 말하면 죄가 되는 법이니 말이오."

의뭉스럽게 미소를 짓던 사내는 감사하다는 인사말도 듣지 않고 서둘러 관아를 벗어났다. 세종과 길중은 떠나가는 사내의 뒤꽁무니에 대고 연신 고개를 처박고 감사를 표했다.

"고맙당께요, 참말로 고맙구만이라!"

반면 재효는 아무리 좋은 게 좋은 거라지만 영 뒷맛이 껄끄럽지 못해 으흠, 신음을 흘렸다.

* * *

고적한 어둠속에서, 술에 취한 재효는 빼딱지딱 갈지자를 그리며 걸었다.

사흘 사이 상태가 부쩍 좋아진 그는 오랜만에 밤 마실을 나선 참이었다. 저벅저벅 그의 발걸음에 맞춰 개 한 마리가 요란하게 짖어댔다. 살짝 취흥이 돈 재효도 개를 따라 울부짖는다.

"멍! 멍멍! 멍멍!"

사나운 맹견보다 곱절로 사나울 법한 울음소리가 울려오자 짖던 개는 꼬리를 말았는지, 흥미를 잃었는지 어느새 자취를 감춰버렸다.

허, 허허허허, 허허허허, 재효는 까닭 모를 웃음이 피식피식 흘러나오는 것을 가까스로 추슬렀다.

나날이 갈수록 허파에 바람 빠진 놈팡이마냥 정신이 어지러웠다. 추상같던 호기는 쪼그라들고 의욕은 삭풍에 나달거리는 깃발 신세였다. 재효는 다시 손에 든 술병을 목울대 안으로 욱여넣었다. 뒤편에서 아까와는 사뭇 다른 개 짖는 소리가 들려왔다.

"멍! 멍멍! 멍멍멍!"

이어지는 사람의 발자국 소리.

재효는 경계의 끈을 놓지 않은 채 서서히 뒤쪽을 돌아보았다. 거기에는 찌그러진 갓에 헤어진 도포를 아무렇게나 걸친 한 사내가 서 있었다. 장난스런 눈매. 그러나 그 안에는 번뜩이는 성정도 더불어 도사렸다. 재효는 저도 모르게 침을 꿀꺽 삼켰다.

"보아하니 양반이신 것 같은데 제법 잘 짖으십니다요."

사내는 빙그레 웃으며 재효의 곁으로 다가왔다.

"내가 사람이 아니고 개다, 라고 연기하는 것뿐이지요. 소리판에선 너름새, 라고 하지요?"

"하하, 어찌 너름새를 다 아시고… 뉘시오?"

"조선팔도 하릴없이 이리 기웃 저리 기웃거리는 석파 이하응이라 하오."

"석파 이하응이라… 궁도령에 상갓집 개새끼라 불리우는… 조선의… 왕족… 이하응!"

순간 재효는 눈앞에 왕족을 대하기는 난생처음이라 깜짝 놀라고 말았다. 그저 웃기만 하는 이하응(훗날 대원군)을 앞에 두고 재효는 어쩔 줄을 몰라 하다 덥석 큰 절을 올렸다.

여느 날과 마찬가지로 읍성 근처의 주막은 시끌벅적했다.

부엌에서는 뽀얀 김이 올라왔고, 구수한 국밥 냄새에 입에서는 침이 고였다. 다만 한 사람, 재효는 제외하고. 그는 앉은 자리가 불편하여 슬슬 눈치만 살폈다.

"조선의 선왕… 인조의 셋째 자제분… 인평대군의 8대손이신 대…대감을 몰라 뵙고… 주… 죽을죄를 지었습니다."

부들부들 떨리는 손으로 술잔을 받은 재효는 이하응의 기색을 촘촘히 살폈다. 하응 역시 재효의 말투와 손짓, 발짓을 읽어나가며 서로의 너름새를 탐망했다. 재효는 어찌 흥선대원군이 이런 누추한 곳까지 흘러들었는가, 그것이 궁금한 눈치였다.

"나는 이 나라의 왕도 아니고 벼슬아치도 아닙니다. 한낱 야인에 불과하지요."

"그래도 왕족이신데……."

"허허… 자꾸 이러시면 얻어먹는 처지에 불편합니다. 보는 눈도 많고 하니 편하게 마십시다. 편하게."

하응은 재효의 술잔을 거듭 채워주며 주변을 두리번거렸다. 제법 붐비는 주막은 하루의 고된 일상을 끝마치고 탁주로 속을 달래려는 민초들로 가득했다. 하응은 재효의 술잔에 제 잔을 부딪쳤고, 재효는 잔을 돌려 조심스럽게 한 모금을 들이마셨다.

"그래… 함자가 어찌 되오?"

"본관은 평산 신이고, 관명은 재효입니다. 호는 동리라 하옵니다."

"그래, 동리 선생… 듣자하니, 조선팔도 하나밖에 없는 소리 학당의 수장이시라고. 내 떠돌며 많은 소리를 들어왔지만 선생의 소리패는 격이 다르다 하더군요."

"대감께서 그리 말씀해주시니 소인, 몸 둘 바를 모르겠나이다."

재효는 앉아서 세상을 손바닥 보듯, 정보를 수집하는 하응의 머리가 두려웠다. 파락호, 상갓집의 개로 불리며 안동 김씨의 천대를 받는 자치곤 총기가 과해보일 정도였다.

그는 부러 하응에 대한 예의를 차렸고, 순간적으로 하응은 얼굴을 찌푸리며 욕설을 내뱉었다.

"에이, 씨발. 무슨 사대부들끼리 얘기하는 것 같잖아."

"예?"

"자네가 이렇게 격식을 차리면 내가 불편하다 하지 않았소?"

"그래도 왕족이신데……."

다시 한 번 하응은 날카롭게 신재효를 쏘아보았다. 그러자 두 눈을 껌뻑거리던 재효가 주막을 향해 소리쳤다. 이제 볼 만큼 간은 보았음이렷다.

"주모! 막걸리 한 됫병 갖다 주소!"

"여기! 막걸리 두 됫병만 더 갖다 주소!"

평소의 반쯤 취한 상태를 회복한 재효가 혀 꼬부라진 소리를 냈고 얼마 지나지 않아 만취한 듯 얼굴이 시뻘겋게 달아올랐다. 술주정하듯 거침없이 말하는 신재효는 아주 딴 사람 같았다. 그는 대상도 불분명한 울분을 하응에게로 쏟아냈다.

"그러니까… 대감! 아니… 아니 석파 선생! 선생이 궁금한 거는… 내가 왜! 천하디 천한 광대들을, 멕여주고 재워주고, 가르치냐, 이거 아니오?"

"그렇지!"

"나는 말이오… 이 조선 땅에 태어나 원했던 건 딱 하나밖에 없습니다. 그게 뭐냐! 입신양명입니다. 입신양명!"

"입신양명? 그게 뭐 어렵나?"

"허이고, 대감 같은 왕족께선 참 쉽겠지요. 근데! 나 같은, 나 같은 천한 중인배들은 안 된다 이 말이요! 내 일곱 살 때부터 사서삼경을 다 읽은 놈입니다. 근데! 그러면 뭐합니까? 양반이 아니라고, 과거에 응시조차 못해, 관직에 올라봤자, 이방입니다! 이방! 탐관오리들 똥구멍이나 핥아주는 이방! 더 빨아먹을 것도 없는 민초들 똥구멍을 빨아먹는 이방! 내 이쪽 저쪽 핥고 빠는 짓거리가 더러워서, 확 때려치워버렸습니다!"

"……."

"그리고… 이제 뭘 할까, 뭐를 하고 살아야 할까 고민을 하다… 그래, 소리를 하자! 소리… 소리는 썩을 양반 놈들의 것이 아니니까. 나같이 천대받는 것들의 이야기니까. 판소리는 아랫것들의 이야기니까! 그 소리를 민초들에게 들려주자. 고통 받는 민초들을 위로하자……."

넋두리를 닮은 이야기는 연이어 하응에게로 전해졌고 그의 눈도 어느덧 씁쓸하게 찡그려졌다.

"그게 입신양명이지… 뭐 있겠나……."

재효는 피식피식 웃으며 고개를 절레절레 흔들었다.

"그게… 아무 소용없다 이 말입니다. 지금 세상이 어떻습니까? 세도정치에, 안동 김씨들. 이 개새끼들 때문에 백성들이 못 살겠다, 이거 아닙니까? 제가 아무리 소리를 해도… 사람들은 울지도 않고 웃지도 않습니다."

고장 난 것마냥 감정도, 목소리도, 생각도……. 소리를 잃은 백성들은 여남은 것마저 모조리 잃어도·잃은 줄을 모를 테지요. 그만큼 무뎌졌으니까. 그건 살아있는 게 아닙니다. 살아있다 할 수 없죠. 그리고 결국 우리 동리정사도 쫄딱 망하게 되고 소리꾼들 입에서는 목청이 나오지 않게 될 것입니다. 그러면 이놈 또한 산다는 의미를 잃게 되겠죠.

재효가 자조 섞인 어투로 주절거렸다. 어찌 세운 소리 학당인데! 전국 팔도의 천한 광대 놈들을 모아들인다며 멸시하던 눈초리들이 선명하게 떠올랐다. 그는 서글픈 얼굴이었다.

"……"

"저도 지쳤습니다. 돈도 바닥났습니다. 이러다가는 평생 양반사대부들 비위나 맞추고 살아야 하는 것이 아닌가……"

더 이상 말을 잇지 못하는 재효를 이어 하웅도 침통하게 중얼거렸다.

"그렇게라도 살아야지 어쩌겠나. 그래도 나처럼 파리 목숨은 아니지 않나……"

제 신세 또한 바람 앞의 등불이라 하웅은 고개를 수그렸다. 언제까지 꽁무니를 빼고 송곳니를 숨긴 채 살아야 하는가. 재효도 새삼 그런 하웅의 수심 깊은 얼굴을 바라보았다.

"안동 김씨들이 항상 내 뒤를 밟고 있네. 저 새끼가 혹시라도 힘을 가지려는 건 아닐까. 제 아들을 왕으로 만들려는 건 아닐까. 낌새라도 보이면 내 목이 날아간다고……. 나는 죽을지도 몰라……. 얼마 전 도정궁 하전 형님께서 사사를 당하셨고, 경평군 역시 유배를 떠났다네. 조금만 싹이 보이며 뿌리까지 뒤흔들려는 것이 저 안동 김씨들이란 말일세. 나는 하루하루가 살얼음판과 같네. 그래서… 그래서 자네 같은 괴짜들이 좋지. 어울리면 하루라도 즐거우니 말일세."

재효는 황소 같은 눈망울을 끔뻑이더니 이하응을 정면으로 응시했다. 술 취한 얼굴은 온 데 간 데 없이, 또 다시 다른 사람 같았다.

"대감, 대감께서는 그 누구보다 이 나라 백성들의 고통을 잘 알고 계신 분이십니다. 대감 말씀대로 이곳저곳 돌아다니며 이런 삶도 보았고 저런 생도 보셨을 테지요. 그런 넓은 식견과 혜안 그리고 백성의 여망을 아시는 분은 대감밖에 없으시지요. 이 어지러운 조선을 바로 세우실 분은 대감밖에 없사옵니다."

"허허, 취객이 어찌 이리 또렷하게 쏘아보는가."

"소인은 쉽게 취하지 않습니다. 불편하다 하셔서 제가 잠시 연기를 했던 것이지요."

"허허, 이것 참. 내가 속았구만! 너름새였구만!"

"소인, 무례했습니다. 하지만 대감께서도 계속 가면을 쓰고 속내를 보이지 않으시니 저도 연기를 할 밖에요."

"그건… 무슨 소리인가?"

"어찌… 관아에서 저를 도와주신 것입니까? 바라시는 바라도 있으십니까?"

직설적으로 상황을 돌파하는 재효의 말주변에 하응은 껄껄껄 화통하게 웃어버렸다.

"아니지, 아니야. 동리 선생. 난 지금 아무것도 할 수 없는 신세일세. 그러니 자네에게 무언가를 바라고 도와준 것은 아니지. 그저 소리 학당을 이끄는 괴짜와 대화를 나누려 예까지 흘러와본 것인데 그 주인공을 만나보지도 못하고 돌아가면 내 하루가 아깝고 외로워서 어찌하겠누. 그저 언젠가… 자네가 나를 도울 일이 있을지도 모르지."

"대감께 입은 은혜는 잊지 않겠나이다."

"아니야, 그리 부담 가질 필요도 없으이. 내 이름도 아니고 승후군(조대비의 친 조카)의 이름을 들먹여서 자네를 빼준 것일세. 내 그자와 연줄이 닿았거든. 아무튼 즐거웠네. 자네나 나나 너름새를 하면서 이 조선을 견뎌야 하는 것이겠지. 그러다보면… 언젠가… 좋은 세상이 올 수도 있고……."

"……."

"좋은 세상이 오면 그때 다시 만나기로 하지."

말없이 서로를 바라보는 사이, 신재효와 이하응의 술잔은 쨍 소리를 내며 부딪쳤다.

* * *

"쑥대머리 귀신형용 적막옥방 찬 자리에……."

하응과의 술자리를 파하고 돌아서는 길, 재효는 많은 생각을 했다.

소리로 백성의 마음을 어루만지자.

불가능할 것만 같아서 외면했던 초심을 끄집어내보아도 될 성싶었다. 헤진 곳, 더러운 곳, 깨끗한 곳, 그보다 악취 나는 곳. 사람 사는 온 동리를 다 다녀본 자가 진정 백성의 마음을 알 수 있을 터였다. 그렇다면, 저자가, 이하응이 권력을 잡는 세상에선 재효 자신도 원체 바라던 길을 걸어 나갈 수 있지 않을까.

그는 술에 취했단 핑계로 약속받지도, 보장받지도 못할 꿈을 살포시 넘보았다. 밤하늘 높이 그런 그의 속내를 훤히 비추려는 듯, 보름달이 머리 위로 떠 있었다. 재효는 달 언저리에 시선을 두고 노랫소리를 흥얼거리며 걸었다.

"보고 지고, 보고 지고, 한양 낭군 보고 지고……."

신재효 너머 으슥한 밤 그림자 밑에 누군가 쫓아오는 게 보였다. 거리를 두고 조심스레, 쫄래쫄래, 뒤따라 걷는 이는 다름 아닌 채선이었다.

좁은 고창바닥, 동리 선생께서 장독이 올라 거동이 불편하시다는 풍문은 파다했다. 그미는 학당 앞을 서성였고 때마침 외출에 나선 재효를 무작정 따라다니게 되었다. 하루 온종일 발소리를 죽인 채, 채선은 주막에서부터 내내 재효를 좇았던 것이다.

밤새 두 번이나 낯선 기척을 느낀 재효도 노래와 걸음을 멈추고 채선을 돌아보았다.

"무엇이냐."

"나… 나으리."

그저 소박하게 뒤를 따르며 귀동냥이라도 얻을 생각이었건만, 재효가 대뜸 등을 돌려 저를 보니 채선의 말소리는 벌벌 떨리고 가슴속은 쿵쾅쿵쾅 두방망이질 쳤다.

"소… 소리가 좋… 좋습니다."

"별일이구나."

대수롭지 않다는 듯, 재효는 발길을 앞으로 두었다.

채선은 속으로부터 불거져 나온 제 열망에 스스로도 놀라 쭐레쭐레 재효를 쫓아갔다. 물리지 않으시니 따라도 될 성싶었다.

"무슨 소리입니까요?"

"쑥대머리라 하는 거다."

"아~ 쑥대머리."

보얀 채선이 두 뺨을 발그레 물들이며 감탄하듯 고개를 끄덕였다. 재차 재효를 쫓는 채선은 보폭을 맞추느라 숨이 달리면서도 용케 소리에 대한 감상을 읊는다.

"소리가… 슬프고… 아프고… 그런데… 또… 예쁩니다."

우뚝, 소녀의 말을 듣던 재효는 처음으로 말간 채선의 눈을 똑바로 응시했다.

"어찌, 슬프고, 아프고, 예쁘다 말하느냐?"

46

"그러니까… 누군가… 밤새 우는 것처럼 슬프고 목이 메어서 아프고… 이제 그만 울어야지 하고 참다가… 눈물이 이슬이 되어… 또옥… 또옥… 또옥… 또옥……"

아이는 연이어 제 질문을 받아주고 말까지 걸어주는 재효에게 황송하여 더듬더듬, 그러나 똑부러지게 대답했다. 언제 또 이런 기회가 올지 모르니까. 어쩌면 동리정사의 대스승께서 나를 받아주실지도 모르니까.

채선의 얼굴은 기대로 부풀어 밤공기보다 더 들떠 있었다.

"……"

"풀잎에서 이슬이 떨어지는 것처럼 소리가 예쁩니다."

아무 말 없이 듣고 있던 재효가 슬쩍 미소를 짓고 걸어가자, 채선은 병아리가 어미 닭을 쫓듯 뒤따르며 떨리는 목소리로 말했다.

"나… 나으리, 소녀는… 소리가 하고 싶습니다. 소리꾼이 되고 싶습니다."

채선의 기세 좋은 말은 앞서 걷던 재효의 발걸음을 멈추게 했다.

뒤를 돌아 물끄러미 아이를 바라보던 재효의 얼굴에는 어느새 평소에 보아왔던 단호함이 깃들었다.

"넌 안 된다."

"왜… 그런 겁니까?"

"소리에도 법도라는 것이 있다. 사내가 치마를 입을 순 없고, 계집이 상투를 틀 수는 없지 않느냐……"

"왜… 계집은 소리를 하면 안 되나요? 저도 목구녕이 있는데요."

"뱃심이… 약하잖니."

마지못해, 재효는 채선의 간절한 청에 대꾸했다.

네가 품은 여망은 그것이더냐. 소리꾼이 되는 것? 하지만 안 될 말이다. 아직 세상은 네가 원하는 바를 이루기에 자비롭지 못하단다. 재효는 한동안 채선의 꿈이 저의 헛된 꿈과 비슷비슷한 모양새인 듯하여 안쓰러움도 일었다.

중인배인 내 신분이나 계집인 네 처지나 막막한 건 다름이 없구나. 재효는 곧 아무 말도 듣지 못했다는 표정으로 다시 속도를 높여 채선을 앞질러 걸었다. 그러나 뒤에서 채선은 포기하지 않겠다는 양 우렁차게 소리를 내뿜었다.

선전포고. 동리정사 사립문 앞에서야 뒤를 돌아본 재효에게 채선은 예의 복사꽃 같은 두 뺨을 붉히며 빙그레 미소 지었다.

아이는 복식호흡으로 목청껏 판소리 성음을 내질렀고, 재효는 아무런 반응도 보이지 않은 채 뜰 안으로 들어가 버렸다.

"계집은 소리를 할 수 없다……."

어둠이 횡횡한 골골에 남겨진 채선은 입술에 피가 비칠 정도로 꽈악 깨물어 씹었다.

납득할 수 없다. 받아들이고 싶지도 않다. 기생인 춘향이가 수절을 하였다면 계집이 소리를 하지 못할 것도 없지 않겠는가. 채선은 재효가 사라진 동리정사의 사립문을 오래도록 쳐다보았다. 가슴속에서 소리가 들끓었다.

변화의 시작

"대원군, 이 쓰벌놈!"

반쯤 코가 비뚤어진 세종이 칠성과 용복을 앞에 앉혀두곤 넋두리 하듯 소리쳤다. 봄기운이 완연한 읍성 주변의 주막, 달이 깊고 꽃잎 이 흐드러지게 휘날리는 가운데 세 남자는 우스꽝스러운 풍속화처 럼 술상을 마주하고 있었다.

시끌벅적, 탁주에 국밥을 들이켜던 다른 손님들의 시선도 세종에 게로 이어졌다. 괜스레 안절부절 불안증이 돈 칠성과 용복은 쉬쉬, 세종의 우렁찬 목소리를 낮추려 애썼다.

"아따 거 성정 좀 죽이소. 듣는 귀도 많은데 경치고 싶당가."

"경… 뭔 놈의 경? 뭐, 입 달리고 눈 달렸는디 나가 내 주둥아리로 말도 못 한다는 겨?"

"고것이 아니고라. 접때도 입조심 안 혀서 스승님 초주검될 뻔하지 안 혔소."

"워메, 답답혀서 속 뒤집어지겄네. 시방 세상 꼬라지가 개판이 되부렀구먼. 요따구 소리도 못내는겨? 요 정도도!"

정말로 속에서 천불이 나는지 세종은 손에 쥐고 있던 쥘부채를 활짝 펼쳐들곤 휙휙 부쳐대는 시늉을 했다. 하지만 슬그머니 좌우를 살피는 모양새가 저도 모르게 겁이 돋아 오른 게 확실했다. 한풀 꺾인 목소리로 세종은 인상을 찌푸리며 소곤소곤 이야기를 이어갔다. 주제는 하나같이 대단하신 '대원위대감'의 행보에 관한 이야기였다.

"아들놈을 왕에 앉혀놨으면 호의호식이나 하고 살 것이지. 개혁, 개혁, 하는데 그것이 다 개지랄이랑께. 대원군 그 쓰벌놈은 뭔 짓도 하면 안 돼야! 뭔 짓 할 때마다 허벌라게 물가만 올라간당께!"

쓰벌놈에서 강약을 조절한 세종은 칠성과 용복에게 귓속말을 한다고 바짝 엉덩이를 붙여 앉았다. 슬쩍 뒤로 물러선 두 제자는 황급히 세종의 잔에 술을 따르며 고개를 끄덕였다.

"맞구만이라. 첨엔 안동 김씨하고는 다를 줄 알았는디……."

"백성이 조선의 근본이다. 백성을 위한 거다. 옘병! 말만 번지르르 하당께! 이것저것 들쑤시고 다니는데 그게 어디 백성 좋으라고 하는 일이여, 다 지 좋자고 하는 일이제! 참말로 조선은 희망이 없당께!"

희망이 없다. 앞이 캄캄하여 천지사방 갈피를 잡을 수가 없다. 채

머리꼭지도 여물지 않은 젊은이들의 입에서조차 냉소적이고 독기를 품은 소리가 쏟아지니 조선은 그야말로 암흑이었다.

열두 살, 대원군의 어린 아들 명복이 철종의 사후 대통을 이어받게 되면서 민초들은 개벽이 일어날 것이라 기대했다. 쥐구멍에도 볕들 날이 올 거라고, 상갓집 개새끼가 왕의 아버지가 되는 판국에 저들도 뱃가죽에 기름칠 좀 할 수 있으리라, 그리 믿었다. 하지만 현실은 녹록치 않아 외려 살기는 전보다 더욱 곤궁해지고 말았다. 그러니 '대원군, 이 쓰벌놈!'은 비단 세종의 속내를 대변하는 것만은 아니었다.

어디선가 죽어라 땅을 파고 나무를 옮기는 젊은 사내들의 노랫소리가 울려 퍼졌다. 세종은 술상을 북 삼아 자진모리장단을 두드렸다.

"히이~ 이히 덜커덩 소리가 웬 소리냐, 경복궁 짓느라고 회(灰)방아 찧는 소리다. 히이~ 이히!"

* * *

구름재가 이름값을 하는 날이 올 거라 누가 알았을까? 고종의 잠저(潛邸), 용이 똬리를 틀고 비상하기를 기다렸던 운현궁은 대원군의 얼굴을 뵙겠다며 들이치는 문객과 묵객, 벼슬아치들로 문전성시를 이루었다.

거의 궁궐을 방불케 하는 규모와 사치스러운 외관은 들어서는 이로 하여금, 집주인의 권위와 힘을 세뇌시켰다. 어린 왕을 대신하여 섭정을 펼치는 대원군은 가히 조선의 새 주인이라고 해도 무방할 지경이었다.

그는 곰방대를 입에 물고 비스듬히 기대어 앉아 국정을 논하는 관리들을 시큰둥하게 바라보았다. 그들은 원납전과 부역으로 인한 폐해에 대해 열띤 논의를 펼치는 중이었다.

"나라에 큰 공사가 있을 때 반드시 백성들을 동원시키고 재물을 징수하는 것은 주(周) 나라 이후부터 규례로 정해져 있던 일입니다. 경복궁 중건은 그간 안동 김씨 문중으로 인해 실추되고 퇴색되었던 왕권을 공고히 하고자 하는 첫 사업이지요. 허니 반드시 성공시켜야만 하는 것이 아니겠습니까? 헌데… 국고는 바닥이 나려 하고, 잦은 화마로 인해 공사에 차질이 빚어지니 원망의 소리도 족족 들려오고 있다 하옵니다. 이를 어찌 보강하면 좋겠습니까?"

영건도감(營建都監)의 도제조 조두순이 제조 흥인군 이최응과 김병기, 김병국, 우의정 김병학을 향해 물었다. 하응은 노안당(老安堂) 상석에 앉아 흠, 하고 연기를 내뿜으며 그들이 답을 아뢰길 기다렸다.

"대왕대비께서 솔선수범하야 중건역비로 십만 냥을 하사하신 이래로, 백성들과 노론들에게서도 끊임없이 원납전을 거두어들이고 있습니다. 허나, 시중에 원납전을 두고 떠도는 말에 따르면… 원하여 바치는 돈이 아니라 원망을 바치는 돈이라 비꼬더이다. 필시 김좌근 쪽에서 퍼트린 듯한데 문제는 백성들 마음이 이미 상당수 부정적으로 돌아섰다는 것입니다. 실상 자율에 맡겼다 하지만 원납전이 강제적으로 부과되는 세금이 아니라 할 수도 없지 않습니까. 게다가 길어진 부역으로 몸도 만신창이가 되니… 이대로 두었다간 소란이 커질 염려가 다분합니다."

"그럼 어찌하면 좋겠습니까? 노론 놈들 떠드는 것이 두렵고, 백성들이 돌아설 것이 무서워 경복궁 중건을 포기하기라도 하자는 것입니까?"

"그런 것은 아니오라… 방법을 달리 하여 보자는 것이지요."

"미끼를… 던지는 것도 하나의 방법이 되지 않겠소?"

뻐끔, 묵묵히 그들의 대화를 듣던 대원군이 서초(西草)를 내려놓고 입을 떼었다.

반짝, 감히 대꾸할 수 없는 형형한 눈빛을 한 하응의 얼굴은 전과는 사뭇 달라져 있었다.

"미끼라 하면… 화폐의 유통을 바꿔보는 것이 어떻겠나이까? 그러니까 당백전을 발행하는 것입니다. 기존에 사용하고 있는 상평통보보다 백배에 달하는 가치를 부여하면 일시적으로 거액을 취해 응급한 재정을 충당할 수 있을 것입니다. 즉 당백전 한 냥의 가치는 상평통보 다섯 냥에 불과하지만 이보다 스무 배 높게 유통시켰으니, 그 차액인 아흔다섯 냥만큼의 이득을 취할 수 있지 않겠습니까? 게다가 지금껏 유통되었던 상평통보는 단위가 너무 작아 고액의 거래를 하는 데도 맞지 않았나이다. 허니 화폐의 단위 자체를 바꾸어 차액을 남기고 고액의 거래 또한 촉진시키면 부족한 국고를 채울 수 있으리라 사료되옵니다."

하응의 눈치를 용케 읽어낸 김병학이 술술 말을 풀어내자 장내는 차갑게 가라앉았다. 단시간 내에 그런 악화를 유통시킨다면 사실상 경제가 붕괴하는 것은 자명했다. 올라간 화폐의 단위만큼 물가는 폭등할 것이고, 상인들은 화폐의 유통을 기피하고 결국 쓰이지 않는 돈은 가치가 하락할 것이었다.

이는 원납전의 폐해를 뛰어넘어 백성들을 벼랑 끝으로 몰아세우는 것과 진배없었다.

누구도 쉬이 말문을 틔우지 않고 눈치를 보기 시작했다. 눈을 가늘게 뜬 하응이 먼저 공백을 찌르고 들어왔다.

"그리하면… 경복궁을 중건하는 사업에는 지장이 없겠군. 그래, 썩 나쁘지 않은 제안이야. 명일 전하를 찾아뵙고 이 사안에 대해 아뢰겠네. 우선 벌려놓았던 일부터 해결하는 게 옳지 않겠는가. 내 금위영에 일러 당백전 주조를 명하여 두지. 미리미리 만들어놓아 해될 게 뭐 있겠는가. 발행이 시작되면 모든 공사 거래는 물론이며 적극적으로 사용을 권장하세나. 그럼… 이만 물러들 가시게. 오늘 수고가 많았으이."

뚝뚝 냉기가 떨어지는 목소리는 떨림 하나 없이 담담했다. 큰 사고를 치는 마당에 너무나도 태연자약한 태도였다.

무리들은 역시 대원군의 배포는 헤아릴 길 없다며 아부 아닌 아양을 떨었다. 노안당의 창살 너머로 땅거미가 내려앉으며 해가 저물어 갔다. 무리들은 저마다 하응에게 허리를 숙여 예를 갖춘 후 자리를 물러났다. 그는 비릿하게 미소 지어 그들을 배웅했다.

흥선대원군 이하응은 조복을 갈아입으며 조소를 뱉었다. 몇 년 상간으로 자신을 둘러싼 세상은 상상을 초월할 정도로 변해 있었다. 그는 왕의 살아있는 아버지가 되었고, 대왕대비를 대신하여 어린 왕을 보좌하는 섭정이 되었다.

권력을 가지게 된 하응은 바라 마지않던 개혁에 나섰다. 먼저 나라를 곪게 만든 외척세력에게서 실권을 빼앗고 종실과 왕권의 위상을 드높이고자 했다. 이를 위해 선택한 것이 경복궁 중건이었다.

다음으로는 노론의 위세를 거꾸러트리기 위해, 그들의 영수 송시열을 제향하려 세운 만동묘를 철폐시켰다. 더불어 당파와 문벌을 초월하여 능력이 있는 인재를 고루 등용하고자 하였으며 탐관오리를 축출하고자 했다.

도탄에 빠진 백성과 나라를 세우고자 그는 불철주야 뛰어다녔다. 하지만 현실은 이상을 뛰어넘지 못하는 것인가. 아니면 자리가 사람을 바꾸었는가. 어느 순간부터 원하는 바를 이루고자 걸림돌이 되는 것은 가차 없이 베어버렸고, 세종과 용복, 칠성의 말마따나 안동 김씨 사라진 자리에 대원군 쓰벌놈이 앉는 격이 되어버렸다.

그는 뒤돌아보지 않기로 했다. 그리고 곧 그의 발걸음은 운현궁과 궁궐을 직통으로 연결하는 문 쪽으로 옮겨졌다. 옥새와 인장을 받아 당백전을 시중에 유통시키기 위해서였다.

                                    * * *

"불란서 놈들이 또 쳐들어왔다던데……."

"말세야, 말세. 쌍것들은 허구한 날 민란이나 일삼고! 나라가 어찌 돌아가려는지 원."

"아, 얼마 전부터는 당백전인지 뭐시깽이인지 쌀값을 여섯 배나 올려놓았네그려. 창고에 쌀가마니 안 모아놨으면 우린들 손해를 안 보았을까! 대원군 하는 짓도 점점 우스워지고 있으이."

가야금 산조 소리가 명랑하게 들려오는 기방의 뜰 안, 구석에 앉아 가야금을 연주하던 방울이는 술상 앞에서 시국을 논하는 양반들을 고운 미소로 응대하고 있었다.

그들 사이 삼십대 중반으로 보이는 오진사는 헤헤거리며 대화에 끼어들었다. 오로지 자신의 재미를 위해 타인을 괴롭히는, 교활하고 잔인한 성정으로 유명한 사내였다.

"뭘 걱정이 그리들 많으십니까. 안동 김씨 세상이건, 대원군 세상이건, 우리만 즐거우면 그만 아닙니까? 여기가 도원경이거늘 복잡한 세상사야 알아 무엇하겠습니까? 지금부터 절경이 무엇인지, 절정이 무엇인지를 탐구하고 또 깨우쳐봐야지요. 이봐! 아직 멀었나!"

술잔을 들이켠 오진사는 기생들의 입장을 재촉하며 신경질을 부렸다. 행수는 부리나케 간드러지는 목소리로 화답했다.

"예, 들어갑니다!"

행수의 말이 끝나기 무섭게 기방의 문이 열리면서 곱게 한복을 차려입은 계집 셋이 안으로 들어섰다. 사내들만 있던 칙칙한 분위기에 도화꽃 같은 계집들이 차오르니 사내들은 과실을 베어 문 듯 입가가 저절로 벌어졌고, 아랫도리도 후끈, 달아올랐다.

앳된 얼굴의 기생들은 하나 둘 환한 미소를 지으며 사내들 옆자리를 채워주었고, 양반들은 한껏 모양 빠지는 얼굴들을 하곤 기생년의 살결을 탐색했다.

"옳지, 옳지……."

입이 귀에 걸린 양반들의 술잔으로 능숙하게 술을 따르는 기생들은 생긋생긋 귀엽성 있게 행동했다. 그런데 계집 둘은 낭창하니 품에 안기는데 한 년은 망부석마냥 시큰둥하게 꼼짝도 하지 않고 있었다.

곰처럼 우두커니 좀체 집중도, 적응도 하지 못하는 계집은 뻣뻣한 몸짓으로 허공을 헤아리는 듯했다.

"흠, 흠!"

결국 헛기침을 뱉어낸 오진사는 계집에게 술잔을 들이밀었고, 아이는 마지못해 술잔을 따라주었다.

"그래, 네 나이가 올해 몇이나 먹었는고?"

한 사내가 제 옆에 앉은 기생에게 나이를 묻자 저마다 꾀꼬리 같은 목소리로 줄지어 입술을 떼기 시작했다.

"열다섯이옵니다."

"소녀는 열일곱이옵니다."

헌데 여전히 마지막 한 계집이 문제였으니, 아이는 이번에도 멀뚱히 입을 열지 않고 뾰루퉁한 표정만 짓고 있었다.

띵, 가야금을 켜던 방울이가 눈짓을 주자, 그제야 하는 수 없다는 듯 입을 뗀 계집은 올 들어 열아홉을 먹은 채선이었다. 채선은 이맛살을 찌푸리며 간신히 말문을 열었다.

"열 아홉, 이옵, 니다."

껄껄껄, 제법 튕기는 맛이 독특하였던지 오진사는 채선이 맘에 드는 눈치였다. 그는 능글능글 반달처럼 눈을 휘며 얌생이 소리를 냈다.

"기생치곤 솔찬히 나이를 먹었구나. 어디보자… 속살은 어떤가… 열 아홉 속살……."

자연스럽게 사내는 채선의 옷고름 속으로 손을 집어넣으려 했고, 순간 정신이 번쩍 든 채선은 저도 모르게 짝, 오진사의 손을 후려쳐 버리고 말았다.

띠잉, 가야금 현이 미끄러진 소리를 내자, 방울이는 물론 기방 안을 채우던 양반들과 기생들의 눈초리도 그들에게로 모아졌다.

짧은 정적, 채선은 가슴이 벌렁벌렁 뛰고, 온몸에 소름이 돋아 죽을상이었다. 반면 오진사는 뭐가 좋은지 낄낄낄 웃으며 다시 채선에게로 수작을 걸어왔다. 아무래도 재미난 장난쯤으로 치부해버린 듯했다.

"허허, 앙탈은… 자… 자… 어디 보자… 열 아홉 속살……."

상황 파악이 안 된 오진사는 다시금 채선의 옷고름 속으로 손을 넣으려 했고, 결국 참지 못한 채선은 사내의 따귀를 후려쳐버리고 말았다.

짝!

얼얼하게 얻어맞은 오진사는 붉으락푸르락 화를 참지 못하고 채선의 조그만 볼을 사정없이 내리쳤다.

안쪽 살이 찢어져 비릿한 피 맛이 느껴질 즈음에도 사내는 손을 내리지 않았다.

"감히… 감히 천한 기생년이 양반의 몸에 손을 대! 감히 네년이!"

"행수! 행수 어르신!"

울며불며 뛰쳐나간 방울이가 행수를 모시고 들어오지 않았다면 오늘 채선은 초상을 치를 뻔했으리라. 흥분한 오진사에게 다른 기생 아이를 안기지 않았더라면 채선은 오늘 무사히 밤을 넘기지 못했을 것이었다.

* * *

"야, 이년아!"

아궁 속 불길을 바라보며 쪼그려 앉은 채선에게로 행수가 소리쳤다. 발개진 볼에 된장을 발라주던 부엌어멈은 서슬 퍼런 행수의 호령에 움찔 어깨를 움츠렸다.

"싫다 그랬잖아요."

"정신 차려, 이년아! 니 나이가 몇 인데!"

"아, 몰라요. 기생 되는 거 싫어요. 안 해요. 아니, 행수 어르신, 난… 난 기생도 아니잖아요."

툭툭, 불덩이를 치던 불쏘시개를 내려놓으며 채선이 슬픈 듯, 반항적으로 대섰다.

"누가 평생 기생으로 살라디? 술상에 앉아 있다 보면, 사내도 만나고 머리도 올리고 애도 낳고 사는 거여. 그게 계집 팔자여, 계집팔자!"

"꼭 그렇게 살아야 해요?"

"세상도 하수상하고… 요럴 땐 지아비 품에 있어야 맴이라도 편한 겨."

어딘지 말을 잇는 행수의 눈빛이 여느 때보다 서글퍼 보였지만 채선은 대꾸하지 않았다. 살포시 부엌어멈의 손길이 채선의 떨리는 어깨로 올라와 자분자분 토닥이기 시작했다.

채선은 행수의 울 것만 같은 얼굴과 아궁 속 불길을 바라보며 가만히 생각에 잠겼다 입을 열었다.

"저는요… 소리하다 죽을라요. 암만 생각혀봐도 소리꾼이 되야겠어요."

"또 그 소리여! 계집이 어찌 소리를 한단 말이야? 암탉이 울면 집안이 망한다 혔다!"

"그놈의 계집팔자……. 행수 어르신, 저는요… 제 팔자를 바꿔보고 싶어요."

망할 집안도 없는 신세인데 무엇을 두려워하는지, 채선은 행수의 저 말이 애달팠다. 스스로 족쇄를 채우고 창살 안에 가두는 독 같은 말. 채선은 계집 팔자를 뛰어넘고자 했다. 도로롱 도로롱, 바람에 문풍지 긁히는 소리가 들려온다. 파드득, 날갯죽지를 펴고 비상하려는 새의 날갯짓도 보인다. 또옥, 또옥, 밤새 풀잎에 맺힌 이슬이 물웅덩이 위로 떨어지는 소리도 들렸다. 세상이 소리고, 채선은 그 안에 있었다. 천지만물, 자잘하고 거대한 것을 막론한 채 죄다 소리를 가졌더랬다. 채선은 목소리를 내고 싶어 비강이 간질간질했다.

어휴, 입술을 깨무는 채선의 눈빛이 오래전 제 어미를 똑 빼닮아 반짝거렸다. 행수는 더 이상 어떤 말도 보태지 못하고 아이의 부어오른 뺨을 애잔하게 바라보았다. 왜 편하게 살 길을 돌아가려 할꼬. 사나운 팔자, 물려받지 말아야 할 것은 왜 이다지도 쉬이 물려받는 겐지……. 그녀는 가타부타 말을 덧대지 않고 부엌을 빠져나왔다.

채선의 옆에서 부엌어멈도 장성한 아이를 대견함 반, 걱정 반 뒤범벅된 표정으로 바라보았다. 채선의 마음속에서 작지만 큰 변화가 소용돌이치기 시작했다.

세상을 울리리라, 다짐이라도 한 모양새였다.

남장 채선

명경 앞에 채선이 있었다.

고운 연지분과 머리댕기, 비녀들이 나열된 방 안에서 채선은 머리채를 정수리로 한데 모아 상투처럼 말아 올렸다. 뒤이어 기다란 상투 끈으로 머리를 고정한 채 거울을 들여다보며 괴상한 행동을 반복했다.

눈썹을 진하게 그리는 붓에 묵을 묻히더니 그대로 코밑으로 가져가 수염을 그리며 얼굴의 요모조모를 훑어보았다. 어색했지만, 그래도 제법 예쁘장한 소년이라고 우겨봄직했다.

채선은 기방을 나서기 전 바짓단의 대님을 몇 번이나 거듭 고쳐 맸다.

두근두근, 불규칙적으로 뛰는 심장을 다독이며, 상투에 사내 옷을 차려입은 채선이 문을 나섰다.

한 발짝, 혹시라도 단번에 계집인 걸 들킬까 봐 조심스럽게 길가를 거닐었다. 아장아장, 병아리 걸음을 걷던 채선은 주위를 활보하는 사내들을 둘러보곤 너름새를 펼치기 시작했다.

어흠! 어흠! 걸걸하게 헛기침을 뱉어내면서 짐짓 뒷짐까지 지더니 헛헛한 표정으로 점차 다리 사이를 벌리기 시작했다. 어정어정 지나가는 사내들을 향해 '어, 그래 나도 내가 남자다운 거 알아, 안다구~' 여유로운 표정까지 지어보이던 채선은 큭큭큭 배꼽을 잡으며 동리정사 쪽으로 방향을 틀었다.

"오늘은 우리 동리정사가 새 식구를 맞이하는 날이다, 이 말이여! 근데, 중요한 건 어중이떠중이 아무개 씨나 다 받아주는 것은 아니여! 시험을 통과해야 진정한 동리정사의 일원이 될 수 있다, 이 말이지! 내 말 알아듣겠어? 그럼… 배에 힘주고!"

긴장감이 역력한 동리정사 안에는 벌써 전국팔도에서 몰려든 수십 명의 사내들이 즐비하게 늘어서 있었다. 채선은 종종걸음을 치며 들어가 그 틈바구니에 제 자리를 마련했다.

시뻘겋게 달아오른 얼굴로 목청껏 소리를 내지르는 사람들은 한창 시험을 치루는 중이었다. 채선은 칠성과 용복을 뒤에 두고 심사를 보는 소리 선생 김세종의 눈치를 살폈다.

설레설레, 심중에 차지 않았는지 세종이 고개를 저었다. 그 모습이 꽤 냉철하고 정확해서 채선은 재차 심호흡을 가다듬었다. 계집이라는 것을 들켜서도 안 되고, 시험에 떨어져서도 안 된다! 이를 악물고 순번을 기다렸다. 얼마 지나지 않아 세종이 그런 그녀를 호명했다.

"거기… 그쪽 한번 나와보소!"

손바닥의 땀을 털어내고, 약간의 흥분을 내재한 채선이 세종의 앞으로 가 섰다. 이윽고 남장을 한 채선은 뱃심을 끌어당겨 커다랗고 우렁찬 소리를 내질렀다.

그녀의 쭉 뻗은 소리(본청)는 장내의 그 어떠한 사내들보다도 시원했다.

"어~~~~."

"얼씨구?"

채선이 무난하게 소리를 뽑아내자 세종은 특유의 뾰루퉁한 표정으로 그녀를 주시했다. 체구도 쪼그만 것이 비리비리하게 생겨서 빨리 떨구어낼 요량으로 호명했는데… 생각지도 못한 소리가 울려나왔다.

그는 이건 또 어디서 굴러먹다 온 물건이야, 란 눈빛으로 채선의 눈을 마주보았다. 채선도 피하지 않고 그런 눈길을 맞받아내었다. 신호도 없이 그는 북장단을 치며 따라해보라는 듯, 선창을 뽑아냈다.

"예~ 이~ 따~~."

"예~ 이~ 따~~."

"따르르르르르~~."

"따르르르르르~~."

"이 산으로 가면~."

"소꾹소꾹~."

"옴마, 제법인듸?"

드디어 세종의 입가에 미소가 퍼졌다. 칠성과 용복도 채선을 바라보며 씨익 웃었다. 통과를 확신한 채선이 당차고 화끈하게 제 이름을 외쳤다. 울컥, 참을 수 없는 기분이 울대를 간지럽혔다.

"진, 채석이라 하오."

"합격!"

야호! 남장을 한 채선이 새 신부마냥 수줍게 웃다 표정을 감추었다. 아차차, 이윽고 그녀는 언제 그런 표정을 지었냐는 듯, 사내처럼 의연하게 고개를 숙여 인사했다.

오늘부터 동리정사의 문하생이 된 진채석은 채선 자신이었다. 부엌데기, 도둑 수업과도 작별하고 당당히 한 사람의 소리꾼 지망생으로 자리할 수 있게 된 것이다. 눈치 보지 않고 떳떳하게 배움을 요구할 시간도 얻었다.

채선은 가슴이 뜨거워 눈시울이 붉어졌다. 절대 물러서지 않고 나아가리라. 그녀는 새털처럼 가벼운 발걸음으로 달음박질쳐 읍성을 내달렸다.

* * *

웅성웅성 조잘대는 삼십여 명의 문하생들이 성곽길을 걸었다. 며칠 동안 내리 최상의 감정선을 달리던 채선도 마냥 신이 나선 그 뒤를 졸졸 따라붙었다.

줄의 맨 끝, 동리정사의 막내 진채석은 용복과 칠성에게 방실방실 묻는다.

"헌데… 지금 어디로 가는 것이오?"

"어디 가긴, 소리꾼이 소리허러 가지."

귀찮다는 듯, 건성으로 대답하는 칠성에 비해 용복은 순하고 퍽 사람 좋아 뵈는 인상으로 덧붙여 설명해주었다.

"소리는 무슨, 굿이나 보고 떡이나 먹는 것잉께, 그리 알면 되야."

벌써부터 입맛을 다시는 용복은 싱글벙글 흥이 돋아 있었다.

칠성은 탐탁지 않은 시선으로 용복을 바라보았다. 벌써 수년째, 함께 지내오고 있지만 좀체 적응이 안 되는 그였다.

칠성과 용복은 비슷한 연유로 동리정사까지 당도하였더랬다. 한 놈은 부모에 의해 강압적으로, 다른 한 녀석은 제 발로 걸어서 소리 학당을 찾아왔다.

칠성의 부모는 가년하여 입에 풀칠하기가 버거워지자 아이를 동 리정사에 맡겼다. 이곳저곳 장돌뱅이 거처 없이 돌아다니는 세월에 자식까지 보태고 싶진 않았으리라. 하여 울고 불며 떨어지지 않는 아이를 억지로 두들겨 패 소리 학당에 입문시켰다.

부모를 따라 장에서 노래도 부르고 춤도 추던 가락이 있어 입단 시험은 무사히 넘겼다. 뒤돌아가는 부모를 바라보며 칠성은 최고의 소리꾼이 되어 양친이 땅을 치고 후회하며 저를 찾아오길 바랐다.

반면 용복은 제 발로 동리정사를 찾았다.

그의 집 또한 한미하여 먹고 사는 게 고난이었다. 게다가 줄줄이 아이가 아홉이라 마을에서는 흥보네 집이라는 별명도 따랐다. 용복은 예의 순한 눈망울을 굴리며 울고 보채는 어린 동생들과 먹을 것이 없어 전전하던 어미를 가엾게 여겼다.

용복은 찔찔, 콧물을 흘리며 괴나리봇짐을 싸들고 달포 넘게 걷고 또 걸어 학당에 도착했다. 소리라곤 해본 적도, 들어본 적도 없던 녀석이라 부릴 재주는 없었지만 특유의 쭉, 뻗친 목청이 대단하여 시험에서 통과하였다.

그날은 칠성도 함께 입문을 한 날이었는데, 용복은 아비에게 맞아 뺨이 붉어진 칠성에게 다가가 주먹밥을 건넸었다. 히히힛, 어디좀 모자란 아이마냥 낙천적으로 웃는 용복을 바라보며 칠성은 고개를 가로저었다. 그 인연이 이리 오래갈 줄은 두 사람 모두 몰랐을 것이다.

채선은 판이한 성정을 보유한 죽마고우를 바라보며 되물었다.

"저잣거리로 가는 것 아니었소?"

"저잣거리는 무슨, 양반들 앞에서 떡이나 얻어먹는 것잉께. 그리 알면 되야."

대관절 이게 무슨 상황인지……. 노래청에서 소리를 배우는 것이 전부라고 생각했던 채선은 의아해하며 앞을 보았다.

행렬 맨 앞줄에는 세종이 걷고 있었고, 그 옆에는 신재효가 언뜻 언뜻 희미하게 보였다.

채선은 금녀의 공간이라 하더니 자신이 들어온 줄도 모르는 재효가 고소하게 느껴져 배시시 웃음을 흘렸다.

오랜만에 보는 재효의 얼굴, 그런데 무슨 일이 있었는지 그의 얼굴은 그 사이 조금 변해 있었다. 어딘지 무표정하고 빛을 잃은 표정. 채선은 지금 가고 있는 행선지보다 재효에게 일어난 변화와 풍파가 더욱 궁금했다.

어느새 쿵딱, 북소리가 들려오며 고랫등 같은 기와집이 눈앞에 나타났다.

* * *

대청마루에 앉아 너털웃음을 짓는 사내를 보며 채선은 황급히 몸을 숨겼다.

고통은 학습되고 각인되는 것이라고 했던가! 채선은 얼마 전 당했던 폭력을 고스란히 머릿속으로 재현했다. 부르르, 몸이 떨렸다.

그녀는 슬금슬금 커다란 용복의 뒤로 숨어 고개만 빼꼼 내밀었다.

갓을 쓴 양반들이 어울려 놀고 있는 실내의 널찍한 사랑채 안, 집주인으로 보이는 사내는 다름 아닌 오진사였다. 채선은 마른침을 삼키며 장내를 둘러보았다.

왜? 여기를 들어와서 왜 저 교양도 없고 천박한 사내에게 소리를 해야만 하는 걸까? 도통 이해가 되지를 않았다. 소리꾼이 소리 공부를 해야지 왜 애먼 시간을 이런 곳에서 낭비하는 것일까? 채선은 의중을 몰라, 두리번두리번 고개를 돌려 재효를 찾았다.

"솔을 베어 조그만허게 배 무어 타고 술과 안주 많이 실어 술렁 배 띄워라~."

동리정사의 간판 소리꾼 길중이 강상풍월을 부르기 시작하자 세종이 북을 쳤다.

그 근처에서 재효는 우두커니 서 있었다. 예의 무표정한 얼굴로 모든 것이 재미없고 심드렁해 보이는 낯빛이었다. 채선은 다시 한번 고개를 갸웃했다. 대체 무슨 일이 있었던 걸까? 채선은 재효를 주시했다.

"이봐, 동리!"

오진사의 손짓에 멍을 때리고 있던 재효가 쪼르르 다가가 몸을 낮추었다. 습관처럼 몸에 밴 반응 속도였다.

"예, 나으리."

재효가 고분고분 그에게 대꾸했다.

"소리 중에 춘향가라고 있잖은가, 춘향가."

"예, 있읍죠."

"그거 실제로 있었던 일인가? 춘향이하고 이몽룡하고 변학도하고……."

음흉한 표정으로 오진사가 목소리를 배배 꼬며 재효에게 물어왔다. 재효는 딱히 흥미를 보이지 않고 무덤덤하게 그의 물음에 대답해주었다.

"전부 다 사실이라고 할 순 없지만, 있었던 사람들이고 있었던 일들이니까, 사람들 입을 타고 전해져 오는 것이겠지요. 남원 지방에서 내려오는 구전문학이라 할 수 있습니다."

"아니, 말이 안 되지 않나. 춘향이는 기생의 딸인데 어찌 사또의
수청을 거부했단 말인가?"

그럼 그렇지, 어찌 고아한 소리를 듣고도 저런 속된 질문밖에 못 던
질까? 그럴 줄 알았다는 듯, 채선은 오진사를 한심하게 쳐다보았다.

귀는 장식으로 달고 있는 게 분명했다. 그것도 아주 못생긴 장식.
아니면 처음부터 판소리에는 관심도 없는 인사가 단순히 유행을 따
르고자 가까이할 뿐이라든가.

채선이 눈살을 찌푸리는 사이 재효도 당황스러운 표정으로 오진
사를 바라보았다.

"뭘 그렇게 어렵게 생각하십니까. 춘향이는 계집 아닙니까, 계집!
자고로, 계집이란 사내의 능력에 따라 벌려주는 것들이 아닙니까.
사내의 능력! 이거! 거시기! 주장군! 이몽룡의 주장군이 허벌나게 커
서 춘향이가 기다린 거 아닙니까? 못 잊어서… 안 그런가, 동리?"

세상에나……. 거의 절망적인 표정이 된 채선은 해괴한 답변에 진
절머리를 쳤다. 저들의 머릿속에는 그저 주장군, 거시기, 능력, 여
자, 단편적인 요소들만 자리 잡고 있었다.

그녀는 재효의 반응을 숨죽이며 기다렸다. 그런데 난처한 표정
을 짓던 재효는 뜻밖에도 비굴한 표정으로 머리를 조아리기 시작
했다.

향촌의 지식인으로 알려진 재효가 제 앞에서 굽신거리니 기분이
좋아진 오진사는 콸콸콸 술을 따라주었고, 재효는 제 신세가 서글

퍼 얕게 한숨을 내쉬었다. 툭, 어디선가 시선이 고정되어 어릿대었다. 저 멀리, 이번에는 채선이 난처한 얼굴로 재효를 바라보고 있었다. 남장 채선과 딱 마주친 재효의 두 눈. 그의 몸이 눈치 챌 듯 말 듯 흔들렸다.

"뭣 하냐, 얼릉 떡이나 먹으면 되는 것잉께, 그래 하면 되야!"

우악스럽게 오고 가는 두 사람의 시선을 찢고 용복이 끼어들었다. 그는 채선의 손에 바리바리 개떡을 건네주며 사람 좋은 미소를 연발했다.

채선은 그가 쥐어준 개떡을 우걱우걱 씹어 먹으며 맹랑하고 날카롭게 재효를 쏘아보았다. 재효도 멀찍이 앉아 있는 남장 차림의 채선을 무표정하게 바라보았다.

힘이 빠진 눈빛. 채선이 말없이 몸을 일으켜 집을 빠져나갔다. 왜… 저리 다른 사람처럼 구는가. 대체 그간에 무슨 사정이 있었던 걸까. 채선은 실망감과 안타까움이 범벅 져 표정관리가 되질 않았다.

재효도 입꼬리를 파르르 떨며 헛웃음을 지었다. 저 역시 스스로가 한심하거늘, 저 어린 계집에게 어찌 보이는지 말하지 않아도 뻔하였다.

소리를 시작했을 때, 재효는 결코 상전들에게 굽실거리지 않겠노라 생각했었다. 윗것들 말고 아랫것들을 위하여 험한 바닥을 평평히 고르는, 그런 소리를 하겠노라 다짐했었다. 헌데 지금 자신의 모습은 그 옛날 육방의 아전노릇과 크게 다르지 않았다. 양반들 똥구멍을 핥고 빨며 동리정사의 운영을 위한 자금을 구걸해야만 했다. 더럽고 치사해도, 탁하고 매캐하더라도 그만둘 수 없는 일이었다.

"멍! 멍멍! 멍멍!"

어디선가 지친 개 소리가 이명처럼 들려왔다.

* * *

"멍! 멍멍! 멍멍!"

술에 잔뜩 취한 세종이 개 짖는 소리를 흉내 냈다. 맞은편에는 재효가 속이 쓰린 듯 술잔을 들이켰다. 와글와글, 사람으로 꽉 찬 주막에서 재효는 늘 그랬듯 말술을 부어 마셨다.

"나으리, 참말로 여짝 주막에서 대원군허고 마주본 게 맞소잉? 멍멍 짖고 어쨌다 쌌더만… 뭐 하나 알아주는 게 없잖소잉?"

"……."

"긍께, 경북궁 짓는다고 쩐을 그리 허벌나게 퍼다부면 어쩐다요. 나라에 헌납하고 돌아온 게 뭐 있소. 벼슬을 내려주는 것도 아니고 잉. 딴 놈들은 매관매직하믄서 벼슬도 한 자리씩 잘 챙겼다던데… 헌신짝만도 못하고마잉. 쓰벌… 당파와 문벌은 초월하믄서 신분은 주욱어도 초월을 못하겠는갑제? 아따, 나으리가 참말로 얼마를 쏟아부었는디, 이기 뭐다요? 이 처량한 신세는 뭐다요?"

"……."

"속이 쓰리지요잉? 요로코롬 양반놈들 비위나 맞춰야 하나 싶고 잉? 허이고, 참… 대원군, 이 쓰벌놈!"

격앙된 세종이 째진 소리를 내며 괴성을 질렀다. 재효는 분하기도 하고 스스로에게 실망스럽기도 하여 두 눈을 부릅떴다.

"하이고, 알았소잉… 우리 대원위대감께 어잉? 됐소? 쓰벌… 다 큰 사내가 무슨 외사랑을 이리 심하게 앓누."

살짝 빈정 섞인 세종의 말에 재효는 괴로운 듯 주막을 향해 소리쳤다.

"주모! 막걸리 한 됫병 갖다 주소!"

그 옛날 하응과의 술자리를 떠올리며 재효는 혀를 찼다. 세상이 바뀌기는……

대체 무슨 청사진을 그리고 얼마나 꿈같은 그림을 그렸던가. 그는 그저 관아에서 맞아죽을 뻔했던 천한 목숨을 살려준 빚을 갚은 것이라며 스스로를 달래보았다. 변하지 않은 흐름은 잊어버려야 했다. 그렇지 않으면 이리 독이 되어 쌓이는 법이었다.

두둥실 밤하늘의 중천에 보름달이 떠 있었다. 가끔 밤새들이 구구국 구구국, 존재를 알렸지만 갈수록 짙어가는 어둠뿐. 파루가 치고 거리에 사람들이 사라져야 할 시각, 동리정사 앞 대로에는 검은 그림자 하나가 움직거렸다.

딸꾹딸꾹, 알싸한 술 냄새를 진동하며 재효가 중심을 잡지 못하고 휘청거렸다. 속상한 마음이 술을 잡아먹으니 어느새 고주망태가 되어버린 그는 제대로 길을 나아가고 있는지조차 가늠할 수 없었다.

재효는 엉망진창이 된 제 상태를 잊어보려 흥흥흥, 콧노래를 불렀다. 꽤 찹찹한 공기와 달빛, 취흥이 어우러지면서 운치가 생겨났다.

그의 콧망울 끝에서부터 쑥대머리가 흘러넘쳤다.

"쑥대머리 귀신형용 적막옥방 찬 자리에… 보고 지고, 보고 지고, 한양 낭군 보고 지고……."

재효의 호젓한 시선이 보름달에 가서 걸렸다. 그리운 느낌, 아득한 기분. 대상을 알 수 없지만 물씬 짙어지는 그리움에 재효는 더욱 처절하게 콧노래를 흥얼댔다.

무엇을 바라는가. 무엇을 그리는가.

재효는 서러움에 왈칵 토악질을 올렸다. 멀리서 그를 쫓고 있던 그림자도 움찔 흔들렸다. 언제나처럼 적당한 거리를 유지한 채선이 익숙한 몸짓으로 재효의 뒤를 쫓고 있었다.

그녀는 출렁이는 재효를 가만히 바라보며 어둠 속에 자리했다.

입가를 닦아낸 재효가 이미 기척을 느끼고 있었던 양 고개를 돌려 어둠속을 헤집었다. 술에 취해 퀭한 두 눈에서 안광이 번득였다. 채선이 달빛 밖으로 모습을 드러냈다.

"나으리, 왜 저잣거리에서 소리를 아니 하십니까?"

올곧고 강직한 눈이 그를 마주봤다.

"……."

재효는 침묵했다.

"왜 양반네들 호사놀음이나 하십니까? 어찌 소리를 웃음 팔 듯 파십니까?"

발끈, 재효의 몸이 크게 펄떡였다. 성이 난 사내는 이글이글 화염이 이는 눈씨로 채선을 노려보았다.

"네까짓 게… 뭘 안다고 주둥아리를 함부로 놀리느냐. 네가… 소리를 아느냐? 네가, 소리꾼을 아느냐?"

주정하듯 지껄이는 말에 채선은 암담하게 눈앞이 흐려졌다. 그는 제가 알던 사내가 아니었다. 채선은 속기라도 한 양 분하면서도 동정어린 표정으로 말문을 열었다.

"이상해지셨습니다. 나으리답지 않으십니다."

"그러는 너는, 어찌 계집답지 못하게 사내 흉내나 내고 그러느냐? 그 수염이 네 눈에는 진짜로 보이더냐?"

"……"

"내 분명히 말해두었거늘, 계집은 안 된다 하지 않았느냐. 예전에도 그랬고 앞으로도 그럴 거야. 세상이 변하지를 않는데 계집이 소리를 한다? 하! 지나가던 개가 웃겠구나. 어찌 그런 허망한 꿈을 꾸누."

"계집은… 사람도 아닙니까? 계집 팔자는… 스스로 정하지도 못한답니까요? 어째서 목구멍이 있는데 자꾸 닫으라 하십니까? 막으라 하십니까? 소리가 좋습니다. 울림이 따스했습니다. 계집이고, 천한 광대놈이고 그런 하잘 것 없는 것 다 떼고, 그저 사람으로서 당당하게 설 수 있는 판이 좋았더이다. 동경했습니다! 헌데… 꿈이었나 보네요. 참말 다 꿈이었어라. 이렇게 쩔쩔매고 웅숭그리는 걸 보았으면 그리 아름다운 꿈도 못 꾸었을 텐데. 하룻밤 자고 일어나면 꼴딱 잊히는 허망한 꿈이 맞았나 봅니다. 꿈이니… 이리 비참하고 허망하겠죠."

채선도 지지 않고 대들었다. 재효는 괜한 분풀이를 채선에게 하고 있는 것 같아 입을 꾹 다물었다. 사실 꿈보다 허망한 것이 현실이었다. 잠에서 깬 현실이 더 잔혹하고 혹독하여 사람들은 꿈을 허망하다 돌려 말했다.

재효는 마음이 허해 갈 곳을 잊은 느낌이었다. 채선은 아무 말도 하지 않고 허공을 노려보는 사내가 못내 서러웠다.

"안 그래도… 관둘까 생각하옵니다. 사람들을 웃고 울리는 것, 그게 판소리다. 그리 말씀하신 분이, 이게 뭡니까요? 이런 게 소리라면 해주십사 해도 안 할 겁니다!"

단언하듯 제 꿈을 잘라내는 재효가 무심하여 채선이 빽 욱기를 부렸다. 채선은 뒤도 돌아보지 않고 휙 떠나가 버렸다.

채선이 멀어지는 길가로부터 어둠이 다시 찾아들었다. 달빛은 아이를 따라 어물쩍 물러나는 것만 같았다.

동리정사 문 앞에 홀로 남겨진 재효는 채선의 뒷모습을 바라보며 황당한 듯, 헛하게 웃었다, 제 눈을 껌뻑거렸다. 자조적인 어투로 그가 말을 이었다.

"허긴… 틀린 말도 아니지."

무언가를 골똘히 생각하며 재효는 동리정사 안으로 발길을 옮겼다. 계집이 소리를 하는 세상이라…….

질리지도 않고 꿈 자락을 여며 쥔 채선이 안타깝고도 대견해보였다. 그 순수함이 처음으로 닮고 싶어질 정도였다.

원대한 꿈

올망졸망, 상투를 틀거나 혹은 댕기를 맨 사내들이 한곳을 응시했다.

시선의 끝, 근엄한 표정의 재효는 전날 밤과는 사뭇 다른 생동감을 보였다. 말끔하게 술기운이 가신 그는 또박또박 한자 한자 문하생들을 향해 말을 이어나갔다. 살짝 미소까지 번진 얼굴에서 새로운 기운이 느껴졌다.

"……."

"지난 여러 해 동안 대원위대감께서 개혁을 단행하셨다."

침묵을 뚫고 재효의 말이 울림 있게 흘러나왔다. 목청에 기쁨이 묻어나 있었다.

"서학쟁이들 죄다 죽여뿔고, 물가만 허벌나게 오르고잉. 거시기…
개판이었지라."

"과도기였지."

이기죽거리는 세종의 말을 바로잡으며 재효는 다시 이야기를 속
행했다.

문하생들 사이를 차분차분 걸어 나가는 그의 모습은 오래전 잃어
버린 줄로만 알았던 기백을 회복한 모양이었다. 재효는 조금 전 성
문 앞에서 자신이 본 것을 전하고 싶어 안달이 난 듯싶었다.

전날의 과음으로 숙취가 가시지 않은 재효는 마당가에 쓰러져 잠
들어 있었다. 새벽이라 쌀쌀한 기운이 흙으로부터 올라와 하마터면
입이 돌아갈 뻔했다.

재효는 오들오들 한기가 든 몸을 두 팔로 감싸 안고 안채 방향으
로 기어가듯 전진했다. 하지만 곧 그의 걸음은 안채가 아닌 사립문
쪽으로 이어졌다. 성문 앞에 모여 있던 사람들이 시끄럽게 웅성거
린 탓이었다.

"나으리, 일어나셨습니까요? 속은 괜찮으시고라?"

언제 합류했는지, 재효의 옆자리를 차지한 세종이 북어포를 질겅
질겅 씹으며 다가왔다.

그들은 사람들이 모여 있는 성벽 쪽으로 다가가 벽보를 바라보았
다. 한글과 한자로 뒤섞여 의미를 알아보기 힘든 벽보를 응시하며
많은 사람들이 다닥다닥 붙어 있었다.

세종 또한 그들과 다름없었지만 마치 다 안다는 양, 고개를 끄덕이며 훑어보았다.

"나으리, 거시기… 뭐라 쓴 겁니까?"

기웃기웃 벽보 주변을 서성이던 세종이 넌지시 물어오자 재효는 힐끗 보기만 할 뿐, 대꾸하지 않았다. 하지만 의미심장한 눈빛으로 보아, 뭔가 사건이 생긴 것만은 분명했다.

"낙성연이라……."

바람 빠지듯 새어나온 소리에 세종도 두 눈을 번쩍였다.

"대원위대감께서 처음 하신 개혁이 무엇이냐! 임진년 왜놈들이 짓밟은 경복궁을 재건하신 일이다! 왜 경복궁을 재건하셨을까? 궁은 조선의 얼굴이니까. 판소리로 말하자면, 인물치레이니라! 대원위대감께서는 인물치레, 사설치레, 득음치레, 너름새까지 다 알고 계신 분이시다. 조선 최고의 귀명창이신 것이다!"

김세종과 문하생들은 열성적인 재효의 말에 고개를 끄덕였다.

"그분께서 경복궁 중건을 기념하여 낙성연이라는 소리판을 여신다. 새 시대에 걸맞는 새로운 소리를 찾는다, 말씀하셨다. 소리꾼들에게도 나라에 쓰임 있는 소임을 건네주신 게다!"

북받친 소리에 칠성과 용복이 되물었다. 그들은 재효의 감정을 고스란히 느끼지 못한 채 그저 어리둥절할 뿐이었다.

"그러니까 우리도 한양에 가서 소리를 하는 겁니까?"

"저희도 어전광대가 될 수 있는 겁니까?"

호기심에 찬 질문은 코웃음 소리에 묻혀 사위어들었다.

간판 소리꾼 길중이 칠성과 용복을 업신여기듯 바라보며 비웃었다. 그들은 입을 다물었고, 재효의 설명은 계속되었다.

"대원위대감께서는 양반 중인 천민 가릴 것 없이 장기나 기술이 있으면 관직을 내려주신다. 낙성연에서 장원만 하면, 부귀영화를 누릴 것이요, 입신양명을 이룰 것이다."

입신양명을 이룰 수 있을 것이다. 이 대목에서는 재효 역시 울컥 가슴이 먹먹하게 젖어들었다. 언젠가 자네가 나를 도울 수도 있지 않겠느냐고, 그가 말했었다. 석파 이하응은 젊고 깨어 있는 맑은 눈빛으로 그리 이야기했다. 재효는 그 순간이 지금 찾아온 것이라 믿어 의심치 않았다. 그런 떨림에 감응했는지 칠성과 용복도 다시금 술렁였다.

"허나, 지금껏 했던 소리로는 가당치도 않다. 새로운 것을 해야만 한다. 그것이 무엇인가 하면……."

재효의 눈에서 장난꾸러기 같은 천진한 별빛이 튀었다. 두둥두둥, 그의 심박이 휘모리장단으로 널뛰었다.

* * *

벌건 대낮, 마당에서 푹 고아내고 있는 고기국물 내음은 양반님네들의 점심상을 상상하게 만들었다. 초근목피로 겨우겨우 끼니를 때우는 아랫것들은 울대를 넘나드는 침을 조절하느라 안간힘을 썼다.

나중에 혹여라도 한 젓가락 남겨준다면 그거라도 주워 먹으면 운이라고 중얼대는 소리들도 섞여 나왔다.

정오의 소리판, 오진사 댁 마당에 펼쳐진 판 위에는 재효의 소리패가 정갈하게 자리한 참이었다.

쿵딱! 세종이 북장단을 두드려 장내의 분위기를 고조시키면, 장단에 맞추어 소리판 위로 올라선 용복과 칠성, 길중이 침을 삼켰다.

건들건들, 각자 손에 쥔 부채 하나에 의지하여 몸을 들썩이는 이들은 각각 방자, 이몽룡, 춘향이 되어 몸짓을 선보였다.

난생처음 보는 구조에 판을 구경하던 양반들의 눈에서도 새로운 것에 대한 신이함이 그득그득 담겨 있었다. 그들의 신선한 반응에 신이 난 재효는 소리판 구석에 서서 구슬땀을 흘리며 소리꾼들을 지휘했다.

상석에 앉은 양반들의 입에서 호기심에 찬 숨소리가 들려온다. 재효는 때를 놓치지 않고 세종을 향해 쥘부채로 신호를 보냈고, 그에 따라 쿵딱, 북소리가 멈췄다.

"그때여! 이 도령은, 취흥 도도하여 춘향 앞에서 사랑가로 농탕치는디."

이몽룡의 역할을 맡은 칠성이 업고 노는 동작을 취하며 춘향가 중에서 사랑가를 부르기 시작했다.

"이리 오너라, 업고 놀자. 이리 오너라, 업고 놀자. 사랑 사랑 사랑 내 사랑이야."

흥겨운 박자가 계속되면서 구경꾼들의 어깨도 살랑살랑 움직대기 시작했다. 재효는 지휘하듯 부채 접는 시늉을 하였고, 칠성이 부채를 탁 접으며 대사를 쳤다.

"이 애, 춘향아. 나도 너를 업었으니 너도 날 좀 업어다오!"

간드러지는 칠성의 말에 바라보던 재효는 뿌듯한 미소를 짓는데, 춘향 역할의 길중은 뻣뻣한 자세에다 대답하는 목소리도 건조했다. 어딘지 어색하고 불편한 기색이 역력했다.

"도련님은 날 가벼워 업었지만, 나는 도련님을 무거워 어찌 업는단 말이오."

의욕 없는 길중의 대사에 재효는 순간적으로 인상을 찌푸렸다.

길중은 불만 섞인 표정으로 억지로 업고 노는 동작을 취하며 노래를 이었다. 쏴아, 조금 전 올라갔던 장내의 흥이 수그러들었다. 하나 둘 신기해하던 표정은 난해하고 어정쩡하다는 표정들이었다.

"둥둥둥 내 낭군, 오호 둥둥 내 낭군."

"잠깐만… 잠깐만……."

급기야 상석에 앉아 있던 오진사가 길중의 소리를 멈추게 했다. 세종의 북장단에 맞춰 이도령과 방자의 몸짓을 하던 칠성과 용복도 공연을 중단했다. 오진사는 천진난만한 표정을 가장하여 냉랭하게 물어본다. 깔아보는 느낌이 다분한 말투였다.

"이거… 뭐 하는 거야?"

생글생글 오진사의 눈은 웃고 있었지만 재효는 숨이 턱 막히는 기분이었다. 그는 가까스로 정신을 다잡고 차분히 대답을 이어나갔다. "분창이옵니다. 역할에 맞게 소리를 나누어 너름새를 실현하고자 하는 것이지요. 소리꾼 한 사람이 모든 역할을 담당하는 것이 아니라 각자 나누어 더욱 풍부하고 실감나는 판을 벌일 수 있는 것입니다. 지금껏 판은 한 명의 창자가 모든 인물을 구사하였던 데 반해 분창은 각자 자신이 맡은 역할을 연희하는 것입니다. 이제 소리는 듣는 것에 그치지 않고 보는 것으로 저변을 확대하게 되는 것입죠."

당당하고 확신에 찬 재효의 목소리. 오진사의 눈썹이 미세하게 떨렸다.

"아… 신기한 거 하는구나……. 근데 굳이 이걸 왜 하는 건데?"

"대원위대감의 귀를 사로잡기 위해서는 이 방법이 적격이옵니다. 여태껏 본 적 없던 새로운 방식으로 소리를 연행하는 것이지요."

"아, 맞다. 맞다. 네가 아까 얘기했지. 낙성연……. 근데 단오는 어떻게 하려고 그래? 며칠 안 남았잖아."

오진사가 재효에게 딴지를 걸며 비아냥대기 시작했다. 재효는 진땀을 뻘뻘 흘렸다.

"단오 또한 낙성연 준비 차원에서 춘향가 분창을 하고자 합니다."

"그래? 근데… 적벽가가 낫지 않을까? 사또도 오실 텐데."

"낙성연을 생각하신다면 춘향가가 적격이옵니다. 대원위대감께선 심청가와 춘향가를 즐기십니다."

피식, 재효의 말을 비웃던 오진사의 웃음은 박장대소로 번졌다. 그는 우스워죽겠다는 표정으로 낄낄대더니 뚝, 정색을 하며 재효를 노려보았다. 꼬박꼬박 대꾸하는 재효가 꼴 보기 싫다는 듯 혀까지 날름거렸다.

"그걸 네가 어떻게 알아?"

"일전에 제가 대원위대감을 만나뵌 적이 있습니다. 그때 그분께서 그리 말씀을……."

"이봐, 동리."

순간, 웃음기가 자취를 감춘 얼굴로 오진사가 말을 끊어먹는다.

"예, 나으리."

입술이 바짝바짝 마른 재효도 더는 여유로운 표정이 남아 있지 않은 얼굴로 말을 이었다.

"네가 맞아? 내가 맞아?"

"그게 무슨……."

"아, 네가 맞아? 내가 맞아?"

재효가 물음의 뜻을 파악하기도 전에 오진사는 그의 손에서 쥘부채를 뺏어들고 머리통을 냅따 후려갈겼다. 얼떨결에 얻어맞은 재효는 어안이 벙벙하여 입만 움찔거렸다.

"나… 나으리가 맞으십니다."

"그래, 내가 시키는 대로만 해. 천박하게 쌍것들 소리하지 말고. 내가 춘향이는 좋아하는데 그거 천박하잖아. 교양이 없어. 계집년이 사내한테 몸이 달아 수절을 지킨다? 이거… 허벌나게 재수가 없는 년인 거야. 제 주제비도 모르고 대서고 나대고, 어디 한 번 죽어봐야 정신을 차릴 년이지. 고작 그런 창기 년 이야기를 사또 앞에서 들려드릴 순 없지 않겠어?"

"……."

"하, 긴 말 필요 없고 사또께서 적벽가 좋아하시니까 그거 해. 내 체면 한 번 세워줘. 알았나, 동리?"

이번에는 어르고 달래듯 오진사가 재수 없는 면상을 재효의 코앞까지 디밀었다.

"……."

"왜 대답이 없어!"

하지만 재효는 일언반구 입을 열지 않았고, 부아가 오른 오진사가 다시 부채를 들어 그의 머리통을 후려치려는 동작을 취했다.

두 눈을 꾹 감았다 뜬 재효는 딴 사람이 되어 부채날을 손으로 잡아내었다. 그의 두 눈은 오진사를 질겅질겅 씹어 먹을 듯 강렬했다.

"소리는 원래 쌍놈들의 것입니다. 나으리 같은 양반네들이 알 수 없는 것이지요."

"……."

"소리에 소자도 모르는 나으리를 후원인으로 둔 제 불찰이 컸습니다. 먹고 사는 것이 빈곤해서, 아이들 밥 굶기고 소리 가르치는 일만은 피하려고 하고 싶은 소리도 못 하게 했지만… 더는 그 비위 못 맞춰드리겠습니다. 소인, 이만 물러가겠나이다."

"허, 염병하네! 이 중인 새끼가 애들 몇 거느렸다고 간땡이가 배 밖에 튀어나왔나?"

오진사와 양반들이 일제히 재효의 발언을 폄하했다. 재효는 마당에 있는 소리패에게 절도 있게 외쳤다.

"가자!"

북을 잡고 있던 세종을 비롯해 칠성, 용복이 후련한 표정을 지으며 돌아섰다.

"진즉에 이랬어야 혀. 옘병, 진짜 소리는 뭔… 변태 같은 생각만 덕지덕지 머릿속에 집어넣고 있으면서 무슨 귀가 열려 있간디."

반절은 불안하면서도 반절은 시원한 일갈에 세종과 칠성, 용복은 돌아서서 키득거리기까지 했다. 그런데 불현듯, 뒤를 돌아보니 아직 소리판에서 움직이지 않고 우두커니 길중이 서 있었다.

"길중아……."

"길중인 남거라. 사또께 적벽가를 들려드려야 하지 않겠느냐."

대청마루 위에 서서 고압적인 자세로 내려다보는 오진사가 고소해죽겠다는 듯 운을 틔웠다. 길중은 무슨 생각 중인지 미동도 없이 가만히 선 자리에 붙박여 있었다.

"……."

"어서 가자."

코웃음이 이어졌다.

재효는 잠시 머뭇거리다 등을 돌려 오진사에게로 다가가는 길중을 망연히 바라보았다. 껌뻑, 굳은 표정은 예기치 못한 일을 당한 기색이 다분했다.

"그러게 왜 간판 소리꾼한테 계집 흉내를 시켜? 소리에 소자도 모르는 나도 네놈보다는 취향이 고매하겠다. 분수도 모르고 날뛰는 꼴이 아주 사납게 되었구나."

"……."

"허! 네깟 것이 대원위대감의 귀를 사로잡겠다고? 그분은 타고나길 왕족으로 태어나신 분이시다. 너 같이 천한 것하고 다르다고. 너는 끽해야 이방 노릇이나 하면서 사또 똥구멍이나 핥고 살 팔자지만 대원위대감께서는 네놈 같은 무지렁이와는 감히 비교도 안 될 정도로 고귀한 존재시지. 결국 네 천한 감은 어디에다가 내놓아도 퇴박만 맞을 것이란 말이다. 네놈은 오늘 아주 큰 실수를 했다. 다시는 못 얻을 기회를 놓친 거야. 조용히 찌그러져서 시키는 대로 했으면 네 소리패를 온전히 유지라도 했을 터인데. 앞으로 어찌 되나 지켜보마. 네 놈이 고꾸라지는 것, 그게 법도라는 거다. 예전에도 그랬고 앞으로도 그럴 거야."

푸하하하, 듣기 싫은 소리가 한동안 계속되었다.

재효는 뺨을 맞은 것도 아닌데 뺨이 화끈거리고 등을 얻어터진 것도 아닌데 등짝이 따끔거렸다. 오진사 댁의 문턱을 넘어서는 순간까지 몇 십 개의 눈동자가 그를 쏘아보고 있었다. 누군가는 안쓰러움이 묻어났고, 누군가는 원망이 묻어났으며 대체적으로 멸시와 천대가 담겨 있었다.

* * *

보름이 지났을까, 후원인을 잃은 소리 학당은 더 이상 온전하게 운영될 수 없었다.

배곯는 시절, 밥풀이라도 얻어먹으려고 밀물처럼 들어왔던 자들은 우후죽순, 썰물이 빠져나가듯 자취를 감추었다.

소리로 떠들썩해야 할 마당에는 더 이상 소리가 살지 않았고 적막만이 처량한 신세를 알려주었다. 설상가상 텅 빈 마당으로 비가 쏟아졌다. 낡은 동리정사 현판 너머 휑한 진흙 밭에 빗물이 또옥, 또옥 튀겼다.

헛간에는 장구와 북이 먼지 가득한 채 쌓여 있고, 커다란 징에는 녹이 슬어 빗물만 떨어졌다. 사람의 손길을 구하듯, 장구와 징은 빗줄기에 맞아 뎅뎅 비명을 질렀다.

헐레벌떡, 비를 피해 처마 밑에 쪼그려 앉은 칠성과 용복이 수근거렸다.

"우라질 놈들, 다 떠나부렀구마이."

"멕여주고 재워주니께 붙어 있었지. 후원도 끊긴 마당에 남을 필요 있간디?"

칠성의 빠른 상황판단과 설명력에 용복은 그의 얼굴을 위아래로 훑었다. 칠성이 왜 그러냐는 듯 입술을 대발로 내밀고 눈으로 으름장을 놓았다.

"니는 참… 생긴 거랑 딴판으로 의리가 있어야. 말꼬롬하게 생겨가지고는 길중이맨치로 배신을 밥 먹듯이 할 것 같았는디… 아녔어. 역시 사람은 겉모습만으로 판단하면 안 된다는 울 엄니 말씀이 영 틀린 것은 아니었는가 보다."

"의리는 무슨, 갈 데가 없응게 그런 것이제."

피식, 용복의 말에 칠성은 희미하게 웃어보였다. 연이어 긴 한숨도 내쉬어졌다. 후원이 끊긴 동리정사. 더 이상의 앞날이 보이지 않는 상황이었다.

정을 떼어놓고 보자면 다른 이들처럼 떠나는 것이 맞았다. 살기 힘들어 들어온 곳인데 여기서까지 살기가 힘들어진다면 나가는 것이 옳았다. 헌데 이상하게 발길이 떨어지지 않는 것도 희한했다.

어릴 적, 어영부영 부모 손에 이끌려 떠맡겨지듯 왔던 곳이었지만 영글고 익고, 자라는 내내 몸 담았던 곳이었다. 거의 초주검이 되어 당도한 어린아이를, 그것도 소리 한 소절 모르는 천둥벌거숭이를 내쫓지 않고 거두어준 곳이기도 했다. 칠성과 용복의 웃고 까불고 뛰어놀던 시간과 세월들이 다 예 있었다. 쉽사리 버리고 지울 수 있는 기억들이 아니었다.

칠성은 용복을 바라보며 우중충하게 가라앉았고, 심각해진 분위기를 띄우려 용복은 다시 흰소리를 떠들어댔다.

"나도… 마찬가진디."

처마 밑에 쪼그려 앉은 두 명의 장정은 쓸쓸하고 외로운 노래청의 마당을 바라보았다. 빗줄기 따라 그간 문하생들의 궤적이 하나 둘 지워져 갔다. 아쉬워서, 용복이 음, 음, 음, 노랫가락을 흥얼댔다.

세종도 무기력하고 우울하기는 매한가지였다. 그는 떠난 자들을 생각하며 혀를 찼다. 의리 없는 새끼들…….

하지만 이해를 못하는 것도 아니었다. 그래서 더욱 분하고 속상하고 치사하게 느껴지는 것도 없지 않았다. 살려면 떠날 수밖에… 하지만 이왕이면 다 같이 살아보려고 노력해주지…….

세종은 차곡차곡 노래청의 흐트러진 부분들을 정돈하고 신재효의 방 앞으로 가 섰다. 며칠 동안 기울어가는 동리정사를 말없이 지켜보기만 했다. 하지만 이대로 무너질 수 없었다. 세종은 힘을 내서 말문을 열었다.

"나으리, 일이 이리 된 마당에 의욕이 안 날 수는 있지만, 단오 준비는 해야지 않겠습니까? 장원은 힘들겠지만, 죽이 되든 밥이 되든, 동리정사 이름으로 소리판을 올려야 어디서 후원도 받을 수 있고……"

세종은 조용하게 침잠해 있는 재효를 들여다보곤 말을 멈췄다.

방 안에 쪼그려 누운 재효는 침침한 분위기를 자아내며 돌아누워 있었다. 저 양반, 새로 뭣 좀 시작해보려고 아득바득거렸는데 남는 게 없으니, 그 좌절이 또 얼마나 클꼬.

세종은 마음이 안되어서 신경질이 났다. 어째 저 양반은 편안할 날이 없을꼬. 왜 뭣 하나 쉽게 이루어지지를 않는고. 세종의 가슴속에서도 열불이 피어올랐다.

그는 재효를 처음 만났던 날부터 그들이 무수히 함께 지새웠던 시간들을 떠올렸다. 평탄치 않은 나날들이었다.

"소리는 무엇이오? 어떤 소리가 좋은 소리라 할 수 있소?"

거쿨진 몸을 이끌고 주막으로 들어온 재효는 대뜸 세종에게 물어왔다.

요 근래 소리꾼들을 찾아다니며 이것저것 캐묻고 다니는 요상한 사내가 있다더니… 이자구만.

세종은 괴이하게 바라보았다. 척 보니 중갓을 쓰고 있는 모양새가 중인배인 듯했고, 입고 있던 두루마기는 깨끗하고 고운 것을 보니 집에 돈푼 꽤나 있는 사내 같았다. 세종은 국밥 먹던 수저를 내려놓지 않고 사내를 쏘아보았다.

"알아서 뭐하시게? 왜? 시간이 남아돌아서 소리라도 한 소절 배워보실려오?"

까칠하게 바늘이 돋은 말투에 재효는 눈썹을 찌푸리며 세종을 마주했다. 경계심을 늦추지 않은 채 저를 흘기는 젊은 청년에게선 재효와 동류의 냄새가 흘렀다. 그는 큼큼, 헛기침을 내쉬곤 다시 어투를 곱게 가다듬어 말을 이었다.

"그런 것이 아니라… 내 제대로 된 소리를 배워보고 싶어 그러오. 이 나이에 소리꾼이 되겠다는 건 아니라오. 다만 세상천지 약동하는 소리들이 모두 즐겁고 기꺼우니 좋은 소리를 찾아 인재를 양성하고 싶다오. 고되고 벅찬 세상살이 민초들 마음을 달랠 수 있는 소리를 공연해내는 것이지. 내 호남지방에서 그대 소리가 가장 뛰어나다고 하여 물어물어 찾아왔다오."

허, 뭐 이런 미친놈을 다 보았나.

세종은 방실방실 신이 나서 지껄이는 재효를 바라보며 인상을 구겼다.

인재를 양성해? 민초를 달래? 정말 하릴없고 신수가 훤한 사내가 따로 없구만……

세종은 안 그래도 배배꼬이던 심정이 더욱 뒤틀려 강밭게 외쳤다.

"일 없소. 그짝 재미에 놀아날 맨치로 한가하지가 안 혀서 말이오!"

세종은 남은 국밥을 뚝배기째 들이마시곤 입을 슥 닦더니 자리를 피했다. 대체 뜨신 밥 먹고 흰소리를 늘어놓는 것들이 왜 이리 많은지.

저는 오늘 내일, 밥 벌어 먹고 살기가 고단한 인생이었다. 소리고 뭐고 다 옘병! 하고 싶어 하는 것도 아니었다. 대대로 배워먹고 자란 것이 소리밖에 없어서 소리패, 놀이패, 곡비패 아니 들어가 본 곳이 없었다. 그에게 소리는 밥 벌어 먹고 사는 수단이지, 유희가 아니었다. 헌데 저기 멀건 사내 녀석은 소리를 가르치겠단다! 누구에게? 어떤 얼빠진 인사들에게 이딴 천한 소리를 가르치겠다는 것인지……. 세종은 헛웃음이 나왔다.

"자네가 한가해보여서 그러는 것이 아니네. 내가… 내가 이루고 싶은 목표가 있어 그렇네."

"우라질! 왜 자꾸 사람을 따라다니고 지랄이여, 지랄은? 나는 천한 광대라 목표고 뭐고 그딴 건 모르니께 그만 가랑께요! 아니믄 뭐 어디 양반댁이나 관아에서 행사라도 있대요? 그래서 소리할 사람을 찾는 것이믄 따라나서고, 아니믄 나는 밥벌이 하러 가봐야 쓰겄어라!"

물고 늘어지는 재효에게 세종은 강경하게 버티고 나섰다. 배알이 꼬였다. 뱃대지에 기름기가 도니 저런 속 편한 소리가 나오지. 중인 배들이 천한 소리꾼들 사정을 어찌 알겠는가. 막무가내로 세종 또한 억지를 부리며 재효를 물리쳤다.

그러나 재효도 웬만해선 포기할 줄을 모르는 성격인지라 끝까지 잘도 들러붙었다.

"내 많은 시간을 빼앗진 않겠소. 그리고 공짜로 소리를 알려달라는 것도 아니오. 내… 내 돈을 지불하겠소. 공연 값에는 못 미치겠지만 내 귀를 열어준다면 밥값 정도는 대드릴 수 있다오. 그래도… 안 되겠소?"

간절하게 바라보는 재효의 눈초리에 그제야 세종도 고개를 돌렸다. 그는 멀끔하게 생긴 사내가 왜 이리 자신에게 집착하는지 영문을 몰라 설핏 두렵기도 했다. 하지만 밥값이라 하지를 않는가……. 겨우 밥값에 팔린 세종은 재효와의 동행을 시작했다.

얼핏 소리를 알기는 하는 것 같으나 듣는 귀에 깊이가 없었다. 세종은 한시 급히 귀를 열어주기 위해 재효를 데리고 시장바닥은 물론 연희패가 뜨는 곳이면 어디든지 이끌었다. 소리는 내는 것도 중요하지만 잘 듣는 것도 무척이나 중요한 법이었으니 말이다.

어느새 재효와의 시간은 세종에게도 일상이 되어가고 즐거움으로 변해갔다. 그리 지겹고 물리던 소리도 자세히 들어보니 저마다 곡절이 있고, 인생사가 들어 있었다. 세종은 제 목청에서 우러나오는 인생사에 대해서도 돌아보게 되었다.

"지는 소리가 싫었어라. 이런 거 말고 나도 떵떵거리면서 살고 싶은디… 내 신분이 미천하고 배운 것이 없어서 이것뿐이 할 게 없었당께요. 근디… 희한한 것이 나으리랑 돌아댕기믄서 소리가 참 좋대요? 흥겹대요?"

"다행이구만. 나도 즐겁구만. 사는 것이 괴로움이라 죄다 내려놓고 싶었는데 소리가 나를 끌어올려주었다네. 아전 짓도 더는 못 하겠어서 다 포기하고 어찌 살아야 하나 막막하였는데 자네 소리가 나를 구원했어. 참말 다행이야. 자네도 나도, 잘 되었어. 세종이, 나는 백성들의 고혈을 빨아먹는 윗놈들 말고 우리 같은 중인, 천인 가리지 않고 마음을 녹여내는 소리가 하고 싶다네. 우리 속사정 다 알아주는 진짜 소리를 내고 싶어!"

재효는 세종에게 마음을 전했다. 상처를 보였다.

세종도 어렴풋이 그의 열정이 옳아 떠들썩하게 맞장구를 쳐주는 사이가 된 지 오래였다.

"아니 왜 아랫것들만 홀리나? 윗것들도 홀려야 돈이 되지라! 나으리는 요놈의 쩐을 너무 소홀히 생각한당께요."

허허허, 어느새 세종은 재효에게 밥값 이상의 유대감을 형성했다. 처음엔 그리 마뜩치 않던 재효의 헛소리도 진실로 염원하게 되었다.

중인이 양반을 시샘하듯 천인은 중인을 시샘하는 법이었지만 이제는 그런 앙금들도 다 녹아내렸다. 재효 말마따나 소리 안에 다 녹아 스몄다. 모두 제 나름의 고충이 있었고 사람 사는 것은 뚜껑을 열고 봐야 공평하게 보이는 법이었다.

세종은 재효에게서 느껴지던 삶의 패배감과 그에 따른 욕망을 공유했다. 오랜 시간 하나의 목표를 향해 달려왔다. 그 사이 재효의 굴곡진 인생살이와 좌절들을, 세종은 수차례 가까이서 지켜볼 수밖에 없었다.

그는 돌아누운 재효를 곁눈질하며 혀를 끌끌 찼다. 속상한 마음에 핀잔 섞인 어투로 종알거렸다.

"아따 세상 안 무너졌어라……. 가만히 있을 순 없잖습니까."

신재효의 한숨 소리가 문살을 뚫고 세종에게로 흘러들었다.

* * *

채선은 거의 문을 닫아걸기 직전이라는 동리정사의 소식을 듣곤 기함을 했다.

어찌……. 동리 선생이 오진사에게 대들었다가 후원도 끊기고 낙동강 오리알 신세가 되었다는 말들도 풍문이 되어 날아들었다.

그 대쪽 같은 성정으로 온갖 치욕을 다 견뎌내더니 드디어 폭발을 하셨구나. 채선은 그때 속도 모르고 함부로 떠들었던 것을 후회했다.

그녀는 일이 대체 어떻게 흘러가나 싶어 몇 번이고 소리 학당의 문 앞까지도 찾아가보았다. 그때마다 하나 둘 봇짐을 싸들고 동리정사의 사립문을 향해 공손히 인사를 하는 문하생들을 마주쳤다.

소문은 거짓이 아닌 참말에 가까웠다. 돈 되는 것들을 가지고 날라버린 문하생도 있었고, 떠나는 마음이 불편하여 야반도주를 했다는 이도 있었다. 하물며 마당과 현판은 며칠째 관리가 되지 않아 삐걱삐걱 떨어지기 일보직전으로 위태로웠다.

채선은 허물어져가는 동리정사의 모습이 눈에 박혀 아무것도 손에 잡히지를 않았다. 단 며칠뿐이었다 해도 제가 온전하게 소리꾼으로서 소리를 배워볼 수 있었던 곳이었다.

처음으로 가락을 알게 해주었고, 몰래몰래 도둑 강의를 들으며 꿈을 부풀렸던 추억이 돌담에 스미고 우물에 배여 있었다. 그러니 채선의 기억 속, 소리 학당은 이렇게 남루해서도, 씁쓸해서도 안 되었다. 언제나 푸르고 밝은 기운이 서려 다사로운 장소로 남아줘야 했다.

하지만 저가 할 수 있는 일이 무에가 있으랴.

채선은 고개를 푹 숙이곤 터덜터덜, 기방으로 돌아왔다. 할 수 있는 것이 없어, 그녀는 부엌 아궁이의 불덩이를 심술궂게 쑤시기만 반복했다.

그런데 저녁, 초롱불들이 하나 둘 불을 밝히는 시간에 들이닥친 재효를 발견하고 그녀는 두 눈을 번쩍 떴다. 어디서 이미 거나하게 한잔을 걸쳤는지 잔뜩 취한 재효가 기생방 안으로 들어섰다. 가진 돈도 없으면서 술상을 받은 재효는 기생도 몇 불러들인 듯싶었다.

채선은 저이가 정말 실성을 했나 싶어 설핏설핏 그가 거하고 있는 방문 앞을 서성거렸다. 퀭한 눈빛의 재효는 피식피식, 홀로 웃으며 술상 앞에 군드러져 있었다. 그는 연거푸 비운 잔을 다시 채워 또 붓고 마시기를 반복했다.

"나으리, 뭐 속상한 일이라도 있사옵니까?"

술상 건너편에 앉아 있던 한 아이가 요염한 목소리로 애교스럽게 교태를 부렸다. 하지만 쇠귀에 경을 읽는 것마냥, 재효는 불러놓은 기생들을 꿔다놓은 보릿자루 취급을 하며 멍하니 술만 부어마셨다.

"이리 주시어요. 소녀가 따라드리겠사옵니다."

히히히, 희한한 손님을 다 보겠네. 재효의 양옆에 앉았던 계집들이 너나할 것 없이 술을 따라주겠다면 술병을 거머쥐었다.

하지만 재효는 경쟁이라도 하는 듯 여인들의 손에서 거칠게 술병을 빼앗아들었다. 진정 맥아리가 풀렸는지 그는 씁쓸하지만 한편으로는 피식피식 웃으며 헛헛한 마음을 달래는 중이었다.

"나으리, 속상한 일이 있으시면 소녀들에게 말해보세요. 어찌 압니까? 혹시 소녀들이 근사한 답안을 내놓을지. 이리 못 먹는 감 찔러도 못 보게 앉혀 놓으실 거면 소녀들은 갈랍니다."

새침하게 입을 뗀 아이의 입술은 도톰하니 붉었다. 재효는 계집의 붉은 입술을 바라보며 제 입술을 짓씹었다.

"춘향이가 없어……."

탄식에 가까운 말이 댐 터지듯 흘러나왔다.

"춘향이가… 없다. 내 춘향이 치맛자락이라도 부여잡아보려 했는데 스르륵, 손아귀에서 미끄러져버렸다."

울먹임이 내비치는 목소리가 연이었다.

계집들은 낯살 먹은 사내의 울적함이 제 아비나 오라비를 연상케 하였는지 다정하게 감겨들어왔다.

"아이 참, 춘향이가 왜 없사옵니까? 기생점고를 하시면 춘향이를 떡~ 하니 대령하겠나이다."

해사하게 웃음을 파는 계집들은 지금만큼은 천한 기생도 아니었고 돈 몇 푼에 몸을 내어주는 해어화도 아니었다. 계집들은 재효의 딸이나 누이가 된 것마냥 살갑게 장단을 맞춰주었다.

"기생점고라… 오호~ 좋다~!"

고중망태 신재효는 버럭 소리를 치고는 술상을 소리북인 듯 두드리며 춘향가 중에서 기생점고 대목을 변형하여 부르기 시작했다.

"사창의 비치여. 섬섬연약 초월이 왔느냐~."

"예, 등대허였소~."

"만수문장의 채봉이는 왔느냐~."

"채봉이가 뭐요, 난 싫소!"

"그럼 무엇이냐~?"

"제가 춘향이옵니다."

방 안을 장식한 붉은 꽃잎을 머리에 꽂은 계집이 생긋 웃으며 저를 춘향이라 일렀다. 그 너름새가 천연덕스럽고 깜찍한 맛이 있어 재효는 어처구니가 없었지만 피식 웃을 수 있었다.

"그래, 좋다~! 니가 춘향이로구나! 경국지색 천상선녀 춘향이~."

"예, 등대하였소~."

"춘향아, 이리 오너라~."

재효의 양 옆구리를 차지한 기생 아이들은 까르르 웃음보를 터트렸고, 묵직하고 어두웠던 분위기는 일시에 해갈하듯 밝아졌다. 재효도 덩달아 기분이 좋아져 웃는데 왠지 눈물이 치받쳐 오르는 것도 같았다.

그는 계집들의 어깨로 양쪽 팔을 한쪽씩 걸치곤 음음음, 콧노래를 흥얼거렸다. 여인들도 분 냄새를 풍기며 술 냄새 나는 재효에게로 안겨들었다.

아앙, 비강에 잔뜩 망울이 맺힌 듯 맹맹한 소리들이 났다. 계집들은 이제 완연히 재효의 품안을 차지하려 애를 쓰고 있었고, 재효도 싫지 않은 내색을 하였으나 돌연, 아이들의 입을 막고 밖으로부터 들려오는 소리에 귀를 기울였다.

"쉬……."

보름달도 비구름 뒤에 숨어 빗방울 방울마다 청아하게 공명이 이루어지는 밤. 어디선가 적막을 깨고 바람을 타며 소리가 날아들었다.

재효는 시시덕거리는 웃음을 멈추고 귀를 쫑긋 세웠다. 덩달아 계집들도 쉬, 입술 위로 손가락을 가져다대며 전해져오는 공기의 진동을 여과 없이 마음속에 담았다.

"쑥대머리 귀신형용 적막옥방 찬 자리에……."

손이 닿는 가장 가까운 거리에 있는 창문을 살짝 열어젖힌 재효는 나지막하게 들려오는 어떤 소리를 느꼈다.

작지만 크고, 희미하지만 굵직한 소리.

그는 창문 틈으로 밖을 내다보았다. 어둑한 사위 틈새로 가느다란 빛줄기가 새어나오고 있었다. 그곳은 빛만 새는 것이 아니라 소리도 함께 줄줄 새어나오는 조롱박 같았다.

재효는 내리는 비 너머, 저 멀리 뒤뜰 아궁이 불 앞에 쪼그려 앉아 있는 채선의 뒷모습을 바라보았다.

아, 아이는 여전히 작은 소리로 쑥대머리를 읊조리고 있었다. 문틈의 재효는 조곤조곤 계속되는 채선의 쑥대머리를 들으며 무표정하게 표정을 바꾸었다. 그것은 숫제 자신에 대한 으름장과도 같은 얼굴이었다.

　그는 절레절레 고개를 흔들곤, 문을 닫았다. 소리는 계속되었지만 재효는 귀를 막고자 하였다. 다시금 방 안의 온도는 썰렁하게 내려앉고 공기는 무너질 듯 와르르 균열을 일으켰다. 재효는 피식피식 웃으며 술잔을 비웠다.

　'아직도 포기하질 않은 것이냐. 결코 외면하질 않는 것이야.'

　재효는 열아홉 어린 채선만 바라보면 저의 거울을 보는 듯, 몸을 사리고 웅크렸다. 어찌 기대하고 바라는 것을 멈추지 않는가.

　떨어지고 부딪치면 아픈 것을 왜 모르는가. 그 끝에 바라던 그림이 없으면 어찌하려고. 작은 계집이 잘도 뛰어다녔다. 그는 술잔을 꺾으며 작게 흥얼거렸다.

　"쑥대머리 귀신형용 적막옥방 찬 자리에……."

　까닥까닥, 방 안에 드러누운 재효의 목소리는 흐느끼는 것도 같았고 흔들흔들 나부끼는 대로 흔들리기도 하였다. 이윽고, 채선도 어디선가 흘러드는 소리를 주체하지 못하고 귀를 기울여 가슴에 채워넣었다.

춘향 등대

벌겋게 달아오른 불티는 밤사이 장작개비를 먹어치우고 무럭무럭 자랐다. 채선은 혹 바닥이 냉골일까 싶어 아궁이 앞 부채질을 멈추지 않았다. 덕분에 기방의 방바닥은 절절 온기로 끓어올랐고, 채선은 꼴딱 밤을 팼던지 눈물고랑이 거뭇해졌다.

그녀는 누차 손님방의 온도를 확인하곤 쪼그려 앉아 타오르는 불꽃을 물끄러미 바라보았다. 뜨거운 화기와 일렁이는 색들이 춤을 추며 뛰놀았다.

춘향이 없다…….

순간 채선은 홀린 듯 중얼거리며 사부저기 몸을 일으켰다. 어쩌면 지금, 그녀가 할 수 있는 일이 영 없는 것은 아닐지도 몰랐다.

아니, 어쩌면 지금이 그녀에겐 두 번 다시없을 기회일지도 몰랐다. 채선은 제 방으로 뛰듯이 들어가 주섬주섬 차림새를 갖추었다.

모두가 잠든 새벽, 미등에 의지해 콧수염을 그리는 손길은 어딘지 흥분에 휩싸인 것 같았다.

뒤이어 상투에 사내 복식을 차려입은 채선이 기방을 빠져나가 단숨에 동리정사까지 달렸다. 성큼성큼, 날래게 디뎌지는 그림자는 늠름하기까지 했다.

물안개가 자우룩한 새벽, 세종도 며칠째 술독에 빠져 천지분간을 않는 재효를 기다렸다.

그는 툇마루에 앉아 두둥 두둥, 옅게 북장단을 치고 있었다. 멀리 용복과 칠성의 코 고는 소리가 북소리에 섞여들었다.

세종은 휴우, 한숨을 쉬며 빼곡했던 노래청의 앞마당을 떠올렸다. 아아~ 아아아~ 나아아~ 제자들의 거침없는 목청소리가 이명처럼 울렸다.

그는 번쩍 눈을 뜨곤 동리정사의 현판을 씁쓸하게 쳐다보았다.

정녕 이대로 허물어질 수밖에 없는 노릇일까. 그는 고개를 절레절레 저으며 다시 북채를 고쳐 쥐었다.

"지가… 지가 한번 해볼랍니다! 지가 한번 해보겠어라!"

소슬한 노래청 앞마당으로 누군가 걸어 나왔다.

굽신굽신 허리를 숙이며 눈치를 살피던 그림자는 점차 빛 속으로 드러나면서 올곧고 당차게 변했다. 거기에 조심스럽기만 하던 말투도 종내에는 거대한 외침이 되었다.

세종은 기척도 없이 나타난 외부인의 출현에 잠시 소스라치게 놀랐으나 숨을 고르고 상대를 눈여겨보았다. 덜덜덜, 앳된 얼굴과 조그마한 체구에서 긴장이 뚝뚝 떨어졌다. 그럼에도 두 동공 속, 불꽃만은 제법 힘 있게 타들어간다.

세종은 막다른 길, 동아줄이라도 잡는 심정으로 아이의 소리를 시험해보았다.

끄덕끄덕, 그의 눈길이 의미심장하게 반짝였다.

* * *

청명하고 새파란 하늘, 파종이 끝난 마을에는 오랜만에 활기가 돌았다.

사방이 초록 나무들로 우거진 너른 공터에는 벌써부터 황소 한 마리를 두고 씨름판이 벌어졌다.

엿차! 기합소리에 맞춰 샅바를 잡은 손아귀에 힘이 들어갔다. 장내는 초긴장 상태. 눈치를 살피던 한 사람이 다리를 걸어 기술을 선보이자 꼴깍, 구경꾼들의 목울대로 침이 넘어간다.

아이들도 한바탕 소란을 즐기려는지 나무 위까지 기어 올라가 씨름판을 구경했다. 무더운 여름을 맞이하기 직전인 초하(初夏)의 계절, 단오풍정은 여느 곳과 다름없이 떠들썩해 보였다.

그런가 하면 저 멀리 청색홍색, 다홍색 치마들이 너풀거리며 허공 중에 휘날렸다.

일 년 중 유일하게 여인들이 밖에 나서 그네를 탈 수 있었던 단옷날. 마을 아낙들은 제가 춘향이인 양, 힘차게 발을 굴러 그네를 뛰었다. 와아, 커다란 포물선을 그리며 그네가 날아올랐다 추락한다.

멀리 창포 삶는 냄새가 진동을 할 즈음에는 풍물패들의 사물놀이도 절정에 달한다. 상쇠의 꽹과리 장단에 맞춰 소고수들은 상모를 돌리고 흰 전자는 하늘하늘 원을 그렸다. 껑충껑충 줄을 타는 이들도 풍물놀이에 따라 몸을 움직이고, 저잣거리에는 줄줄이 나귀를 탄 도련님과 가마를 탄 지역 유지들이 도착해 사또와 인사를 주고받았다. 그야말로 단오축제가 한껏 무르익는 풍경이었다.

하지만 어딘들 섞이지 못하고, 즐기지 못하는 인사가 존재했으니… 다급한 인상의 세종은 허겁지겁 길가를 배회하며 누군가를 찾아 다녔다.

그는 모두들 시전으로 몰려 한산해진 거리를 걸으며 숨을 헐떡였다. 입안에서 시큼한 신물이 오르며 욕지기가 뱉어졌다. 세종이 찾는 이는 동리 신재효였다.

"니미럴… 누구는 설 빠지게 뺑이를 치는디… 술 처묵고 대체 어디를 돌아다녀쌌는 것이여!"

세종은 발 빠른 걸음으로 재효가 있을 법한 곳은 죄다 둘러보고 다녔다. 이제 곧 소리판이 시작될 터인데 시간이 없었다.

동리정사의 이름으로 올리는 공연에 재효의 존재는 필수였다. 간신히 공연을 올릴 수 있게 준비를 해놓았는데 재효의 부재로 일을 그르칠 수는 없는 도리였다. 세종은 부글부글 끓는 속을 잠재우고 다시 재효를 찾아 발길을 움직였다. 그때였다.

멈칫, 세종의 발길이 머물고 시선을 돌리니 우물가에 널브러진 재효가 보였다. 허참… 그의 입에서 탄식이 쏟아졌다.

"시방 이런 진상이 또 없당께. 워째 채신머리도 없이 길바닥에 널브러져 있는 것이여. 참말 천하태평이구먼."

세종은 잔뜩 취한 재효를 깨우는 것조차 사치인 양 그대로 사내를 들쳐 업고 소리판을 향해 돌진했다.

빠르게, 나뭇잎들이 스쳐지나가는 소리가 들렸다.

쏴아아아, 비가 퍼붓는 것처럼 시원하게 부대끼는 소리에 재효는 천천히 눈꺼풀을 떴다. 소담한 속눈썹 사이로 빛이 새어들면서 사물이 완연하게 모습을 드러내기 시작했다. 그는 한쪽으로 쏠리는 속을 다스리고 멀어지는 풍광들을 하나하나 눈에 담았다.

"지금 어딜 가는 겐가."

무거운 입을 열자 술 냄새가 진동을 했다. 세종은 코를 틀어막으며 인상을 찌푸렸다.

"아따 인제 눈을 떴당가요? 가긴 어딜 가겠소? 단오연에 가지요. 늦었습니다요. 속도를 좀 올릴 터이니 싸게 붙들어매쇼잉."

세종이 발을 재게 움직이려 몸을 움츠러뜨렸다. 팽 튀어나갈 작정이었다. 하지만 재효의 어눌한 말소리는 그런 세종의 발목을 잡고 거꾸러뜨린다.

"가……. 가서 뭐하는데."

알맹이가 텅 빈 물음에 세종은 아연해서 우뚝 멈춰 섰다. 그는 재효를 바닥으로 던지듯 탁 내려놓으며 진지하게 말을 이었다.

"나으리, 정신 좀 차리쇼. 동리정사 이름으로 소리판을 올려야 한다지 않았습니까. 어서 후원을 받을는지는 모르는 것잉께, 고만 술 좀 깨고 언능 따라오소잉."

하지만 그의 말에도 불구하고 재효는 요지부동 움직이려 들지 않았다. 완전히 무기력감에 잡아먹힌 모습은 위태로웠다.

"다 끝난 일일세."

세종이 발끈하며 말을 받았다.

"끝나긴 뭐가 끝난다요. 나으리는 잠자코 와 계시기만 하면 됩니다. 지가 남아 있는 녀석들로 분창 춘향가를 준비했응께……."

"춘향이가, 없잖은가……."

결정적인 한 가지가 없음에 재효는 낙심했다. 곱고 아리따운 춘향. 사랑가를 불러줄 여인이 그들에게는 없었다. 하지만 세종은 끈덕지게 물고 늘어지며 다시 말을 이어나갔다.

"춘향이가 왜 없습니까요? 춘향이는… 제가… 제가 합니다."

"……."

"농이 아니라 방법이 없응께, 그리 할라 했는디… 아 글쎄, 채석이라고 관뒀던 녀석이 있는디, 얼마 전에 찾아와가꼬 시켜 달라 하도 졸라대서, 소리 한 번 들어봤는디. 괜찮습니다요. 상성이 좋은 게 계집처럼 소리를 하는디. 꼭, 춘향이 같습니다요!"

채석이라는 이름 두 글자에 재효는 번득 숙취가 확 깬 듯 말간 동공이 부리부리해졌다.

채석이라면 그 아이였다. 재효는 풀어헤쳐진 갓도, 뒤따르는 세종도 챙기지 않고 소리판으로 내달렸다.

* * *

상투를 튼 동그란 머리 위로 작은 갓까지 쓴 채선은 초조하고 겁이 난 기색이 역력했다.

하고 싶고, 한다고 하였으나 막상 그 자리에 서보니 두렵고 또 떨리기 그지없었다. 그녀는 도포자락을 바투 여미며 소리판을 가로질렀다.

이미 뒤편에는 순번을 기다리며 소리를 준비하는 소리꾼들이 목청을 풀기도 하고 몸짓을 연습하기도 하며 준비에 한창이었다. 채선은 설렌 가슴을 다독이며 입술을 질겅거렸다. 이미 판은 벌려졌더랬다.

"황개 화선이 십 척 거화 포 승기전과 때때때 나팔소리 두둥둥 뇌고 치며."

길중이 소리판 중앙에 서서 적벽가를 읊었다. 고수의 북장단에 맞춰 기개 있고 화려하게 펼쳐지는 창은 양반들의 귀를 호사롭게 꾸며 주었다.

상석 앞자리에 앉은 양반들과 사또가 끄덕끄덕, 흡족한 듯 고개를 끄덕였다. 이제 판소리 대목은 화염에 휩싸인 죽고타령으로 치달았고, 숱하게 죽어간 조조의 군사들이 눈앞에서 펼쳐진 듯 핏빛이 일렁였다.

오진사는 흐뭇한 표정으로 사또의 잔에 술을 따랐고, 껄껄껄 화통한 웃음소리가 기묘하게 판소리와 얽혀들었다. 길중은 더욱 흥이 돋아 실감나게 불에 타서 죽고, 물에 빠져 죽고, 총 맞아 죽고, 살 맞아 죽는 장면을 세세히 표현해냈다.

점점 장단은 자진모리로 빨라져만 가고, 광대들 사이에서는 실력자가 나타났다며 혀 차는 소리도 들렸다. 채선은 소리판 뒤편에 서서 하얗게 질려갔다. 잘할 수 있을 것인가. 저리 즐겁게 한 판 놀다 내려올 수 있을 것인가.

생전 처음 느끼는 극도의 감정은 그녀의 오장육부를 헤집어 울렁이게 만들었다. 채선은 꿀꺽꿀꺽 마른침을 삼키며 칠성과 용복을 찾았다. 멀리 용복의 넓적한 등판이 듬직하게 인파들 사이에서 자취를 드러냈다. 채선은 그를 이정표 삼아 병풍 뒤쪽으로 다가갔다.

"채석이 이눔은 왜 안 오는 겨, 이제 나가야 하는디."

아니나 다를까, 그들도 채선을 찾던 중이었다. 채선은 있는 힘껏 손을 흔들어 도착을 알렸다.

"쩌기 저짝에서 오는구먼."

칠성의 말에 용복도 채선을 발견하고 고개를 끄덕였다.

그들은 병풍을 지나 걸었고, 드디어 오늘 판에 함께 오를 세 사람이 한 자리에 마주섰다. 채선은 믿음직스러운 칠성의 표정과 마음을 편케 하는 용복의 미소를 번갈아 보며 호흡을 가다듬었다. 왠지 좌청룡 우백호를 거느린 심정이 이해가 갔다.

그녀는 눈을 감았다 뜨며 소란스러운 감정을 내리눌렀다.

"나아아~ 아아아~ 아아아~."

동리정사를 나온 이래로, 재효에게 소리를 놓을 것 마냥 큰소리를 쳤음에도 놓을 수 없던 것이 소리였다. 홀로 밤마다 울며 웃으며 꺾어 질렀던 노래를, 수도 없이 반복했던 대목을 지금부터 저 판 위에서 펼쳐보여야 했다.

누가 봐주지도 않고 귀동냥으로 전해들은 배움이 전부였지만 그래도 판은 곧 시작될 터였다. 채선은 생각했다. 어차피 시작된 판, 이제는 물러설 곳도 없었다. 그미는 당당하고 자신감 넘치는 얼굴로 눈매를 고쳐 짓곤 판 위로 발걸음을 옮겼다.

"소문이라는 게 무섭소, 동리정사가 문 닫았다 그라는디! 뭔 소리하는 거여. 시방, 요로코롬 나왔는디! 자, 한 번 들어보소. 특히 쩐 많은 양반님들은 귀 두 짝 열고 들어보소~!"

재효를 모시고 온다고 마을 깊숙한 곳까지 다녀왔던 세종은 구경꾼들 사이를 뚫고, 헐레벌떡 소리판으로 올라가다 자빠졌다.

사람들은 벌써부터 판이 시작되었나 싶어 우하하, 웃음들을 터트렸고 멋쩍은 표정의 세종도 이 또한 극의 연출인 양, 고수 자리로 가서 앉았다. 숨 돌릴 틈도 없이 그의 북장단은 시작되었다.

"방자야~ 이놈, 방자야~!"

이몽룡 역할의 칠성이 등장해 크게 소리를 외쳤다.

오진사는 정말 그 우스꽝스러운 분창을 할 요량이냐며 그들을 비

웃어대고 있었다. 연이어 방자 역할의 용복도 그런 오진사를 흘기며 쪼르르 판 위로 달려 나왔다.

"예 히~."

채선은 공연의 시작으로 한껏 들뜬 표정이었다.

언제 떨었냐는 듯, 마냥 즐거운 얼굴로 병풍 너머 칠성과 용복의 연기를 지켜보다 어느 순간 뒤편에서 전해지는 시선을 느끼고 돌아보았다. 곧 나가야 할 순서였지만 뒷목이 이상하리만치 따끔따끔 쑤셨다.

"……."

"……."

"안 된다 하지 않았느냐."

어느 틈에 당도하였는지 재효가 뒤에 버티고 서서 입을 열었다.

엄하고 노기 서린 눈초리. 채선은 괜히 뿔이 돋아나 이기죽거렸다. 저를 위해 선 자리였으나 그를 위해 용기를 낸 탓도 있었다. 그녀는 되바라지고 감정적으로 입술을 오물거렸다.

"압니다. 제가 천한 계집이라서 안 된다는 거."

"……."

재효는 말없이 그저 차갑게 바라보기만을 계속했다.

채선은 가슴이 옥죄어 두 뺨을 더욱 붉게 물들였다. 나가야 하는데, 시간이 없는데…….

시끄러운 감정들도 입 밖으로 치받쳤다.

"제가 아는 건 그것뿐이 아니지요. 제 아비는 얼마나 잘난 사내 녀석인지 어미가 저를 갖자마자 역마살이 붙어 도망친 것도 알고 있고, 제 어미는 핏덩이 하나 살려보겠다고……."

채선의 눈망울에 또독, 또독 그렁그렁한 물 알갱이가 대롱대롱 매달렸다. 채선은 흐끕, 흐끕 억지로 울음을 삼키며 힘겹게 말을 이어 갔다.

"이년 하나 살려보겠다고… 목구멍이… 목구멍이 포도청이라… 저를 멕여 살리다… 황천길로 떠나버린 것도… 잘 알고 있습니다. 계집 팔자가… 이리 채이고 저리 채여 하고픈 것도… 맘껏 못 펼치고 자격도 가질 수 없다는 거… 잘 알고 있습니다."

아이는 서럽게 말하였으나 끝끝내 울지는 않으려 버텨냈다. 재효는 그 모습이 눈에 밟혀 더욱 강밭게 말을 뱉었다.

"울어도 소용없다. 돌아가거라."

"계집 주제에… 입에 풀칠만 할 수 있다면… 품을 팔든… 몸을 팔든… 가리지 않고 해야겠지요. 그런데, 소리가… 소리가 하고 싶은 걸… 제 마음을 제가 어쩌지 못하는 걸… 어쩝니까… 제가 어째야 하겠습니까."

"울지 말래도!"

마침내 똑, 눈물 한 방울을 떨어트린 채선이 꿈결을 쫓듯 재효를 바라보았다. 애원을 하는 것처럼 구구절절한 표정이었다.

"마음껏 울거라… 울다 보면 웃게 될 거다……."

"……."

"그리 말씀하시지 않으셨습니까. 그리 말씀하신 분이었잖습니까."

채선이 재효의 커다란 눈을 정면에서 마주 바라보며 대들었다. 과거의 한 자락에 접어든 듯, 어린 채선과 젊은 재효가 서로를 바라보았다. 채선은 이야기를 멈추지 않았다.

"그때… 소리를 들었고… 울었고… 웃었습니다. 어미를 잃은 지 채 얼마 되지 않아 말까지 까먹었던 어린 년은 그때 세상을 보았고, 소리를 보았습니다."

"……."

"들려주고 싶었습니다. 사람들한테… 엄마한테……. 이년도 세상에 태어나 할 몫이 있었다는 걸… 그 추운 날 목숨 바쳐가며 나를 살린 보람이 있었다는 걸 알려주고 싶었습니다."

채선의 목울음이 재효에게로 점점이 흘러들었다. 그는 묵묵부답 말을 잇지 않은 채 채선의 발개진 콧날을 바라보았다. 멍하니 고민에 잠긴 표정이었다.

"아나 옛다, 춘향아!"

그때 멀리 판 위로부터 채선을 부르는 용복의 소리가 병풍을 뚫고 다가왔다.

채선은 눈물이 그렁한 눈으로 판과 재효를 번갈아보았다. 눈 속에서 불꽃이, 염원이 타올랐다.

"한 번만… 들려주고 싶습니다."

더 이상 말린다 하여 아니 오를 것 같지도 않다. 머리채를 잡고 판 위에서 끌어내리기 전까지는 어떻게든 저 자리에 오르고 말겠다는 강한 의지가 서려 있었다. 재효는 저도 모르게 꿀 먹은 벙어리마냥 눈을 껌뻑거렸다.

천지분간 못하고 소리를 배우겠다며 뛰쳐다녔던 제 모습이 겹쳤다. 대원군을 만나고 나서 새 세상을 만날지도 모른다며 설레발치고 기뻐했던 제 얼굴이 스쳤다. 버리지도 주워 담지도 못해 고이고 괴인 미련의 부스러기들이 채선을 따라 판을 향하고 있었다. 결국 채선은 판 위에 오를 것이었다. 재효가 말리든 말든 그런 건 이미 상관없어 보였다.

채선이 허리를 숙여 인사를 올린 후 판 위로 떠났다.

그미는 어느새 또 하나의 재효가 되어 있었다. 경계와 한계를 모르며 날뛰는 사고뭉치 혹은 그런 염원. 재효는 왜 제 몸이 말을 듣지 않고 멈추었는지 영문을 알 수 없었다.

"춘향아! 춘향아! 춘향아… 춘향… 아?"

계속 뜸을 들이는 데도 등장하지 않는 채선을 향해 용복이 재차 소리쳤다.

간장이 덜컥 내려앉은 듯 오금이 저린 표정이 칠성과 세종, 용복의 낯 위로 차례차례 비켜 지나갔다.

용복은 다시 채선을 찾아 외쳤으나 무대 위로는 아무도 오르질 않았다. 술렁술렁, 구경꾼들이 수군거리는 소리와 함께 오진사의 핀잔 섞인 기침소리도 장내를 울렸다. 용복은 거의 오줌을 지릴 기미였다.

"아이고, 방자 이놈아! 작게 좀 부르거라. 내 하마터면 낙상할 뻔 하였구나!"

눈물 자욱을 지우고 갓을 고쳐 쓴 채선이 박력 있게 무대 위로 올라섰다.

부채를 들고 성큼성큼 소리판 중간에 선 그녀는 아니리를 이었다.

"아니, 엊그제 오신 도련님이 나를 어찌 알고 부르신단 말이냐? 네가 도련님 턱밑에 앉아 춘향이니 난행이니 기생이니 비생이니, 종조리 새 열씨 까듯 똑똑 꼬아 바치라더냐."

채선이 아양 섞인 목소리로 간드러지게 비음을 내뱉었다.

구경꾼들은 물건 달고 태어난 사내의 입에서 어찌 저런 소리가 나오냐며 킥킥 저속한 농담들을 주고받았다.

"춘향이가 앙탈을 부리는구나. 그때여! 이 도령은, 취흥 도도하여 춘향 앞에서 사랑가로 농탕을 치는디!"

사람들의 폭소 뒤로 재효도 채선의 밝고 빛나는 낯을 주시했다. 세종은 북을 치며 장단을 돋우었고, 칠성이 채선을 업는 동작을 취하며 춘향가 중에서 사랑가를 부르기 시작했다.

"이리 오너라, 업고 놀자. 이리 오너라, 업고 놀자. 사랑 사랑 사랑, 내 사랑이야. 사랑 사랑 사랑 내 사랑이지."

언죽번죽, 희희낙락 얼굴에 꽃이 핀 두 사람은 연정이 듬뿍 담긴 눈빛을 교환했고 채선은 부채를 탁 접으며 멋들어지게 대사를 치기 시작했다.

합이 통하는 연기에 칠성도 신명이 더해진 듯 술술술 거침이 없는 모양새였다.

"이 애, 춘향아! 나도 너를 업었으니 너도 날 좀 업어다오!"

사내의 말끝에 새침한 표정의 채선은 농염하게 대답을 하였다. 붉은 볼과 도톰한 앵두입술 그리고 백옥 같은 피부의 채선은 아리잠직해 보였다.

"도련님은 날 가벼워 업었지만 나는 도련님을 무거워 어찌 업는단 말이오."

투정을 부리는 양 몸을 흔들며 앙알대는 채선 탓에 구경하는 사람들과 뒤편의 아낙들, 나무 위의 아이들마저 푸하하, 박장대소를 터트렸다.

그 반응들을 본 재효는 다시 물끄러미 채선을 주시했다.

"춘향이가 이제는 부끄러움이 없어져 도련님을 낭군자로 업고 놀겠다!"

세종이 채선의 연기에 발맞춰 맛깔나게 아니리를 연발하면, 채선은 뒤뚱뒤뚱 칠성에게로 걸어가 끼낑낑 업고 노는 동작을 취했다. 까르르, 사람들의 낯빛에는 즐거움이 구름처럼 만개했다.

"둥둥둥 내 낭군, 오호 둥둥 내 낭군, 둥둥둥, 내 낭군. 오호둥둥 내 낭군. 도련님을 업고……."

혼연일체, 무대에 심취한 채선은 빠른 박자의 노래를 틀린 곳 하나 없이 소화해냈다. 칠성도 그녀를 쫓아 업고 노는 동작을 취했다. 헌데, 삐끗, 한 박자를 놓친 칠성이 업힌 동작을 취하려다 그만 채선의 갓을 잡아버리고 말았다.

그것도 모르고, 채선은 그저 앞으로, 앞으로 나아갔다.

오늘 하는 이 소리가 제가 다른 이들에게 들려줄 수 있는 마지막인 것처럼 채선은 혼신의 힘을 다하여 빠져들었고, 소리 내었다. 작은 가슴에서는 이미 초저녁에 두려움은 말끔히 사라지고 환희만이 그득 찼다. 채선이 발을 옮겼다. 탄성이 내질러졌다. 그녀의 갓끈이 스르르 풀리면서 흑단 같은 머리타래가 봉두난발로 풀어헤쳐졌다.

삽시간에 미소 짓던 구경꾼들은 이게 무슨 소동인가… 웃음을 거둬들였고, 이상을 느낀 채선의 노래도, 세종의 북소리도 멈추었다.

채선은 구경을 하던 이들과 무대 위의 칠성과 용복의 표정을 바라보았다. 어째 고정되어 있어야 할 머리가 허전한 것이… 풀려버렸다. 채선은 표정이 굳은 소리패와 길중과 오진사, 양반들과 사또의 놀란 표정을 눈으로 훑었다.

아뿔싸, 채선의 입에서 신음이 흘러나왔고, 병풍 뒤편의 재효가 미동도 없이 그녀를 바라보았다.

채선은 당황하여 숨어버리듯 부채로 제 얼굴을 감추었다. 그녀가 할 수 있는 임기응변이라고는 이게 고작이었다. 가만히 눈을 꿈뻑거리던 채선은 다시 병풍 뒤편의 재효에게로 고개를 돌렸다.

왈칵, 용기인지 객기인지 모를 감정의 덩어리가 활개를 치며 발산했다. 채선은 순간적으로 부채를 접었다가 좌악 펼쳐서 내렸다. 계집 본연의 여성스럽고 아름다운 얼굴이 당당히 드러내졌다.

외려 숨기보다 펼쳐 보인 얼굴은 꽃 같아서 사람들은 더욱 놀란 표정들이었다.

단단한 눈빛, 채선은 바람에 머리카락이 휘날리는 것을 그대로 방치하고 나풀나풀 단옷날 나비마냥, 그네 뛰는 춘향이 마냥 춘향가를 다시 부르기 시작했다.

"이리 오너라, 업고 놀자. 이리 오너라, 업고 놀자. 사랑, 사랑, 사랑, 내 사랑이야~."

적막감 속에서 채선의 노래만이 또랑또랑 들려왔다.

사람들은 어리둥절한 눈치들이었고 사또는 미간을 찡그리며 무대를 바라보았다. 채선은 성심을 다해 노래를 마저 이었다. 판은 뒤집히지 않는 이상 계속되어야 했다. 아니, 뒤집힌다 하여 소리가 멎는 것은 아니었다. 채선은 창을 이었고, 사람들은 홀린 듯 낭랑한 그녀의 목소리를 귀에 담았다.

채선이 고개를 돌려 재효를 향해 노래를 불렀다.

신재효는 여느 때와 다름없이 눈 하나 깜빡이지 않고 채선을 바라보다… 웃었다. 처음으로, 재효가 환하게 그녀를 향해 미소지어주었다. 채선은 벅차오르는 감정을 주체하지 못하고 창을 울었다.

춘향이 등대하였소.

채선은 감개무량하여 울다 웃기를 반복했다. 재효의 미소 뒤로 소리가 아름답게 사물거렸다.

소리의 길

발을 동동 구르며 채선은 읍성 공북루 내부에 위치한 관아 앞에 붙박여 서 있었다.

들어가지도 못하고 그렇다고 자리를 떠나지도 못한 채 하염없이 누군가 나오기만을 기다리는 눈치였다.

"아이고, 저러다 사람 잡겄네, 사람 잡겄어. 시방 참말로 저년이 계집인 줄 아무도 몰랐당께요. 나으리께서는 죄가 없지라, 사또!"

세종의 발악에도 불구하고 묵직한 장은 날카롭게 재효의 둔부를 내리쳤다.

으헉, 입꼬리를 꽉 깨어 문 재효는 신음소리조차 허투루 내지르지 않았다. 사또는 부아가 치미는지 더욱 야멸차게 태형을 명했다. 형틀 위, 대자로 누운 재효는 매질을 감내하고 있었다.

"그 어린 계집년은 나이가 어려 철이 없다 하겠다만, 동리 네놈은 소리 학당의 수장이 아니더냐? 헌데 네놈이 부리는 소리꾼 중 계집이 있는지 없는지조차 알지 못했다면 그 또한 네놈의 큰 잘못이 아니고 무엇이란 말이냐! 네놈은 오늘 같은 단옷날 축제에 풍기를 문란히 하고 조선의 기강과 법도를 흐트러트렸다. 이는 태형으로도 끝나지 않을 중차대한 죄이니라. 어찌 과년한 계집이 소리판을 더럽히고 사내들 앞에서 몸을 흔들게 했더냐? 저놈을 매우 쳐라!"

"아이고, 아이고 사또! 참말로 나으리는 몰랐어라. 지가… 지가 그년에게 노래를 시켰어라."

"시끄럽다. 저놈을 매우 쳐라!"

세종은 목이 쉬어라 자초지종을 떠들었지만 성난 사또는 들은 체도 않았다. 덕분에 재효의 엉덩이는 짓이겨지고 피딱지가 덕지덕지 말라붙어 갔다.

"아따 이 양반 엉덩이가 남아나지를 않겠다! 옘병, 채석이… 아니지, 채선이 그년은 어디로 내뺐거, 엉? 나으리 저 꼴로 만들고 제 년은 속 편허게 어디를 싸돌아댕기고 있는 겨!"

다리가 풀려 한 보 걷지도 못하는 재효를 부축하여 세종이 관아 문을 벗어났다.

그는 연신 보이지 않는 채선을 욕하였고 재효는 고통에 눈을 지르 감았다.

"나… 나으리……"

관아 앞 거대한 느티나무 뒤편에서 채선이 모습을 드러냈다.

엠병! 세종은 당장에라도 채선에게 달려들어 귓방망이라도 때리려고 으름장을 놓았다. 그 탓에 한쪽 무게중심이 기울어버린 재효는 으흑, 신음을 흘렸고, 칠성과 용복은 재효를 부축한다고 애를 먹었다.

"나… 나으리… 지가……."

"아주 잘 만났다, 이년아! 네 년은 대체 무슨 억하심정으로다가 동리정사를 이리 말아먹느냐, 으잉? 사내도 아닌 것이 어찌 사내 행세를 하며 먹칠을 하고 매질을 당하게 만들어!"

세종의 닦달에 채선은 미안해 죽겠다는 표정으로 옴찔댔다.

쓰러져가는 동리정사와 재효를 돕고 싶다는 마음은 허울 좋은 핑계에 불과했다. 영 거리가 먼 이야기는 아니었지만 소리가 하고 싶어 영악하게 상황을 이용했다. 소리꾼이 절박했던 동리정사로 찾아갔고 재효에게 동정을 호소했다. 후회는 없었으나 미안쩍고 송구스러운 마음은 감출 길이 없었다. 용서를… 빌어야 했다.

세종도 어느새 그런 채선의 눈빛을 읽었는지, 아니면 소리판에서 들었던 절절한 소리를 기억해냈는지, 시무룩하게 아이를 바라보았다. 물에 젖은 참새 꼴. 용복과 칠성도 절레절레 고개를 가로저었다.

"산에서… 소리를 익히고 한양에 가자꾸나. 낙성연에서 사람들을 웃고 울리는 소리를 하자."

별안간 가만히 잠자코 있던 재효가 채선을 바라보더니 말문을 떼었다. 힘주어 내지른 단어들에는 강건함이 깃들어 있어 아무도 그 자리에서만큼은 가타부타 이의를 제기하지 못했다.

소리를 하자.

재효의 말은 채선의 가슴에 큰 울림이 되었다. 그녀는 가까스로 참고 있던 울음이 터져 나와 맥없이 바닥으로 무너져 내렸다. 아직도 무대에서의 여운이 남은 듯 온몸이 파들파들 떨렸다. 채선은 하늘이 그녀에게 선물을 내려주셨다 믿었다. 어미가 그녀의 소원을 듣고 곽씨 부인 심청이 굽어 살피듯 바라보고 계신 것만 같았다. 그녀는 울먹이면서도 소리쳤다.

"야…. 야! 스승님! 지는 소리를 할라요. 소리꾼이 될라요!"

세종은 웃으면서 눈물 흘리는 채선이 어이가 없어 말을 잇지 못한 채 두 사람을 번갈아보았다. 계집을 소리판에 올리겠다는 재효나, 스스로 금기를 깨고 판 위에 오르겠다는 채선이나 둘 다 정신이 나간 건 매한가지였다. 거기에 그들을 방관하는 세종과 칠성, 용복 또한 가히 제정신은 아니었음이라. 세종은 아이고, 두(頭)야, 깊게 숨을 들이쉬었다.

웃고… 울고… 그것이 인생이고, 그것이 판소리다.

채선은 재효의 말을 곱씹고 또 곱씹으며 흐느껴 울었다. 진채선, 그녀가 진정한 의미에서 재효의 제자가 되는 순간이었다.

* * *

"이 매정한 년, 진짜 가는 게냐?"

색색의 한복을 차려입은 병풍 기생들이 채선을 에워싸고 눈물을 찍어냈다. 어릴 적부터 함께 살았던 또래 계집들은 하나같이 채선의 옷자락을 잡으며 험한 길로 가는 동무를 만류했다.

"조선 천지에 소리하는 계집은 없다. 소리를 좋아할 수는 있지만, 직접 소리하는 계집은 있을 수가 없단 말이다. 그 길이 얼마나 험한 줄 알고 그리 간단 말이니?"

"맞다, 채선아. 생각을 고쳐먹어라. 행수 어르신께 이제부터 넌 손님방에 절대 들이지 말라 우리가 말해줄 터이니 그저 예서 우리랑 같이 살자. 정 그것이 그리 싫으면 우리가 결사반대 칼이라도 물고 막아줄 터이니 그냥 같이 있자, 채선아. 어딜 가도 흉년이고 어딜 가도 한미한 판국에 떠나버린다면… 우린 맘 편히 발 뻗고 잘 수나 있겠느냐?"

채선은 제 옷고름으로 축축해진 동무들의 눈물을 닦아내주었다. 하지만 심중에 먹은 결심만은 한 치도 흐트러짐이 없었다. 그녀는 결연한 눈빛으로 고개를 저었다.

"나… 나 지금 참으로 행복하다. 너희들과 언니들, 행수 어르신 두고 떠나는 발걸음이 마냥 가볍지만은 않지만……. 그래도 실은 기뻐서 비명이라도 지를 것 같아. 평생의 소원이었다. 평생… 이루지 못하면 시커멓게 담아두고 재워두고 곪아갈… 그런 마음이었다. 그런데 잘 풀릴지 아닐지 장담 못한다 해도 실오라기만 한 길이 열렸는데 내 어찌 그걸 외면할 수 있겠니. 구멍이 작으면 손가락으로 파고 또 파도 시원찮을 마당에 길이 있는데 어떻게 가지 않을 수 있겠니. 그러니… 건강하고, 행수 어르신, 부엌어멈 강녕히 잘 모셔다오.

내 곁에서 머물 수 없겠으나 언제나 마음 한켠에 우리 기방 식구들… 잊지 않을 것이다. 절대… 잊지 않을게."

한 번 마음을 먹으면 망하든 그렇지 않든 직진하는 채선이었다. 동무들도 더는 말리지 못하고 그저 눈물바람이었다.

방울이는 채선에게로 다가가 작은 손에 쥔 댕기와 비녀들을 건네주었다.

"만약… 만에 하나라도 힘든 일이 생기거든 부끄러워 말고 숨기지 말고 지체 없이 돌아오너라. 여기는 우리들 집이다. 어려서부터 자라고 잠들었던 우리 집 말이다. 그리고 채선이 너는 우리 자매다. 자매란 고난과 기쁨도 함께 나누는 것이라 하지 않았니. 허니 채선이 네 잘 되어도 우리 외면 말고 찾아와 주어야 한다. 그리고 정 힘들어 몸도 마음도 남루해지더라도 네 돌아올 곳이 한 군데 정도는 반드시 있다는 것, 잊지 말아라. 이건 여비에 보태 쓰고, 비녀는 그래도 꽤 값나가는 것이니 아껴 두었다가 필요할 때 쓰고."

방울의 말에 채선도 그제야 이별이 실감났던지 울컥 감정이 폭발했다.

다른 기생들도 하나씩 주섬주섬 아껴두었던 패물들을 꺼내 채선의 봇짐 안으로 넣어주었다. 자매였으니… 피를 나누고 살을 나눈 형제는 아니었으나 긴긴 세월 함께 시간을 나누고 추억을 나누었으니 충분히 그들은 친자매였다.

채선은 슬픔을 욱여두고 행수 어르신이 거하고 있는 방문 앞으로 다가갔다. 그녀가 어미 손에 이끌려 처음으로 기방을 찾았던 날, 아이를 안으로 들였던 훈육기생 진향도 행수의 방문 앞을 지키고 서 있었다.

"참말… 갈까보냐, 채선아."

그녀가 애정이 진하게 배인 목소리로 말을 걸었다. 채선은 생긋, 스러지게 웃으며 방문 앞에서 큰 절을 올렸다.

"행수 어르신, 저 채선입니다. 인사는 드리고 가는 것이 옳아……."

"네 마음대로 가려거든 알리지도 말고 나가거라."

행수의 얼음장 같은 음성이 채선에게 날아들었다. 진향은 이맛살을 찌푸렸다. 저… 저 못난 인사 또 심중이 배배꼬여 속내를 꼬아버리는구먼. 채선은 콧물을 킹킹 들이켜며 다시 한 번 문살 너머로 곱게 큰 절을 올렸다.

"미천한 년… 어미마냥 입혀주고, 멕여주고 재워주셔서 백골이… 난망하외다."

방 너머에서는 여전히 아무 소리도 전해지지 않았지만 진향은 코를 팽 풀어 옷고름으로 감추었다.

"망할 년, 어디서 주워들은 문장은 있어가지고 청산유수로구나. 형님, 그만 나와보소. 채선이 이년 간답니다. 가는 길 아예 안 보거들랑 나중에 후회 남아 어쩌려고 그러시오."

묵묵부답. 인기척도 느껴지지 않는 방 안에선 실낱같은 망설임이 도사렸다.

"떠날 년은 떠나는 게지. 뭐 그리 수선을 떠느냐. 채선이 저년 내보내거라."

행수의 말소리도 점차 가늘게 바르르 떨렸다. 채선은 꾸벅 고갯짓을 하곤 보따리를 싸서 문턱을 넘어섰다. 결국 얼굴을 마주하진 못했으나 그렇다고 마음이 전해지지 않은 것은 아니었다. 채선은 감사한 마음, 따스한 모정을 품에 안고 건물의 바깥으로 나섰다. 마당에는 동무들과 기방을 관리해주던 아재들 그리고 부엌어멈까지 마중을 나와 있었다.

"채선아, 이것아. 어딜 간다고 그러느냐. 나만 두고… 너 혼자 어찌 간다고……."

친어미처럼 매양 붙어 다녔던 부엌어멈이 눈물범벅이 되어 채선을 끌어안았다. 풍만하고 다사로운 품안에서 채선은 눈을 감고 어미 냄새를 훑었다.

밥을 하고, 빨래를 하고, 가끔 행수 어르신께 혼이 날 적에도 든든한 방패막이가 되어주었던 고마운 사람. 채선은 토닥토닥 누가 누구를 달래는 것인지, 부엌 어멈의 등살을 찬찬히 문질러주었다.

"어멈, 내… 무사히 잘 다녀오겠소. 꼭 조선 최고의 소리꾼이 되어 이리 돌아오겠소."

채선이 말을 마치며 발길을 옮기자 우르르 그녀의 뒤를 따라 식구들도 교방의 대문으로 몰려갔다. 진향만이 점차 멀어져가는 채선의 뒷모습을 바라보며 자리를 지켰다.

후욱, 곰방대를 불어 연초를 태우던 진향이 문풍지로 번지는 행수의 검은 그림자를 응시했다.

"형님… 저것이, 저 조끄만 년이 언제 저리 커버렸을까?"

대답이 없었다. 진향이 피식, 연기를 머금으며 미소를 지었다.

"오는 아이들 막을 수 없듯, 가는 아이도 잡을 수 없는 법이지요. 채선이 저년은 제 어미 닮아 소리는 잘할 거요. 아니… 내 귀명창은 아니라도 흘려듣던 채선이 노랫가락은 퍽 좋았다오. 우리 채선이… 저 망할 년 무탈히 잘 지낼 것이니 걱정은 마시구려."

그녀는 하염없이 문밖으로 이어지는 교방 식구들의 행렬을 바라보았고, 행수는 창은 열지 않은 채 사라져가는 채선의 온기를 느꼈다. 그리 닮지 말라 빌었는데… 핏줄은 못 속이는가.

행수는 채선이 남기고 간 흔적을 어찌 정리할까 고심에 빠졌다. 언제나 뜨내기들이 태반인 곳이었으나 품었던 아이들을 잊기에는 사람 마음이 그리 가볍지 않았다. 그녀는 부디 채선만큼은, 박복했던 제 어미의 뒤를 따르지 않길 빌고 또 빌었다. 소리라는 것이 한으로, 아픔으로 이어가는 것이라던데… 채선은 언제나 밝고 명랑하고 사랑스러운 소리만 내길 진심으로 바랐다.

어둑어둑 동 틀 무렵 안개가 낀 푸른 길 위에 채선이 서 있었다.

나올 무렵의 무겁고 안 되었던 발걸음은 어느새 새털마냥 가볍게 변하여 어디로든 떠날 수 있을 것 같았다. 채선은 고개를 돌려 멀리서 다가드는 네 구의 그림자를 반갑게 쳐다보았다.

눈앞, 봇짐을 멘 칠성과 용복, 김세종과 신재효가 그녀를 향해 다가왔다.

앞으로의 고행을 알길 없는 채선은 그저 행복과 부푼 꿈에 젖어 있었다.

"돌을 머리에 이고 성을 돌면~ 한 바퀴 돌면 다리병이 낫고, 두 바퀴 돌면 무병장수하고, 세 바퀴 돌면 극락 승천한다."

채선이 가지런히 옷매무새를 다듬고 모양성 주변을 밟으며 노래했다.

오래전부터 고창 읍성에 전해져 내려오는 답성의 노래.

칠성과 용복도 독공에 들기 앞서 무사를 기원하듯 채선의 뒤를 따랐다. 세종 역시 여느 틈에 섞여 성벽을 밟고, 재효는 사내들 사이에서 환히 빛나는 어린 채선을 응시했다.

저 아이 안에 갇혀 있는 소리를 깨워 세상 밖으로 공명시키자.

재효는 그리 결심을 굳혔더랬다.

* * *

바람에 흔들리는 나무들 밑, 울창한 숲길을 따라 재효의 소리패는 산을 올랐다.

읍성으로부터 꽤 거리를 두고 자리 잡은 선운산은 가파르게 치솟은 산봉우리와 울퉁불퉁 바람에 풍화된 기암괴석들로 장관을 자랑하는 명산이었다. 그 이름도 선운(禪雲), 구름 속에서 참선을 한다는 뜻으로 지금 채선 일행에게는 안성맞춤인 산이었다. 하지만 그만큼 산세가 험해 계집이 오르기에는 벅차고 고된 산 또한 선운산이었다.

앞서 걷던 재효는 며칠 동안 힘든 내색도 않고 바지런히 뒤따르는 채선을 가끔씩 돌아보았다. 그럴 때마다 그녀는 헉헉 숨을 헐떡이면서도 야무지게 쫓아 올랐다.

채선은 짙푸른 도솔천을 끼고 돌며 만발한 야생화와 족히 수백 년은 넘었을 송악이 암석을 타고 오르는 경관을 관망했다.

몇날 며칠을 걷고 또 걸어 발바닥에는 물집이 잡히고 온몸은 천근만근이었으나 괘념치 않았다. 뒤처지는 한이 있더라도 소리패의 뒤를 쫓을 수만 있다면 더한 고통도 감내할 자신이 있었다. 게다가 조금 전부터 살랑살랑 기분 좋게 불어오는 선선한 바람은 그녀의 힘든 심신을 위로해주었다.

산 중턱에 오르니 읍성의 마을은 물론이고 저 멀리 뒤편에 자리한 천마봉까지 한눈에 들어왔다. 쾌청. 채선은 다시 한 번 기합을 집어넣고 발걸음을 옮겼다. 보라색 붓꽃과 형형색색의 마타리들이 진한 향취를 뿜어내, 가는 길이 꽃길로 변모했다.

채선은 산이 가파르다 하나 산속에 잉태된 수많은 생명들을 하나씩 만끽할 수 있어 좋았다. 그녀는 재차 뒤를 돌아 저를 확인하는 스승을 바라보며 생긋 미소 지었다. 재효도 무표정하게 채선의 행동 하나 몸짓 하나하나를 눈여겨보며 발길을 재촉했다. 그 사이 바위 위로 올라선 용복은 나뭇가지를 내려주어 채선이 쉽게 오를 수 있도록 도와주었다.

쯧쯧쯧, 세종만이 여직 못마땅한 얼굴로 채선과 일행을 힐끔거렸다.

어쩌자고… 또 무슨 경을 치르려고 계집을 소리패에 넣어 이끈단 말인지 원.

그는 싫은 소리가 턱밑까지 차올랐으나 묵묵히 앞을 걷는 재효를 바라보며 삼켜버렸다. 에라, 모르겠다. 어떻게든 되겠지. 생각이 있어 저러는 것이겠지. 그나마, 저 양반이 소리를 포기하지 않고 다시 일어섰으니 그것만으로도 다행이지.

그는 일단 저희 소리패의 대장을 믿고 따르는 수밖에 없다고 되뇌었다. 어느새 깊은 산속까지 들어온 일행은 푸르른 청량감에 허파 가득 숨을 담았다가 내쉬었다. 아스라이 산봉우리로부터 뻐꾸기 우는 소리가 들려왔다.

"뻐꾹~ 뻐꾹~!"

용복과 칠성이 생동감 넘치게 뻐꾹 소리를 따라하자, 채선도 빙그레, 새소리를 흉내 내었다. 세상의 존재하는 모든 소리를 체화하려는 듯, 그들은 산속 요모조모를 탐망하며 소리를 채집했다.

도도도도, 다람쥐와 청설모가 쪼르르 도토리를 안고 뛰어가는 소리, 새벽녘 찌르르찌르르 울어대는 풀벌레의 구애 소리, 시기와 절기를 맞아 망울을 터트리는 꽃봉오리의 떡 벌어지는 소리. 용복과 칠성, 채선은 혈기가 방장하여 이리 뛰고 저리 뛰어다녔다.

쏴아아, 급격히 온도가 떨어지는 지점, 물소리가 커지면서 드디어 일행은 종착지에 다다랐다.

거대한 계곡으로부터 우렁찬 소리가 터져 나오고 쐐쐐, 쏟아 붓는 폭포는 압도적으로 그들의 목청을 잡아먹었다. 암만 크게 외쳐도 지척에 있는 옆 사람의 말도 간신히 들려오는 계곡. 재효는 그 앞을 지나쳐 폭포 쪽의 커다란 동굴 입구로 다가갔다.

멀뚱멀뚱 스승이 하는 모양새를 지켜보던 일행에게 그는 다가오
라 손짓을 보냈다.

* * *

하도 걸어서 까불 기력도 남지 않은 청춘들은 소리굴 바닥으로 주
저앉았다.

채선도 헥헥, 땀방울 가득한 얼굴로 동굴의 서늘한 내부를 둘러보
았다.

"여… 여기가 어디… 입니… 까요……."

"소리… 소리굴이여… 옛날에… 거시기… 굴에서 곰이 쑥허고 마
늘 먹고… 사람으로… 태어난멘치로… 소리꾼도… 여서 명창으로
태어나는 거재……."

"산… 산의 목구녕이여… 한 번 들어… 들어보드라고."

헉헉, 얼굴과 등이 땀벌창을 이룬 칠성과 용복도 거칠게 숨을 몰
아쉬며 말을 이었다. 용복이 숨을 크게 몰아쉬고는 시범 삼아 목청
을 내질렀다.

"아~~~."

동굴은 그 자체만으로 거대한 울림통의 역할을 하고 있었다. 슬
쩍 내비쳐진 용복의 목소리는 사방팔방 왕왕 울려 동굴 안으로 퍼져
갔다. 잠시 후 거대한 메아리가 되어 돌아온 용복의 소리는 호흡, 박

자, 숨의 고르기까지 명확하게 들려왔다.

그들은 재효가 왜 이 동굴로 자신들을 이끌었는지 알 수 있었다. 채선은 신기하다는 듯 제 소리도 질러보았다.

"아~~~."

그녀의 노래도 메아리가 되어 돌아오자, 채선은 방긋방긋 해사한 미소를 날렸다.

칠성과 용복도 빙그레 웃으며 소리들을 내질렀다.

원 없이, 누구의 방해도 없이 그들은 속울음을 터트렸다. 동굴의 석순과 종유석으로부터 우우웅 진동이 울려왔다. 오랜 세월 깎이고 다듬어진 훌륭한 방망이들은 절묘하게 소리를 굴절시키고 되돌려 보냈다. 채선은 신기하고 재미나서 재우 개구지게 깔깔깔 웃음을 터트렸다.

"아주 아주… 그저 천지분간을 못 혀고 신이 나셨구먼……."

세종이 마뜩찮게 눈치를 주자 채선은 얼핏 주눅이 들어 분위기를 살폈지만 재효는 요동도 없었다. 세종은 입을 대발로 내밀었고, 채선은 고개를 돌려 수줍게 미소 지었다.

동굴은 바깥바람으로부터 일행을 지켜주었으나 돌바닥으로부터 는 찬기가 스며들었다. 여전히 쏴아아, 대포알 같은 폭포의 물장구 소리와 휘이잉, 바람이 휘감기는 소리가 쟁쟁히 세력을 다투고 있 었다.

채선과 칠성, 용복은 어느덧 곤히 지쳐 잠들었고, 붉은 모닥불 근처에는 재효와 세종만이 모여 앉아 작은 소리로 속삭였다.

"나으리, 암만 생각혀봐도 요것은 아닌 것 같소잉……. 우째, 저 아이를 낙성연에 올린다요. 고것은 참말로 아닌 것 같소잉. 다 같이 호랑이 아가리에 대구빡을 집어넣는 것이랑께요."

여간해서 재효의 말에 반박을 않던 세종이었지만, 이번만큼은 천천히 그를 설득해보려는 심산이었다. 그는 과장을 보태어 호들갑스럽게 거품을 물며 제 주장에 힘을 실었다.

"김세종이, 내 자네에게 조선 최초의 소리 학당을 열자고 했을 때, 그때 뭐라고 했나. 그때도 안 될 거라 하지 않았나."

세종만큼이나 꼿꼿하게 태도를 일관한 재효는 생각에 변함이 없는 듯 기억을 이르집었다. 그는 낮고 중후한 목소리로 세종에게 대화를 건넸다. 처음 동리정사를 열었을 적의 우수와 기대에 찼던 눈빛 그대로였다.

"고것은 다르지요잉. 동리정사 열 짝엔, 갈 곳 없는 광대들 천지였고잉. 내로라하는 명창들로다가… 근디, 저 계집아인 귀동냥으로 배운 토막 소리 내는 것이 전부인디……. 언제 가르쳐서 어찌 낙성연에 세우실라고 그라요, 참말로!"

살짝 격앙된 세종의 목소리가 동굴을 낮게 울렸다 차갑게 식었다. 재효는 눈꺼풀을 감았다가 뜨며 비상하게 말문을 틔웠다.

"저 아이에겐… 특별한 게 있네."

특별한 것이 있다. 무대에 서서 노래를 하던 채선에게는 묘한 매력이 있었다. 그 끌림은 재효뿐 아니라 소리판에 있던 모든 이들의 마음을 울렸으리라. 설령 사또에게 치도곤을 당했을지라도 그는 채선을 바라보던 이녁들의 눈빛에서 치고 구르는 무언가를 부정할 수 없었다.

순수하고 정제되지 않은 감정들의 타래. 재효는 채선 안에 있는 순박하고 따스한 소리를 들었다. 그것은 수많은 사람들의 상처 입고 나달거리는 마음을 달래줄 재주가 담겨 있었음이라.

확신에 찬 재효의 음성에 세종은 삐딱하게 뚱딴지를 걸려고 작정을 했다. 그는 불퉁, 짜증스레 대화를 이었다.

"고것이 뭔디요? 지는 모르겠어라. 저 쬐깐한 계집년 특출날 것이 무에가 있어라?"

허허허, 일부러 흠집을 내고 있는 세종을 보며 재효는 핀잔 섞인 웃음을 내쉬었다. 그는 담담하고 차분하게 이야기를 더했다.

"자네도… 알고 있지를 않은가. 내 보는 것, 자네도 볼 수 있는 것을……. 그래도 함께 한 시간이 얼마인데 내가 자네 성정을 모르겠는가. 채선이 저 아이는 분명, 특별한 것이 있다네. 계집이란 게 가장 특별하지 않겠는가. 소리판에 없던 계집아이가 소리를 한다는 것 자체가… 정녕 특별해지지 않겠는가. 채선이는 사내들이 감히 흉내 낼 수 없는 너름새가 된다네. 저 아이만은 진실로 심청이도 되고 춘향이도 될 수 있는 것일세. 그건 우리 중 누구도 저 아이만큼 소화해낼 수 없겠지."

재효의 말에 세종도 꿀 먹은 벙어리가 되어 인상만 구겼다. 그는 떼쓰듯 구시렁거렸다.

"아따, 나으리! 참말 몰라서 하는 것이어라? 그라요, 채선이 저 아이 너름새 보고 나도 입을 떡 벌렸어라. 우리가 암만 따라해봤자 저 계집이 내는 흉내를 쫓을 수 없겠더이다. 허나 왕 앞이요. 왕 앞에 계집의 소릴 올렸다간 태형으로 끝나지 않을 게요. 우리덜 명줄이 끊길 텐디……."

"계집의 소리가 아니라 춘향의 소리를 올리는 것이야. 분명 대원위대감께선 들어주실 게야. 그분은 내가 지금껏 만난 그 어떤 양반들보다도 제대로, 소리를 듣고 따를 줄 아는 분이셨네."

"옘병… 그놈의 대원위대감은… 허구한 날……."

세종도 종알거리며 말끝을 흐렸지만 더는 재효를 말릴 생각은 없어보였다. 후, 깊은 숨을 들이쉬는 소리와 함께 세종이 제자리로 돌아가 잠을 청하는 소리가 들렸다.

부시럭부시럭, 모닥불로부터 거리를 두고 누워 있던 채선은 언제 깨었는지 두 사람의 대화를 엿들으며 환해졌다 어두워지기를 반복했다. 계집이 소리를 올리는 일 그리고 그를 이끌고 가르치는 일. 잘못해서 수가 틀린다며 둘 중 하나도 성치 못할 길이었다.

하지만 알고 있어도 포기할 수 없는 마음인지라 채선은 두 눈을 질끈 감고 철면피로 잠을 청했다. 스승은, 재효는 그녀를 믿고 있었다. 아니, 어쩌면 채선보다도 채선의 소리를 들어줄 대원위대감 이하응을 신뢰하는지도 몰랐다. 하지만 이제 채선 자신도 재효의 믿음에 보답해야 할 차례였다.

눈을 뜨다

쏴아아아, 새벽부터 폭포수는 여지없이 우렁찬 소리를 내질렀다.

잠이 덜 깬 칠성과 용복, 채선은 지시에 따라 소리를 지르지만 입만 벙긋벙긋, 누구의 귀에도 닿지를 못했다.

"힘줘라! 배에 힘을 줘! 소리로 폭포를 뚫어야 한다잉. 겨우 폭포에 잡아먹혀 버릴 소리 따위는 소리라 칭할 수도 없는 것이제. 알겠느냐! 붕어 새끼마냥 입만 벙긋대지 말고 내 귀에도 느그들 소리를 전하라 이 말이다!"

세종이 화통한 목청으로 말을 틔우자 채선은 미간을 찡그리며 힘껏 소리를 뿜어냈다. 하지만 역부족. 그들의 목소리는 폭포 소리에 묻힐 뿐, 전해지지를 않았다.

채선은 스스로에게도 적잖이 실망스럽고 재효를 보기도 민망하여 더욱 목청을 높였다. 하지만 여전히 소리는 배 안에서 휘휘 돌 뿐 목청 밖으로 나올 생각을 않았다. 재효는 걱정스레 채선을 바라보고 있었다.

아쉬운 마음을 뒤로 하고, 세종은 북채를 잡았다. 소리를 틔우는 것도 중요하지만 낙성연 기간까지 저들이 부르고 놀아야 할 판이 무엇인지를 명확히 알고 교육시키는 것도 중요로웠다.

세종은 이곳저곳 꽃잎이 만발한 산 정상으로 제자들을 이끌어 쿵딱, 북장단을 쳐주었다. 춘향가 중에서 춘향이를 소개하는 대목이 시작되었다.

"꿈을 꾸었는듸, 꿈 가운데 어떤 선녀가 하늘에서 내려와 도화를 내어주어. 도화는 봄 향기라 이름을 봄 춘자 향기 향자 춘향이라 지었더라."

채선은 어디서 한아름 따왔는지 꽃무릇(석산)과 노랑어리연꽃을 품에 안곤 배시시 미소 지었다. 봄날 코끝을 간질거리는 춘향이의 달콤한 살 냄새가 여기까지 풍겨오는 듯했다.

"도화는 복숭아꽃이지요?"

채선이 달큰하고 신물이 오른 과육을 상상하며 말을 이었다.

"그려, 복숭아꽃허고 자두꽃하고 도리화라고 하고잉."

용복이 친절하게 그녀의 말에 대꾸해주었다.

"도리화… 도리화… 이름이 예쁩니다! 춘향이는 봄의 향기… 꽃의 향기… 도리화의 향기! 춘향이는 참말 사랑스럽고 어여쁜 여인이었겠습니다."

채선이 말을 마치며 해맑게 웃자, 신재효는 그녀를 무정하게 바라보았다. 그 시선에 채선은 미소를 멈추고 얼어붙었다.

"계속하자."

냉정하게 채선의 감정을 무지른 재효는 세종에게 다음 대목으로 넘어가라 신호를 보냈다. 쿵딱, 세종이 북을 치며 아니리를 이었다.

"그때여! 이도령은 춘향이가 보고 지고… 보고 지고… 하여! 방자를 부르난듸!"

얼쑤! 추임새에 맞추어 칠성과 용복이 헐레벌떡 준비했던 이도령과 방자의 대목을 각각 시작하였다.

"이놈 방자야! 이놈 방자야!"

"예이~."

"내 춘향이를 볼 터이니 어서 빨리 나귀를 대령하려무나!"

"예이~."

익살스런 눈빛을 주고받은 용복과 칠성은 무난하게 자신들이 맡은 아니리를 소화해냈다. 세종도 만족스런 표정으로 제자들을 흘끔대곤 다시 아니리를 펼쳤다.

"그리하여 그날 밤 춘향과 이도령은 단 둘이 앉았으니 그 일이 어찌 될 것이냐……."

부러 의미심장한 공백을 남긴 세종의 아니리는 듣는 이로 하여금 얄궂은 상상을 하게 만들었다. 채선은 처음 만난 춘향과 이도령이 서로에게 한눈에 반해 마음을 주고받는 상상을 하다 저도 모르게 즐거워 픕, 하고 실소를 터트렸다. 참으로 봄철 살구꽃마냥 풋풋하고 시큼시큼한 감정이 아니겠는가.

채선은 상상의 나래 속 춘향과 몽룡의 발그레한 두 뺨을 연상하며 기분 좋게 미소 지었다. 하지만 그녀를 주시하던 재효는 냉랭하게 쏘아보며 핀잔을 던진다.

"뭐가 그리 즐거우냐."

순간, 풀이 죽은 채선은 입을 다물었다. 서슬 퍼렇게 쳐다보는 스승의 질문은 물음이 아니라 웃지 말라는 진지한 경고였다. 소리를 상상하되, 청중보다 더 작중 감정에 매몰되어서는 안 되었다. 적당히 감응하고 적절히 소리를 내어 구경꾼들을 웃겨야 했다. 헤프게 제 웃음을 퍼 나르는 판이 되어선 안 되었다. 진지하게 임하라. 채선은 합죽이가 되어 말을 아꼈다.

"계속!"

"그때여! 춘향이와 이도령이 사랑을 나눈 후에, 사후 기약을 하는 되!"

얼쑤! 추임새와 아니리가 버무려지며 세종의 북장단도 더욱 경쾌함을 더했다. 극에 대한 몰입도도 높아졌다. 칠성은 진솔하면서도 가냘픈 풋정을 소리에 실었다.

"너는 죽어 꽃이 되고 나는 죽어 범나비 될 터이니, 그리 알면 되는 것이다."

"서방님, 나는 싫소. 나비는 새 꽃을 찾아갈 터이니, 꽃 되기는 싫소."

마침내 채선도 그간 응축시킨 마음의 망울을 꽃피울 차례였다. 채선은 열심히 아니리를 뱉었으나 제 스스로 듣기에도 무언가 싱겁게 느껴졌다. 이게 아닌데……. 방금 전까지 상상했던 춘향의 감정은 이런 소리가 아니었다. 채선은 당황했고, 어정쩡한 그녀의 연기를 주시하고 있던 재효도 인상을 찌푸렸다.

"춘향이가 어찌 그리 맹맹하게 말을 하겠느냐! 다시!"

"서방님, 나는 싫소. 나비는 새 꽃을 찾아갈 터이니, 꽃 되기는 싫소."

"다시!"

"서방님, 나는 싫소. 나비는 새 꽃을 찾아갈 터이니, 꽃 되기는 싫소."

목이 터져라, 감정을 실어 소리를 내질렀건만 재효의 성에는 차지 않았다. 채선 역시 이건 아닌데 싶었다. 뭐가 빠져 이리 심심할꼬. 소리가 착 감겨들어 심장에 푹 꽂혀야 그만인 것을. 제 소리는 방향을 잃고 이리 비틀 저리 비틀 취중에 부르는 고주망태가와 비슷했다.

"다시!"

"서방님, 나는 싫소. 나비는 새 꽃을 찾아갈 터이니, 꽃 되기는 싫소."

결국 안 되겠다는 듯 곁에 있던 나뭇가지를 하나 꺾어낸 재효는 붙어 있던 나뭇잎을 몽땅 떼어내기 시작했다. 영문을 모르는 채선은 하염없이 스승을 바라보았고, 앙상한 나뭇가지는 회초리가 되어 날아왔다. 근엄하고 매정하게 재효가 입을 열었다.

"절제할 때 절제할 줄 알아야 하고 뿜어낼 때 감정을 풀어낼 줄도 알아야 한다. 다시 해보거라."

"서방님, 나는 싫소. 나비는 새 꽃을 찾아갈 터이니, 꽃 되기는 싫소."

찰싹, 순식간에 재효가 손을 놀려 채선의 종아리를 내리친다. 아얏, 단말마의 비명을 지르며 채선은 깨금발을 들어 뒷걸음질을 쳤다.

"어허, 다시 해보거라."

"서방님, 나는 싫소. 나비는 새 꽃을 찾아갈 터이니, 꽃 되기는 싫소."

아픔에 눈물이 배인 채선은 구슬피 아니리를 이었다. 한 대 매를 맞아야 정신을 차린다고, 꽤 몰입된 연기는 제법 들어줄 만했다. 그제야 재효도 만족을 했는지 고개를 끄덕이며 회초리를 내려놓았다.

채선은 재효를 야속하게 바라보았으나 탓하지는 않았다. 제가 부족하여 맞아야만 소리를 깨친다면 그도 감수할 일이었다. 하지만 마음이 서운하고 속상한 것은 다른 개념인 듯싶었다. 조금만 친절히 대해주신다면…….

채선은 자꾸만 바라게 되는 제 마음이 괴이하게 여겨졌다. 과한 바람……. 머리를 내저었지만 맞은 종아리는 금세 홧홧해져 눈물이 질금 비어져 나왔다. 붉게 줄이 그어진 종아리가 상흔처럼 부어올랐다.

* * *

"아따, 가만히 좀 있으랑께!"

낮부터 뚱한 표정의 채선이 입술을 옴찔거렸다.

세종은 상투를 튼 채선의 코밑으로 감자전분 풀을 바르고 있었다. 그녀는 재채기가 나오려는 것을 삼켜넣으며 세종이 하는 몸짓을 바라보았다.

우스꽝스레, 손에 놓여 있는 몇 가닥의 코털들을 채선의 코밑으로 다닥다닥 붙인 세종은 뒤를 향해 물어보았다.

"어뗘? 사내 같어?"

품평 하듯 용복과 칠성이 채선의 곁을 기웃거리며 고개를 설레설레 저었다. 아직 털이 부족하다는 뜻이었다.

"더 붙여야 쓰겠는디요."

"옘병, 코밑에 수염 난 사람이 나밖에 없는가. 워째 요로코롬 아픈 일은 나만 시킨당가!"

빽, 일부러 재효 들으란 듯이 크게 외치던 세종은 아얏, 아파하면서도, 기꺼이 자신의 얼굴에서 수염을 여러 가닥 뽑아 붙였다.

워메…… 시뻘겋게 부풀어 오른 턱과 코밑을 긁적이며 그는 뒤뚱 뒤뚱 움직여 채선의 코밑에다 정성스레 수염을 붙였다. 털이 빠진 자리가 볼록하게 솟아올랐다.

한편 재효는 그런 세종과 불길 너머 시무룩해진 채선을 물끄러미 바라보았다. 지친 기색이 여실한 어린 계집아이. 그간 목을 혹사하고 찬 바닥에 사내들과 뒤엉켜 보낸 탓인지 낯빛도 어두워져 있었다. 한창 곱게 차려입고 꾸며야 할 나이에 더럽고 헤진 옷을 입고 수염이나 붙이고 앉았으니…….

안타까움도 언뜻 내비친 재효는 다시 채선의 얼굴을 바라보았다. 그리고 채선 역시 아는지 모르는지 재효를 야속하게 응수하며 울상을 지어보였다. 인정받고 싶고, 칭찬을 듣고 싶은 어린 마음이 불뚝불뚝 치솟았다. 춘향의 소리는 알겠으나 그녀에게 부족한 것은 춘향의 마음인 듯싶었다. 춘풍이 불어 닥친 회오리 같은 마음.

채선은 연습하는 것만이 할 수 있는 전부라 배웠던 소리 토막을 조용히 읊조렸다.

"둥둥둥, 내 사랑, 어허 둥둥 내 사랑……."

흥얼흥얼, 잠들어 다음날 깰 때까지 기계적으로 외고 또 외운 소리는 안타깝게도 무미건조할 뿐이었다. 채선의 속껍데기는 나달나달 지쳐 떨어지기 시작했고, 심중은 혼란스럽게 뒤엉키고 있었다.

* * *

붉은 석산화 꽃잎이 흩날리면서 산은 불타오르는 착시를 일으켰다. 언덕 위에 판을 깔고 소리 연습을 하고 있던 일행은 세종의 북소리에 맞춰 성음을 펼쳐냈다. 쿵딱! 신호에 맞춰 채선이 사랑가를 불렀다.

"둥둥둥~."

입술이 버석하게 일어난 채선이 맥없이 소리를 펼쳤다. 무미건조. 역시나 공허함이 가득했다. 채선은 춘향의 연정을 머리로는 알겠으나 가슴으로 피워내지는 못했다.

무엇이 사랑이고, 무엇이 남녀 간의 정인지… 그녀는 배워본 적이 없었다. 따라서 상상해내기도 힘겨웠다. 전설이나 신화 속 동물을 떠올리는 것이 차라리 쉬웠다. 공공연하게 존재하지만 눈으로는 볼 수 없고 손으로 만져볼 수도 없으며, 감히 마음에 담아보지도 못했던 감정을 표현해내야만 했다.

채선은 감정이 없는 목소리로 어떻게든 사랑을 쥐어짜내려 애간장을 녹였다. 절레절레, 칠성과 용복, 세종이 고개를 흔들자 재효는 불 같이 화를 내고 말았다.

"감정을 실어라! 감정을! 허깨비도 지금의 너보다는 낫겠구나."

재효가 버럭 소리를 치자 찾아오는 것은 적막이었다.

채선은 잔뜩 주눅이 들어 아무 소리도 내지 못한 채 눈치만을 살폈다. 가슴 속에서 연신 불이 깜빡깜빡 들어올 듯 말 듯 껌뻑거렸다. 누군가의 황소만 한 눈망울처럼……. 허나 좀체 반짝 불이 켜지지는 않는다.

채선은 답답한 마음에 입술을 깨물었고, 재효는 화를 삭이며 몸을 돌려버렸다. 휙 돌아선 재효의 등을 보며 채선은 서럽게 죽상을 지었다. 지지직, 마음속 껍데기가 북 찢어지는 소리를 냈다. 세종이 분위기를 살피며 되려 장난스레 대화의 가운데 난입했다.

"채선아, 사랑가 아니여, 사랑가! 춘향이가 그리 소리를 해싸면 이몽룡이 버선발로 도망가지를 않겠냐……. 워째 계집이 연모하는 사내에게 그런 쑥맥 같은 소리만을 내싼다냐. 것도 요조숙녀인 척 요녀인 척 이리 저리 넘나드는 춘향이가! 너도 한 번 생각을 해보거라!"

"……."

기가 죽은 채선은 조용히 고개만 끄덕였다. 알고는 있다. 저도 춘향이 어떤 여인인지, 얼마나 매력적인 여성인지 잘 이해하고 있었다. 하지만 목소리가 뻣뻣한 나무토막처럼 나가는 것은 어찌 해볼 요량이 없었다.

"니… 나이가 몇이여? 연모해 본 사내가 있을 거 아니여?"

급기야 세종은 채선의 옛 사랑까지 이 잡듯 뒤져 감정을 끄집어내려는 듯 보였다. 하지만 침묵. 채선은 얼굴을 발그레 붉히며 입을 앙다물었다.

"없어?"

"…예."

잘못한 것도 없는데 채선은 마치 죄인인 양, 말을 사렸다.

"옘병, 인생 헛살았구먼. 인생 헛살았어. 열아홉 먹도록 뭐하고 살았당가."

이번에는 정말로 딱하고 안 되었다는 듯, 참담한 심경으로 세종이 말을 뱉었다. 네가 그러니 지금껏 춘향이 소리는 흉내 내도 춘향이 본인은 못 되었구나. 사랑을 안 해본 돌심장이 어찌 사랑가를 부르겠는고.

채선은 절망적인 어투로 세종을 향해 되물었다.

"사랑이 뭔지… 모르겠습니다. 춘향이 마음을 알기는 하겠는데 이해가 되지를 않습니다. 사랑이… 무엇입니까?"

수줍으면서도 또박또박 채선이 사랑을 물었다. 김세종은 긴 기억을 헤집는 듯 난해한 표정이 되어선 눈을 흐렸다. 감정이 과잉된 세종이 입을 열었다.

"허이고… 참… 사랑은 말이여… 사랑은 말이제……. 힘든 것이여… 힘이 많이 들지… 땀 뻘뻘 흘리면서… 헉헉거리면서… 아프다고… 아주 그냥, 죽겄는디… 죽겄다고 꽥꽥댈 때는 언제고… 요상하게 신바람 나는… 허벌나게 야릇한 것이여… 네 맘을 네가 어쩌지 못하고 주체도 못허고… 나자빠지는디……. 애달프기도 허고 신산하기도 허고… 근데 또 옘병 변덕이 죽 끓듯 끓어올라서 마냥 허파에 바람 빠진 양, 웃음 나기도 하는 그런… 그런 것이여."

듣고 있던 칠성과 용복도 아련한 표정들을 해선 한마디씩 거들었다.

"그려… 사랑은… 발정난 거여… 안달난 거지… 어쩌지를 못하는 것이여……."

"이건가 싶으면 이게 아니고잉. 또 저건가 싶으면 저것도 아니고잉. 느닷없이 나타나서잉. 달달하니 또 쌉싸래하고잉. 답답하니 꽉 막히다가도 벌렁벌렁 심장을 두방망이질 치고잉, 한마디로 내 맴대로 되는 게 아닌 것이제."

채선은 세 사내의 사랑론을 듣다 곰곰이 생각에 잠겼다. 마음대로 되지 않고 어쩌지를 못하는 사랑. 함부로 쥐지도 못하고 그렇다고 끝내 놓치지도 못하는 마음. 채선은 사랑이 소리와 닮았다고 생각했다. 잊지 못하고 거듭 갈망했던 소리에 대한 열망. 그것이 사랑인가…….

하지만 꼬릿꼬릿하고 배배 꼬인 연정의 실체는 그것과는 조금 다른 모양새였다. 채선은 다시 한 번 눈을 감고 제 마음 속에서 사랑을 찾았다. 둥둥둥, 북소리와 추운 겨울바람이 휘몰아치며 그녀의 마음속에서 또렷한 형체 하나가 드러났다. 우물우물, 소리의 한 토막을 흥얼거리던 채선이 마침내 입을 열었다.

"혼자… 바라만 봐도… 사랑… 입니까?"

저 스스로도 감당할 수 없는 감정에 채선은 미간을 찌푸리며 호기심을 부풀렸다.

"뭐든 느꼈으면 사랑이제, 자자자… 다시 한 번 해보거라잉."

쿵딱! 사뭇 변한 채선의 눈빛을 눈치 챈 세종이 북을 지차 그녀는 가만히 있다 눈꺼풀을 감았다. 채선은 제 심중의 형상을 놓치지 않고 거머쥐어 보았다.

어린 계집아이가 보였다.

오래전 저잣거리에서 한참이나 바라보던 계집아이의 시선은 어딘가에 고정대어 어릿대었다. 시끌벅적, 장사를 파하고 하나둘 판을 떠나는 순간, 멀어져가던 사내의 넓은 뒷모습이 어른거렸다. 듬직한 등. 어깨 너머 얼핏 사내의 옆얼굴이 보였다. 인자하게 어린 계집아이의 슬픔을 나눠 가져준 소중한 사람.

채선은 사내의 얼굴을 정확히 보려고 아이와 사내 사이를 비집고 들어섰다. 말간 눈에 처연함이 뚝뚝 묻어난 어린 계집은 어릴 적 채선이었다. 그리고… 그녀가 바라마지 않던 사내는……. 채선은 눈을 번쩍 뜨며 나지막하게 사랑가를 읊었다.

"둥둥둥 내 사랑, 어허 둥둥 내 사랑, 둥둥둥~."

웅숭깊은 속으로부터 길어 오른 감정은 소리에 묻어 진한 도리화 향기를 풍겼다. 등을 돌리고 채선을 외면하고 있던 재효도 부름에 답하듯 기우뚱 고개를 돌렸다. 채선이 재효의 눈을 보며 소리를 이어갔다.

"사랑 사랑 사랑 내 사랑이야, 사랑이로구나. 내 사랑이야."

곧고 단단한, 맞물린 채선의 눈빛이 도발적으로 재효를 향하고 있었다. 소리도 감정도 과하지 않게 완급이 조절된 울림. 재효도 선 자리에 얼어붙듯, 꼼짝없이 정지하여 그녀의 눈망울을 바라보았다. 무언가 알 수 없는 감정들이 둘 사이의 침묵을 채우며 똬리를 틀었다. 둘은 하염없이 바라보기만 했다.

소리가 펼쳐지는 가운데 꽃잎들이 비처럼 우수수 흩날렸지만 채선도, 재효도 움직이지 않고 그저 서로를 눈에 담기만 했다. 서로의 사이로 꽃비가 내린다. 채선은 물러서지 않고 도망치지도 않은 채 스승의 눈길을 고스란히 제 눈에 박아 넣었다. 채선이 눈을 깜빡, 내리 감았다.

– 사랑이 무엇이냐?

- 어찌하지 못하고 제 맘대로 휘두르지 못한 채 그저 그리워하는
것이지요.

- 너에게… 사랑은 무엇이냐?

번쩍, 채선이 눈을 떴다. 사위는 꽃잎이 만연한 한낮의 산등성이
었다.

우중지화(雨中之花)

배시시, 웃음이 났다. 가만히 앉아만 있어도 비강에 꽃가루가 번져 코끝이 옴찔옴찔 요란을 떨었다.

채선은 며칠 새 앳된 티를 벗고 꽤 완숙한 여인이 된 듯 선이 둥글고 깊어졌다. 그런가 하면 춘향을 표현하는 너름새도 한층 자연스럽고 성숙한 태를 보였다. 땟국이 졸졸 흐르던 살결은 어느새 희게 정돈되고, 제때 씻지 못해 떡이 졌던 머리카락은 곱게 빗어 넘겨 하나하나 정성스레 땋아 내렸다.

춘향의 인물치레.

세종은 왈가닥 채선의 변화를 알아채곤 가끔 들릴 듯 말 듯 혀끝을 끌끌 찼다. 그녀의 변화가 반가운 일면, 불안하기 그지없던 탓이었다.

"정신을 챙겨라! 소리꾼이 감정을 익혀가는 것은 분명 좋은 일이 제. 허지만 산에서 소리를 할 적에는 말이여, 세상사 억척스럽게 부여잡던 오만 생각은 다 떨쳐버리고 오로지 요 목구녕 트이는 거 하나에만 온 힘을 쏟아야 되는 것이여! 그럴라면 목에서 피를 한 바가지 토해내도 될까 말까 하제. 근디 잡생각할 겨를은 어디 있고 딴 짓거리 할 몸뚱이는 어디 있당가. 꼭두새벽부터 한밤중까정 죽어라 집중허고 죽어라 소리를 뱉어야 목청이 뚫린다 이 말이랑께. 그라니께 나가 지금 하고 싶은 말은… 깨끗이 목욕재계를 올리고 천지신명님께 득음하옵게 해주십사 치성을 드려도 모자랄 판국이란 말이제!"

타닥, 불씨가 타들어가는 한밤. 산 속의 인적도 끊기고 산짐승의 움직임도 잦아든 시각. 세종은 누구를 염두에 둔 소리인지, 혼잣말처럼 동굴이 떠나가라 고래고래 지청구를 날렸다.

잠시 북의 줄을 갈아 끼우던 재효가 손놀림을 멈추고 세종을 흘겼다. 눈치를 살피던 세종은 입술을 달싹거리며 한풀 꺾인 목소리로 화제를 돌렸다.

"좌우당간 소리 하나에만 오롯이 몰두허고, 인자 신령님께 기도 올릴 채비를 하러 가드라고! 지발 목은 꺾이지 않게 해주십사… 정성을 다해 빌어야 한당께."

말을 마친 세종은 구시렁구시렁 입술을 삐죽거리며 동굴 앞 계곡쪽으로 칠성과 용복을 끌고 갔다. 살벌한 기운을 피할 요량이기도 했지만 최대한 단정하고 깔끔한 모양새로 기도를 올려야 효과가 좋은 법이기도 했다.

그는 제자들의 묵은 때를 박박 벗겨낼 작정으로 목욕재계를 시작했고, 그 사이 먼저 목욕을 끝마치고 돌아온 채선은 물기를 똑똑 흘리며 모닥불 앞에 앉아 몸을 말리기 시작했다. 그녀는 맞은편의 재효를 흘끔흘끔 훔쳐보며 싸해진 분위기를 수습하려 노력했다. 세종의 뼈가 담긴 말은 아마, 그녀를 향한 이야기였으리라.

채선은 하루에도 수백 번 공중으로 붕 떴다가도 다시 땅바닥으로 거꾸러지는 제 마음을 어찌하지 못했다. 처음 느껴보는 울렁임은 실체도 묘연하여 슬금슬금 틈만 나면 비어져 나왔다. 자연히 괜스레 멍해질 때가 잦아졌고, 다른 이들의 눈에도 금세 티가 나기 마련이었다.

채선은 복잡해진 머리를 긁적이며 스스로를 꾸짖기도 해보고 때론 달래기도 해보았다. 하지만 그러면 그럴수록 제 마음에 싹을 틔운 감정은 도통 어떤 종류의 것인지 정의내리기 어려워졌다. 채선은 불길 너머 재효를 넌지시 바라보며 생각에 잠겼다.

어쩜 저리 한결같으실까.

그는 여전히 채선 쪽은 눈길 한 번 주지 않은 채 미동도 없었다. 그녀는 그저 분주히 손을 움직여 북을 조율하는 스승을 유심히 관찰했다. 재효의 눈동자가 채선을 향하였다. 채선은 마주친 두 동공에 가슴이 덜컥 내려앉아 저도 몰래 배시시 웃어 보이고 말았다.

습관적이고 반복적인 행동. 어느새 세종의 잔소리는 뇌리에서 까

마득 자취를 감춘 듯했다.

"아직 기방의 때를 벗지 못한 것이냐?"

엄하고 차가운 말투. 미소가 무색하게, 재효는 냉기가 뚝뚝 떨어지는 반응을 보였다. 채선은 어찌 답해야 할지 몰라 멍해져버렸다. 멍청하게, 허둥지둥 입에선 정제되지 않은 말이 튀어나갔다. 사실 말이라기보다는 어벙한 추임새에 가까웠다.

"예?"

"춘향이가 어찌 그리 천하게 웃겠느냐. 물색없이 웃음만 헤픈 모양새가 딱 기생년 거동이 아니겠느냐."

잡아먹을 듯, 미간을 찌푸린 재효는 야멸차게 채선을 몰아세웠다.

기방에서 십 수 년 자랐다 하더니 몸짓이 경망스럽기 짝이 없구나……

그미는 한마디 반박도 못한 채 시무룩해져선 고개를 수그렸다. 바깥에선 칠성과 용복의 요란한 물장구 소리가 들려왔지만 채선의 가슴속에서는 거센 바람만이 쌩쌩 휘몰아쳤다. 근래 들어 더욱 강밭고 서늘해진 스승의 태도는 채선의 목을 열두 번도 더 탁 막히게 만드는 재주가 있었다.

* * *

"꽉 붙들어 매고 있어. 인자 목이 뚫릴 것이여, 힘줘, 배에다 힘을 빡 줘!"

세종이 소리를 움칫거리는 칠성과 용복, 채선을 향해 소리를 질렀다.

어두운 산등성이, 밤새 목청을 내지른 세 사람의 울대에서는 살짝 쉰 쇳소리가 흘러나왔다. 새카맣던 하늘도 불그스름하고 노르스름한 태양이 불뚝불뚝 치솟아 올라 환해지기 시작했다. 인상을 잔뜩 찌푸린 채선의 이마에서는 연신 굵은 땀방울이 맺혔다가 스르륵 미끄러지길 반복했다.

산 능선이 내려다보이는 바위 위. 칠성과 용복, 채선은 반쯤 묶인 채 뱃심을 끌어올리는 중이었다. 거대한 바위에 밧줄로 몸을 고정하여 극한까지 자신을 몰아가는 소리의 싸움터. 채선은 목청을 틔우려 안간힘을 썼지만 적막감만이 감돌았다. 셋 다 붉어질 대로 붉어진 얼굴에는 짠 땀방울과 소금기만 덕지덕지 떨어지고 있었다.

"아… 아… 아……."

순간, 고요를 찢고 용복이 가느다란 소리 한 줄기를 간신히 뽑아냈다.

세종은 출산을 돕는 산파마냥 눈을 부라리며 쓰합, 쓰합, 호흡을 맞춰주었다.

"인자 바늘구멍이 뚫린 거여. 놓지 말고 열어! 힘주고, 더 열어!"

"아… 아… 아……."

"그라고 요령 없이 목만 긁으면 꺾이는 수가 있당께. 악 물고 버텨서 속에서부터 끓어 올려라잉. 좀만 더… 조금만 더 힘줘서 열어라!"

세종의 이마에서도 비 오듯 땀이 흘러내렸다. 그는 제가 소리를 뽑아내는 것 마냥 몰입하여, 채찍질을 하기도 하고 어루만져주기도 하며 제자들의 버팀목 노릇을 톡톡히 했다. 용복의 눈에서 눈물이 질금질금 배어나왔다.

"요 고비를 넘기면 느그들 내고 싶은 소리는 원 없이 낼 수가 있는 거여. 수리성, 천구성, 발발성, 아귀성, 귀곡성. 어떤 거든 느그들 내고 싶었던 속울음을 끄집어낼 수 있는 것이제. 칠성아, 용복아, 채선아! 그라니께 느그들 맺힌 소리 시원하게 함 원 없이 내질러보거라!"

"아… 아… 아… 아아아~ 아~~."

마침내 우직한 용복의 입에서 탁 트인 소리가 터져 나왔다.

막혀 있던 제방이 뚫린 듯 소리는 거세게 방류했다. 적당히 곰삭은 풍부한 성량이 산봉우리를 쩌렁쩌렁 울렸다.

"아… 아… 아… 아아아~ 아~~."

뒤질세라 용복에 이어 칠성 또한 목이 뚫려 소리를 내뿜기 시작했다. 크게 벌린 입으로부터 탁하면서도 실한 목청이 쏟아졌다. 칠성도 감개가 무량하여 눈가에서 눈물인지 땀인지 모를 것들이 어렸다.

"아……."

비틀, 다만 채선만은 좀체 맥을 못 추고 홀로 소리를 지르지 못한 채 낑낑거렸다. 안색이 창백한 것이 파르르 떨고 있는 강아지 새끼 같았다. 세종은 안타까움에 제 숨을 헐떡였다.

"쫌만 더, 쫌만 더! 채선아, 소리를 움켜쥐어라! 놓지 말고 잡아채서 문을 활짝 열거라!"

"아… 아……."

"쫌만 더, 쫌만 더, 쫌만 더!"

어느덧 재효도 채선을 주시하며 소리를 뽑아내려 재촉한다. 후읍, 가늘고 희미한 소리가 쑤욱 뽑혀 나오려는 순간, 채선은 속이 뒤집어지고 말았다. 소리는 눈앞에서 딱 놓아져버렸다. 채선은 그 자리에 주저앉아 가쁜 숨을 몰아쉬었다. 서럽다는 듯 닭똥 같은 눈물이 뚝뚝 떨어졌다. 어찌 나오지 않는가. 나올 듯 말 듯 애간장만 태우고 소리는 어물쩍 물러서고 말았다.

채선은 애가 달아 속이 시커멓게 그을어갔다. 재효 또한 그런 채선을 바라보며 한숨을 내쉬었다. 파리한 낯빛을 보자니 금세 쓰러져도 무방할 상이었다. 저런 아이를 계속 혹사시킨다고 소리가 나올 것인지. 재효는 머리를 설레설레 저어버렸다.

정녕 계집의 목청에서는 소리가 트일 수 없는 것인가. 결국 금기를 뛰어넘을 수는 없었던가. 재효는 다시금 주저앉은 아이를 내려다보며 안타까움에 마른침을 삼켰다.

작은 몸뚱이에서 열기가 발산되었지만 불덩어리를 토해내진 못했다. 가까스로 목구멍을 치받쳐 올라와도 그뿐이었다. 쑤욱, 뱃심은 아슬아슬한 순간에 도로 꺼져 들어갔다. 여기까지인가…….

재효는 마침내 고개를 흔들었고 채선은 낙담했다. 예까지 어찌 왔는데, 스승님께서 천신만고 끝에 저를 거두어주셨는데…….

채선은 분하고 억울하고 기력이 다해서 풀썩 꺼져들었다. 다리에 힘이 풀려 제대로 일어설 수도 없었다. 계집이라는 껍데기가 처음으로 원망스러워졌다. 칠성과 용복은 뽑아내는 소리를 저 혼자 뽑아

내지 못하는 한계가 아쉽고 매서웠다. 채선은 어깨가 축 처져 동굴로 내려가는 재효의 뒷모습을 바라보다 뚝뚝 눈물을 떨궜다.

* * *

"나으리, 예부터 조상님들이 사내만 소리 혔던 이유가 있는 법인디."

지쳐 곯아떨어진 칠성과 용복의 코 고는 소리가 멀찍이 들려왔다. 구석 모닥불 앞에서 재효와 세종이 작은 목소리로 대화를 이어가고 있었다.

"소리라는 게 이게… 이게… 우물 같은 거여서 바가지로 퍼내면은 소리가 한 바가지도 나오고, 열 바가지도 나오고 그래야 하는 것인디. 계집은 타고나길, 몸뚱이 자체가 반 바가지밖에 안 되는가 싶소잉."

거듭되는 재효의 침묵에 세종은 연거푸 비통하게 읊조렸다.

"채선이 저것이 죽어라고 소리하는 거… 나가 모르는 것이 아니요잉. 저것이 허벌나게 노력하고 죽도록 하고 싶어 하는 맴, 나도 징허게 알고 있소. 그라고 나으리 먹으신 마음도 내 다 알고 있소. 계집을 소리판에 세우려고 했던 생각, 그 결단! 쉽지도 않았을 거고, 맘먹고 작정하신 바가 있을 것이라는 것도 알고 있소. 말씀 맞다나 채선이가 노래하는 춘향이는 우덜은 죽었다 깨어나도 따라 못하지라. 나가 얼마 전에 채선이 노래하는 거 보고 진짜 춘향이인 줄 껌뻑 속은 적도 있당께요. 저거 너름새며 인물치레며 다 좋소. 다 좋제…….

인자 딱 좋게 익어가고 있소. 근디… 근디 말이요! 춘향이는 되부렀
는디 소리가 한 바가지도 제대로 안 나오는 춘향이라 벙어리와 진
배가 없제라."

쓸쓸하게, 세종이 재효에게 넋두리를 펼쳤다. 재효도 푹 땅이 꺼
져라 한숨을 뱉었다. 눈앞이 캄캄하고 시야가 암담해졌다. 채선에
게 걸었던 기대와 열망이 조각나며 제 자신을 찔러대고 있었다. 진
득하게, 선혈이 붉어졌다.

"나으리, 이쯤에서 저 아이를 내려 보내는 게 맞는 것 같소. 여 더
있어봤자 서로 멍에만 짙어질 것이요."

힘겹게 입을 연 세종은 채선을 포기하자고 말했다. 소리의 소자도
모르던 계집이 예까지 온 것만 해도 대견하고 장한 일이라 포장할 밖
에 도리가 없었다. 심사숙고했을 세종의 표정도 가볍지만은 않았다.

재효는 선뜻 결정을 내리지 못하고 정적을 지켰다.

새로운 시대에 걸맞는 새로운 창과 성별을 뛰어넘은 창자.

재효가 낙성연에서 펼치고자 했던 여망과 채선이 꿈꾸었던 내일
은 맞닿아 있었다. 너덜너덜 헤지고 찢어져도 기우고 덧댄 모양새
가 닮아 있어 함께 나아가기에 안성맞춤인 듯 여겨졌다. 헌데 꿈은
역시 꿈이었나 보다.

재효는 아삼삼 환히 짓던 채선의 미소가 눈에 밟혔다. 버려야 살
수 있을 제 마음속 꿈과 처지가 비슷했다. 재효는 다시 한 번 푹 고
개를 숙이곤 좌절과 절망 앞에 무릎을 꿇어갔다. 결국 여기까지가
한계였나 보다.

세종은 늘어진 재효의 어깨를 토닥였고, 거대한 사내는 모로 기울어져 거쿨진 몸을 바닥에 뉘였다. 눈 감아야, 꿈속에 파묻혀야 비로소 지울 수 있는 꿈도 존재하는 법이었다.

투둑투둑, 어느새 동굴의 바깥에서는 빗발치는 소리가 들리고, 채선은 등을 돌린 채 스승들이 나누던 이야기를 빠짐없이 되새겼다.

조용히 목소리가 잦아들고 이야기가 멎을 때까지 채선은 입술을 꽉 깨물고 소리를 엿들었다. 선홍빛, 핏방울이 맺혔다. 채선은 몸을 일으켜 동굴을 빠져나갔다. 답답한 심경을 가눌 수가 없어 그녀는 맨발로 밖을 나섰다.

비는 계속해서 추적추적 땅을 적셨다. 얇고 가늘던 빗줄기는 쐐쐐 굵어지고 묵직해져갔다. 그럼에도 채선은 돌아가지 않았다. 어둠과 빗소리는 채선을 잡아먹은 양 몸집을 비대하게 부풀렸다. 밤이 깊어가고 새벽이 무르익을 때까지도 채선은 모습을 비추지 않았다. 그녀는 산 정상으로 향했다.

* * *

희붐하게 새벽이 밝아가고 있었다. 재효는 빗소리에 살포시 눈을 떴다. 으스스한 냉기가 바닥으로부터 올라왔다. 그는 몸을 일으켜 물끄러미 채선의 자리를 넘겨보았다. 채선을 놓아주어야 할 때가 다가오고 있었다. 그는 눈을 헤아려 채선의 그림자를 쫓았다. 재효의 커다란 황소 눈깔이 튀어나올 듯 붉거졌다. 아이가 있어야 할 자리가 깨끗이 비어 있었다. 동굴 밖에서는 연일 세상을 집어삼키는 폭우가 쏟아지는데 그의 꿈은⋯ 어딘가에서 흙발로 길을 헤매고 있었다.

＊ ＊ ＊

한 치 앞도 가늠할 수 없는 산 정상에서 작은 형체가 바르르 떨었다. 나뭇가지를 꽉 쥐고 있던 하얀 손은 채선의 것이었다.

아이는 비틀비틀 중심을 잡지 못하는 와중에도 소나무를 꼭 붙들고 소리를 내기 위해 안간힘을 썼다. 작은 가슴에선 성난 소리들이 옥신각신 다투었다.

왜? 어째서? 계집은 소리를 낼 수 없다고?

형용할 수 없는 수백 가지의 말들이 순서도 차례도 없이 무분별하게 솟구쳤다.

채선은 분한 마음에 이를 악물고 버텨냈다. 소리가 하고 싶었다. 판 위에 서서 사람들을 울리고 웃기는 그네들의 몸짓 발짓이 그리 근사하고 멋질 수 없었다.

제 울음도, 슬픔도 훌쩍 가져가서 별일 아니라며 도닥이던 너스레가 좋았다.

느릿느릿 거북이마냥 한없이 늘어지다가도 만장봉이 솟구치듯 치닫는 변화무쌍함도 기발했다.

무엇보다 판에 서서 소리를 풀었을 때의 그 전율, 온몸을 감싸는 긴장과 흥분이 잊히지 않았다. 단 한 번 섰을 뿐인데, 끝마치지 못한 것이 내내 아쉬움으로 남았다.

더불어 채선은 그이를 실망시키고 싶지 않았다. 스승의 곁에 좀 더 머물며 배움을 얻고 싶었다. 재효가 지향하는 판에서 그가 그녀로 하여금 투영해내고자 하는 소리를 대신 놀아주고 싶었다. 그가 그녀를 필요로 하길 바랐다. 그런데… 빌어먹을 소리는 좀체 움터주지를 않았다.

채선은 악에 바쳐 성음을 내질렀다. 빗줄기가 그녀를 가로막았다. 아악~.

입을 벌렸지만 빗소리만이 거세게 들렸다. 채선은 부들부들 온몸을 떨며 제자리를 지켰다.

뱃심으로부터 소리를 틔우자. 놓치지 말고 문을 열자.

채선은 옷이 흠뻑 젖어 체온이 떨어지는 것도 아랑곳 않고 비바람과 맞섰다. 세종이 말했던 소리의 목전에서 그녀는 안간힘을 썼다. 조금만 더… 조금만 더… 움켜쥐면 소리가 나올 것도 같았다.

채선은 와들거리는 다리를 간신히 지탱하고 소나무를 더욱 억세게 거머쥐었다. 색색 몰아쉬는 채선의 숨소리가 점차 거칠어져갔다. 허억, 숨이 뒤집어지는 신음도 들렸다. 채선은 또다시 코앞에서 놓쳐버린 소리의 구멍에 아연해졌다. 산발, 물귀신 꼴. 채선은 다시 입을 벌렸다. 반드시, 무슨 일이 있어도 기필코 소리를 내야 한다. 그미의 몸짓에는 처절함이 깃들었다.

채선은 끊어질 듯 가물가물한 정신을 바로잡아 겨우겨우 고개를 들었다. 와글와글 몸 안에 갇힌 소리들은 나가보겠다고 아우성을 쳤다. 통로를 열어주자. 채선은 목이 쉬어 켁켁, 쇠 비린내가 올라오는 것을 느꼈다. 왈칵 구토기도 올랐다.

그녀는 입술을 짓씹어 빗속을 응시했다. 어느 틈에 왔던지 건너편 바위 위에 재효가 서서 그녀를 바라보고 있었다. 환영을 보는 것인지……. 채선의 동공은 크게 확장되었다. 속에서 울음이 올랐다.

"아… 아… 아……."

마치 시위하는 것처럼, 채선은 강렬한 눈빛을 내쏘며 재효를 바라보았다. 숨을 크게 들이마시고, 나뭇가지를 꼭 쥐고, 입을 벌려 소리를 내었다. 재효 보란 듯이 이를 부득이며 소리를 자아냈다. 하지만… 소용이 없다. 빗속에서 그녀의 음성은 흔적도 없이 잘게 부서지고 쪼개졌다.

"아… 아… 아……."

비명에 가까운 외침이 이어졌다. 채선은 다시 한 번 나뭇가지를 꼭 쥐고 재효를 향해 소리를 내려 입을 벌렸다. 스승의 얼굴을 보자마자 알 수 없는 서러움이 폭발했다. 소리를 내지 못하면 도태되는 것도 문제였지만 버림받을 게 자명했다. 채선은 홀로 남는 것이 두려웠다. 다시 기방으로 돌아가야 할 현실이 괴로웠다. 원하는 이와 원하는 곳에서 바라는 소리를 풀고 싶었다. 채선은 지금 재효의 곁에 있기를 원했다.

들이 붓는 비 너머 맞은편 봉우리에 서 있는 재효를 마주한 순간, 채선은 벼락을 맞은 듯 깨우쳤다. 제대로 보이지도 않는 시야 속에서 재효의 모습만은 또렷하게 눈알에 박혔다. 채선은 엉엉 우는 것인지 악다구니를 쓰는 것인지 경계가 모호한 소리를 내며 온갖 시도를 동원해 소리를 지르려 버렸다.

"좀 더⋯ 좀 더⋯ 조금만 더!"

반대편 봉우리에 서 있던 재효도 나지막이 속삭였다. 조금만 더 힘을 내거라, 채선아. 네 안에 있는 자질을 깨우고 재능을 터트려보거라. 네가 보여준 몸짓과 표현력을 소리에도 담아보자꾸나. 세상을 놀라게 할 너만의 춘향이와 심청이를 만개하여 신명나게 한 판 뛰어보자꾸나. 채선아!

재효의 말소리는 점점 크게 증폭되어 외침이 되었고 빗줄기를 넘어 채선에게로 흘러갔다.

소리가 일렁일렁 물 위에 파장이 일 듯 채선에게로 번졌다. 채선은 먹먹한 귓가로 감겨드는 스승의 말소리를 제대로 담지 못했다. 다만 마지막 젖 먹던 힘을 짜내 다시 소리를 지르려 했다. 빗소리는 여전히 무섭게 둥둥했지만 슬쩍 무슨 소리가 들릴 듯도 했다. 채선이 파르라니 재효를 향해 웃고 있었다.

이내 뚝, 붙잡고 있던 나뭇가지가 부러지면서 채선은 맥없이 쓰러졌다. 재효가 후다닥 산을 내려 반대편 봉우리로 뛰어가는 모습이 눈에 선하였다.

봄 춘 향 기 향

"하이고, 이게 다 뭔 사단이요?"

조금 전까지만 해도 세종과 칠성, 용복은 드르렁 코까지 골며 자고 있었다. 어찌나 우렁차던지… 소리굴의 물줄기와 쏟아지는 빗줄기를 가르며 요동치는 코골이였더랬다.

며칠째 밤낮을 가리지 않고 지속된 훈련 탓에 지칠 대로 지친 육신들이었다. 간만에 만난 단잠은 쉬이 깨지 않을 모양새였고, 실제로도 불청객의 출현이 없었더라면 정오가 될 무렵까지 이어질 깊은 수면들이었다.

하지만 허겁지겁 채선을 업고 뛰어든 재효의 소동에 소리굴의 고요는 산통이 깨지고 말았다. 사색이 된 재효는 어울리지 않는 표정을 지은 채였다.

조심스럽게 신주단지 모시듯 채선을 모닥불 쪽으로 눕힌 재효는 불이 사그라지는 것을 확인했다. 그는 구석에 쌓아놓은 장작을 꺼내들고 오다가, 누워 있던 칠성에 걸려 넘어지고 말았다.

우당탕 엉겁결에 채여버린 칠성은 혼비백산 잠에서 깼고, 세종도 부스스 눈을 비비며 좌우를 두리번거렸다. 용복만이 사태를 파악하지 못하고 다시 몸을 웅크려 잠에 들 자세를 취했다. 찰싹, 칠성과 세종이 좋은 구경이 났다는 표정으로 용복의 꺼벙한 마빡을 소리나게 때렸다.

"나으리, 지금 뭐하시는 겁니까요?"

안절부절, 좀체 가만히 있지를 못하는 재효는 그 사이에도 모닥불에 장작을 넣고 쥘부채로 부채질을 하였다가 쪼그려 앉았다가, 서 있다가 허둥지둥 법석을 떨었다.

세종은 오들오들 비에 젖어 떨고 있는 채선을 발견하곤 다시 상기된 재효의 낯을 확인했다. 재효가 버럭, 오만 감정들이 뒤섞인 목소리로 소리쳤다.

"채선이가 아프다!"

그제야 세 사내도 잽싸게 몸을 일으켜 작은 여자아이의 상태를 살폈다.

색색, 거친 호흡을 내쉬며 채선이 불가 근처에 누워 있었다. 칠성은 깨끗하고 잘 마른 무명천을 찾기 시작했고, 용복은 제가 입고 있던 두꺼운 누빈 저고리를 벗어주었다. 세종은 쩝, 입맛을 다시곤 제가 할 몫의 일을 찾으려는 눈치였다.

터덜터덜, 채선은 사정없이 뒤흔들리는 몸 때문에 골이 띵해졌다. 땅과 하늘이 뒤집어지고 제 몸은 그 가운데 붕 뜬 기분이었다. 이는 달달 떨리고 온몸은 두들겨 맞은 듯 쑤셨다. 하도 비를 많이 맞아서 오한 기운도 들었다.

채선은 떠지지 않는 눈꺼풀은 내버려둔 채 소리에 귀를 기울였다. 빗줄기 너머로 철벅철벅, 물웅덩이를 차고 튀기는 발소리가 들렸다. 씩씩, 연신 황소 숨을 내쉬며 콧바람을 내뿜는 가쁜 호흡도 느껴졌다. 뒤이어 쿵쾅쿵쾅, 빠르고 불규칙적으로 뛰는 심장소리도 천천히 채선의 몸속으로 퍼져들었다.

아아, 채선은 이 모든 게 스승의 소리라는 것을 깨달았다.

자신을 업고 달릴 재효의 심박이, 맥박이 그리고 숨결이 눈앞에 그려졌다. 새빨갛게 부풀어 올라 잔뜩 심각한 표정을 짓곤 길을 헤쳐 달린다는 생각을 하니 피식, 웃음까지 샐 정도였다. 그러자 거짓말처럼 더 이상 속은 울렁이지 않았고, 두통도 줄어들었다.

재효의 등으로부터 따뜻한 체온이 옮겨왔다. 채선은 어딘지 그립고 편안한 기분을 느꼈다. 보이지 않고도 많은 감촉이 느껴졌고, 소리들이 들려왔다. 채선은 재효의 등에 업혀 정신을 놓아갔다. 까무룩, 노곤함에 정신은 점점 아득히 멀어져간다.

다른 때 같았으면 절대 놓지 않으려 아득바득 버텼겠지만 왠지 오늘만큼은 온전히 놓아버려도 상관없을 것 같았다. 채선은 더욱 깊은 잠 속으로 빠져들었고, 여전히 소리들은 귓속으로 찰랑찰랑 새어들었다. 스승의 굵고 묵직한 음성은 퍽 듣기가 좋은 향취를 풍겼다.

"채선아, 정신 차려라!"

재효는 채선을 업고 빗속을 달음박질쳤다.

타는 마음은 달랠 길이 없어 걸음의 속도만 재촉했다. 그는 비를 맞받으며 달리고 또 내달렸고, 자칫 발을 헛디딜 뻔도 하였다. 재효는 제 살갗이 나뭇가지에 긁히는 것은 괘념치 않고 용케 중심을 바로잡았다. 그는 속도를 늦추지 않고 산을 탔다. 최대한 안전하고 단단한 지대를 밟아 소리굴로 향해야 했다.

"채선아, 잠들지 말고 제발 정신을 챙기거라!"

점차 업혀 있던 채선의 얼굴빛이 파랗게 질려가며 손발도 얼음장마냥 차가워지고 있었다. 무엇보다도 축 처진 두 팔. 업혀 있을 기력도 없어 거의 엎어지다시피 한 가녀린 몸뚱이는 기력이 소진한 듯 아무 움직임이 없었다. 가끔 덜덜덜 추위에 떠는 동요만 전해졌다.

재효는 황급한 마음에 비에 젖은 바위들도 두 개씩 널뛰었다. 두려웠다. 채선의 퍼드러진 모양새가 차가운 주검을 연상케 해 재효는 사색으로 질려갔다. 미련한 계집. 지독한 계집.

재효는 결코 포기할 줄 모르는 채선의 뚝심이 두려웠다. 산비가 패악을 부리는 새벽녘, 자그마한 계집 혼자 나가 악을 지를 줄은 상상도 하지 못했다. 헌데 채선은 언제나 그의 예상을 뒤엎고 도전하고 부딪쳤다. 재효가 낙심하고 방황하고 좌절했던 시간들이 우스울

지경으로 아이는 부단히 노력했고 일어섰다.

재효는 등 뒤에 업힌 채선의 무게가 새털마냥 가벼움에도 불구하고 진흙 속으로 두 다리가 푹푹 내리박히는 착각에 빠졌다. 재효는 맥을 놓아가는 채선을 등에 지고 악착같이 소리굴을 향해 발을 옮겼다. 멀리 홰홰 빛나는 동굴 안 모닥불이 눈에 들어왔다. 재효는 뛰어들 듯 굴 안으로 들이닥쳤다.

* * *

"마누라? 거기 있소? 어디 갔소?"

"울부짖다 문득 정신을 차리고는 한숨을 쉬는듸!"

"허어, 내가 참말 미쳤구나."

얼쑤! 세종이 술에 취한 듯 지껄였다.

빗방울 맺힌 나뭇잎 아래, 용복과 칠성은 끙끙 뒷심을 잔뜩 준 채 쪼그려 있었다. 햇빛과 적당한 바람이 산들산들 그들의 머리 위를 휘감았다가 빠져나갔다.

"왐마, 이게 뭐하는 짓이당가 모르겠어라. 밤새 잠을 잤는지 안 잤는지 분간도 안 가고……. 채선이 저것은 저 혼자 소리를 못 내서 맴이 맴이 아니었던 거지라."

끙, 용을 쓰던 용복은 꽃잎 위의 풀벌레를 뚫어져라 응시하며 다리 사이로 힘을 주었다. 푸웅, 커다란 방귀 소리가 괴괴하게 계곡을 울렸다. 곰방대를 피우던 세종은 질색팔색 인상을 구기곤 양손으로 코를 쥐어 막았다. 칠성도 헛구역질을 하며 용복을 흘겨보았다. 대체 혼자 뭘 주워 먹었기에 제 혼자 이런 냄새를 분출할 수 있단 말인가.

칠성은 후, 한숨을 깊이 내쉬곤 제 다리 사이에도 힘을 잔뜩 모았다.

"울지 마라. 울지 마라. 너의 모친 먼 데 갔다. 간 날은 안다마는 올 날은 기약이 없구나."

세종이 구슬프게 소리를 꺾어 내지르자 산새들은 포로로 날아올랐다. 비가 그친 뒤의 풍경이라 맑고 쾌청했다.

칠성과 용복은 아까부터 옆에 서선 심청가의 곽씨 부인 사후, 심봉사가 아내를 그리워하는 장면을 읊조리는 세종을 쏘아보았다. 안 그래도 아침부터 먹은 것도 없이 쏟아내고 있는 마당에 힘이 달려 죽겠는데, 응원은 못해줄망정 초는 치지 말아야지. 음울하고 낮게 그르릉대는 세종의 노랫말은 두 사내의 항문을 움찔 움츠러들게 하고 장딴지는 후들후들 출렁이게 만들었다.

"아따, 스승님! 뭔 놈의 소리를 그러코롬 구성지게 뽑는당가요. 아침부터 귀곡성이 따로 없어라. 불길하게스리, 채선이 사경을 헤매는디 스승님께서는 어째 심청이 어매 하늘로 떠나버린 소리를 푼당가요."

용복이 눈썹을 아래로 처지게 만들며 구시렁거렸다.

칠성도 내심 세종의 속내를 알 길이 없어 우물쭈물 눈치를 살폈다. 세종이 후욱, 곰방대의 연기를 빨아 머금곤 쏴아, 뱉어냈다. 연무가 어지럽게 칠성과 용복의 눈을 공격했다.

"저 인사… 저리 호들갑 떠는 꼬라지 내 오랜만에 봤당께. 옘병, 두려웠겄제라. 채선이가 시름시름 앓아눕는 것이 두렵고 무서웠겄 제라. 그려도… 참말 저런 꼬락서니는 또 오랜만에 본당께."

그는 연신 알아들을 수 없는 말소리를 종알대더니 다시 침묵을 아 꼈다. 푸다다닥, 무언가 밑으로 쏟아지는 소리가 들리면서 용복과 칠성이 시원한 표정을 지어보였다. 짹짹짹, 새들이 일시에 나무 위 로 날아올랐다.

* * *

재효는 심각한 표정을 짓곤 김이 모락모락 올라오는 대야를 나뭇 가지로 휘휘 저었다. 지독한 냄새가 올라올 법도 한데 인상 한 번 찌 푸리지 않는 재효는 무슨 한약이라도 달이는 양 정성껏 똥물을 제 조하는 중이었다.

그는 대나무통에 무명베를 씌우곤 휘저은 똥물을 죽통 안으로 흘 려 부었다. 무명베 밑으로, 시간이 흐름에 따라 걸러진 맑은 똥물이 뚝뚝 떨어지며 사발에 담길 것이었다.

예부터 소리꾼들이 소리를 하다 까무러치면 똥물만 한 보약이 없 다 하였다. 기력을 놓고 영양이 부족한 이들에게 사람 인분만큼 영 양가 있는 약재도 없었고 말이다. 다만 당장에 흡입할 수 있는 것이 아니니 은근하고 차근하게 죽통 속에서 걸러질 동안 기다리고 삭혀야 진정한 약효가 발휘되는 법이었다.

누리끼리한 똥물은 대나무통 안에 들어가 결 사이로 흡수되고 깨끗한 물을 도로 뱉어내 맑게 정제되고 정화되리라. 그렇게 며칠 동안 말끔하게 걸러진 똥물은 영약 중의 영약으로 채선의 정신을 되돌릴 수 있을 터였다.

재효는 사발로 똑똑 떨어지는 약방울을 바라보며 소란스러웠던 마음을 가라앉혔다. 지나치게 흥분을 했던지라 재효 역시 몸이 축난 기분이었다. 여기저기 나뭇가지에 쓸리고 돌부리에 걸려 피가 나고 생채기도 나 있었다.

그는 몸을 부르르 떨며 뒤편에 누워 있는 채선을 바라보았다. 색색, 열기가 식어 한층 숨 쉬기가 편해진 채선이 곤하게 잠들어 있었다. 그는 축 처져 스러질 것만 같던 채선을 떠올렸다. 아질, 다시 생각해보아도 간담이 쑥 내려가는 느낌이었다.

그는 호젓한 시선으로 채선을 응시하며 생각에 잠겼다. 또 한 번, 잃는 줄로만 알았다. 손가락 사이로 놓쳐버린 인연의 실타래가 많아, 재효는 어린 여제자의 손끝마저 잡아주지 못하는 줄로만 알았다. 그는 훅, 열기를 내뿜으며 가슴을 쓸어내렸다. 산만 한 덩치에 바다 같은 가슴을 지닌 줄 알았더니 새가슴에 울보였다. 그는 자조적인 미소를 지으며 채선의 머리맡을 지켰다. 어느덧 사발에는 맑은 물이 가득 걸러져 있었다.

꿀꺽꿀꺽, 채선이 사발을 들이켰다. 칠성과 용복, 세종은 사발 속

액체가 무엇인 줄을 알아 비릿한 표정을 지어 보였다.

재효는 딱하게, 파리한 낯의 채선을 들여다보았다. 반면 채선은 사발을 다 들이켜곤 재효를 향해 희미하게 미소를 지어 보였다. 어린 미소에 가슴이 아려 재효는 더욱 눈살을 흐트러뜨렸다. 세종이 두 사람을 바라보며 입을 딱 벌렸다.

"채선이도 그라고 나으리도 그라고……. 밤새 잠 한 숨 못 들고 뱅뱅이를 쳤응께 후딱 디비져 한 숨 붙이쇼. 나는 아덜 데리고 밑에 내려가서 채선이 멕일 괴기라도 좀 구해오겄소!"

"지금 가면… 언제 돌아오려고?"

"뭐… 해 지기 전에는 돌아오지 않겄어라? 나으리도 좀 쉬시란 말입니다."

세종은 풀어진 재효의 얼굴을 바라보곤 채선보다도 더욱 안쓰럽다 느꼈다. 그는 푹 눈꺼풀이 구만리는 말려 들어간 재효의 낯을 살피며 허허, 웃어야 할지 울어야 할지 몰라 기괴한 표정을 지어 보였다. 재효의 변화에 세종도 어찌할 바를 모르고 있었다.

"암튼 후딱 댕겨 오겄어라."

세종은 재효를 바라보며 말했다. 이윽고 재효도 끄덕끄덕 고개를 끄덕였다.

칠성과 용복은 두 스승의 눈치를 살피며 아무 말도 하지 않고 그저 세종의 뒤를 따라 소리굴을 벗어났다. 재효가 멀어지는 세종의 등을 바라보며 눈시울을 붉혔다.

* * *

"아이고… 참… 응? 참… 응? 참… 아이고 응?"

해가 뉘엿뉘엿 서산으로 넘어가고 있는 저녁 즈음, 주막 방 안에는 발그레한 얼굴의 세종이 한자리를 차지하고 있었다.

그의 어깨 너머로는 주홍으로 달아오른 주모가 질펀한 엉덩이를 씰룩이며 그의 곁에서 흥흥흥, 콧소리를 흘리는 중이었다.

"나가 시방, 그 인사 그런 표정 짓는 거… 오랜만에 봤당께. 찔러도 찔러도 암만 찔러도 인자는 피 한 방울 안 나오는갑다, 감정이 다 메말랐나 보다, 흘린 눈물도 웃음도 씨알이 말랐는가베… 그리 생각했단 말이제. 근디… 근디 그 잔망스러운 양반이 어린 계집애 때문에 웃대? 울대? 허둥대대? 말도 안 되게 우스꽝스럽대? 참말… 이게 말도 안 되는 거란 말이제."

세종은 술잔을 채워주는 주모의 허벅지를 주무르며 흥얼흥얼 주정을 이어갔다. 세종 또래의 주모 역시 착 허리에 감겨들어 그의 이야기에 호응도 해주고 안주도 입에 넣어주며 갖은 아양을 다 떠는 참이었다.

"아이고… 참… 응? 참… 응? 참… 아이고 응?"

"거시기 달린 사내들이니 당연한 얘기 아니겠어라? 계집인데, 것도 어리고 싱싱한 계집인데 눈가 주변에서 알짱알짱 대면 한 번이라도 더 눈에 들어오고, 들어오다 보면 밟히기 마련이고, 밟히다 보면 박히게 되는 것인디… 고것이 자연의 이치인디… 그짝은 그런 것도 모르는가?"

주모도 넌지시 세종의 주장군을 발가락으로 툭툭 차며 은근한 도발을 이어갔고, 허허실실 취기가 오른 세종은 그저 계속해서 주절거림을 반복했다.

"아까 말이시. 나으리가 채선이 업고 뛰어드는데… 자네도 그때 그 양반 눈빛을 봐야 썼어. 그리 사나우면서 그리 다정한 눈빛이 없대? 아주 금지옥엽… 어르고 달래고 뒤집고 껴안고……. 그 양반 그런 눈빛 참말로 오랜만이었어라. 나으리… 첫째 부인 잃고 나서 제정신이 아니었제. 어린 나이에 만나 서로 조심하고 내외하던 사이였는디 그때는 그 양반도 어린 치기가 커서 밖으로만 내돌았다 카더만! 벼슬길로도 못 나가고 그렇다고 무술 실력이 뛰어난 것도 아니고 장사치 되기에도 별로던 양반이니, 천상 학자였던 양반이니 오죽 속이 답답했겄어? 그래서 집에 가만히 앉아 있으믄 천불이 나서 못 참겄더라… 그리 말하더라고. 그래 방방곡곡 여기저기 기웃거리다 돌아와보니 마누라는 병이 들어 죽어가고 있더란 말이제."

세종의 말소리는 어느새 소리조로 바뀌어 있었고, 급작스런 이야기에 재미가 붙은 주모는 귀를 기울이곤 노래를 듣고 즐겼다.

"아따, 그 양반! 다 죽어가는 마눌님 손가락을 잡았는듸! 마디마디 굵어지고 가늘어져 사람 형상이 아니더라. 꽃 같던 아내가 마른 꽃잎처럼 으스러지니 복장이 터지고 간장이 끊어져 제정신이 아니었제! 근디… 사람 인생 참 재밌도다! 구운몽 양소유 칠 선녀 만나듯, 그 양반도 세월 흘러 다른 인연과 연이 닿았는듸, 아따 그 마눌님도

억수로 곱고 강단 있더라. 현명하게 재산을 굴려 한 푼 두 푼 가세를 키워주고, 지아비 괴로운 심사를 알아 밤이면 위로를 하여주니… 이제는 검은 머리 파뿌리가 될 때까정 해로하자 약속을 나누었다 이 말씀이여!"

한 호흡, 세종이 술잔을 기울여 목을 축였다. 주모는 다음 이야기가 궁금해 안달이 난 모양이었다.

"그래서? 그래서 우째 되었는디?"

"그래서! 백년해로 길이길이 잘 살 줄 알았는듸! 이번에도 또 무슨 변고인지……. 하눌님이 둘째 부인까정 데리고 가버리니 이제는 정말 세상사 인연은 죄다 포기하고 뒤도 돌아보지 않는 돌 같은 사내가 되부렀다 이 말이제!"

"그런디? 그랬는디?"

세종이 반짝반짝 눈을 빛내는 주모를 바라보며 실쭉 웃어버렸다. 푸하하하, 입에서는 너털웃음도 터져 나왔다.

"소리를 만났제. 그 양반 소리를 만나부렀어! 판에서 살고 판에서 죽겠노라 그리 다짐하며 여자 보기는 그저 길가 꽃 보듯 하였더랬지. 그 인사가! 헌데… 헌데……. 나으리가… 응? 아이고… 참… 응? 참… 응? 참… 아이고 응? 소리를… 소리를 만나부렀제."

세종이 뒷말을 잇지 못하고 푸흥흥 콧소리를 내며 주모를 덮쳐버린다. 에그머니나! 깔깔깔 웃음보를 터트린 주모도 싫은 내색은 내지 않고 주막의 방을 밝히던 불씨를 꺼트렸다.

바깥 평상에서 세종이 볼일을 끝마치고 나갈 때까지 기다리고 앉

아 있던 용복과 칠성도 어느새 체념했는지, 마루에 걸터앉아 탁주
한 사발을 들이켜기 시작했다.

곰 같이 웅얼웅얼, 새끼줄로 포장된 고기를 든 용복은 가만히 닫
혀 있는 방문을 바라보며 흘러가듯 읊조렸다.

"채선이 괴기 멕일라믄 싸게 싸게 올라가야 쓰는듸, 스승님도 기
다리실 텐듸……. 거시기 아직 멀었는교?"

"아이고… 참… 응? 참… 응? 참… 아이고 응?"

용복은 넘쳐 나오는 남녀의 콧소리에 팔뚝에 오른 닭살을 긁어내
며 한 모금 시원하게 들이마셨다. 그의 맞은편 벌겋게 취한 칠성도
중얼중얼 웃음꽃을 만개하며 말을 이었다.

"발정난 거여… 안달난 거지… 어쩌지 못하는 것이여……."

용복은 칠성에 말에 고개를 끄덕이며 방 안의 세종을 건너다보았
다. 일찌감치 취흥에 장사를 접은 텅 빈 주막에서 용복은 연거푸 술
잔을 부었고, 칠성은 반쯤 상 위에 퍼드러져 홍홍, 콧김을 내뿜으며
웃음을 토해냈다.

"발정난 거여… 안달난 거지… 어쩌지 못하는 것이여……."

그들은 주막 평상에 앉아 달이 깊어가는 광경을 구경했다. 그으하
게 달무리가 지고 있었다.

* * *

채선이 단잠에서 깨어났을 무렵에는 비는 이미 멎어 세상은 깨끗

하게 씻기어 나간 뒤였다. 그녀는 점차 석양빛에 물들어 붉어지는 하늘을 바라보며 주변을 두리번거렸다. 필시, 누군가를 찾는 기미.

이윽고 채선의 시선은 한 점을 향해 머물렀다. 그미의 시선 끝에는 역시나 재효가 서 있었다.

채선은 뒷짐을 진 채 홀로 동굴 입구에 서 있는 재효의 그림자를 엿보았다. 물끄러미 한 시진이고 두 식경이고 시간이 어찌 흐르는지도 분간치 않고 채선은 오래도록 재효의 모습을 바라보기만 하였다.

타닥타닥, 모닥불이 튀는 소리가 나는 밤. 동굴 벽에는 재효와 채선의 그림자 두 구만이 신산하게 흔들거렸다. 거리를 두고 앉은 두 사람의 분위기는 사뭇 어색했다. 밤이 깊으면 돌아온다던 사람들도 오지 않아 채선과 재효는 단 둘이 동굴 안을 지켜야만 했다.

두 사람은 말없이 불씨만 응시했다. 무엇 하나도 정의내릴 수 없는 마음들. 사내와 계집, 스승과 제자, 젊은이와 늙은이. 두 사람을 표현하는 단어들은 다양했지만 어느 하나로 단정 짓기에는 애매모호했다. 복잡한 감정들은 자꾸만 뭉쳤다가 흩어졌다.

채선은 연신 재효의 눈치를 살피며 도둑괭이 훔쳐보듯 얼굴을 힐끔거렸다. 재효는 그저 불길에 시선을 두며 모른 척 상황을 관망했다.

"스승님……."

나직하게, 마침내 채선이 침묵 속에서 입을 열었다.

재효가 반듯이 그녀를 바라보자 채선도 한참 동안 말없이 그를 바라보았다. 재효의 눈, 코, 입 그리고 이마에 늘어나고 있는 주름살

하나까지……. 채선은 재효를 제 동공 가득히 담는 중이었다. 넘치지 않도록 가지런히.

이윽고 채선은 입을 열어 재효를 또렷이 마주보았다.

"춘향이가… 왜… 기생 주제에 변학도의 수청을 거절하고 이몽룡을 기다리며 수절을 하였는지… 아십니까?"

채선이 알 수 없는 말로 운을 뗐다. 하고 싶은 말이 무엇인지, 의미를 알 것도 같았다. 재효는 고요히 대꾸도, 움직임도 없이 아이의 대답을 기다렸다.

"……."

"마음에 품은 사람이 있어서 그런 겁니다."

후우, 입술 사이로 숨결이 빠져나오며 곱게 달막였다. 재효는 채선을 바라보며 말이 없었다.

"……."

"말이 예쁩니다. 마음을 품는다, 꼭 꽃을 품는 것 같아요. 도리화 같이 예쁜 꽃이요."

환하게, 채선은 입가에 꽃 같은 미소를 품었다. 재효는 아모 말도 덧대지 않고 그저 묵묵히 그녀를 바라보았다. 외면하지 않고 맞받으며, 재효는 채선의 시선을 밀어내지 않고 있었다.

"……."

침묵에 용기를 얻은 채선도 덜덜덜, 속에서 웅크리고 있었던 말을 밖으로 내뱉었다. 빗속에서 저를 업고 달리던 스승님을 느꼈을 때, 아니 처음 보았던 그 순간부터 내내 전하고픈 말이었는지도 몰랐다.

"제가 스승님의 도리화가 될 수 있을까요?"

떨리듯, 조용히 물어온 물음에 잠시 침묵이 이어졌다. 두 사람은 서로의 눈을 바라보며 가만히 자리했다. 고요, 정적……. 채선은 기대심 만발한 눈망울로 재효를 응시했고 그 큰 눈 안에는 무언가가 빙글빙글 도사렸다.

"……."

"……."

"네가, 춘향의 소리를 낼 수 있다면 그럴 수 있겠지."

말문을 뗀 재효의 답은 간결했다. 채선은 눈을 껌뻑껌뻑거리며 천천히 고개를 끄덕였다. 이미 알고 있었노라고. 그녀는 지을 듯 말 듯 미소를 머금곤 스승의 뜻을 수긍하는 눈치였다.

채선은 동굴 벽으로 넘실대는 그들의 그림자를 훑으며 무릎 위로 고개를 파묻었다. 가슴속에서 하얗고 붉은 도리화가 활짝 피어나고 있었다.

* * *

하루가 꼬박 걸려서 도착한 세종 일행은 대뜸 고기부터 들이밀었다.

재효는 오랜만에 솥단지에 불을 올려 고기를 삶고 국물을 푹 고아 채선에게 건넸다.

발품을 팔았다고 코끝이 발개진 세종과 칠성도 해장 겸 국사발로 언 속을 데웠다. 재효도 그들 곁에서 묵묵히 자리를 지키며 국 한 그릇으로 속을 달랬다.

"가자."

채선의 사발이 깨끗하게 비워져가자 조용히 기다리고 있던 재효가 입을 열었다. 긴장되고 상기된 표정. 재효는 이제 채선에게 마지막 기회를 주기로 했다. 더는 아이를 붙잡고 시간을 낭비하고 지체할 순 없었다. 채선도 이미 예정하고 있던 수순인 듯 자연스레 사발을 비운 후 부채를 쥐고 자리를 떴다.

우렁찬 폭포 소리가 들려오기 시작했다.

배를 따스하게 채운 채선은 폭포 가장자리에 위치한 바위 위로 올라서서 재효를 바라보았다.

똑똑, 차가운 빗방울 소리가 귀에 쟁쟁하게 울려왔다. 뒤를 이어 철벅철벅, 급박한 사내의 걸음소리도 이어졌다. 두근, 두근, 두근 어울리지 않게 동요되어 사방팔방으로 튀고 구르는 심장의 박동도 뒤따랐다.

채선은 바위 위에 서서 순하게 퍽 풀어진 재효의 눈을 마주보았다. 급작스럽게 감정이 여울지더니 범람했다. 엉엉, 채선은 가슴에서 울음을 터트려 방류했다. 서럽게 폭포를 노려보며 한참을 울던 채선은 입을 벌려 소리를 내질렀다.

쏴아아아, 물보라 치는 폭포소리에 막혀 채선의 음성은 금세 잡아먹혀버렸다. 하지만 채선은 포기하지 않고 다시 울면서 입을 벌린 채 눈을 질끈 감았다. 이제 예서 소리가 나느냐 안 나느냐, 갈림길이 존재했다. 이별이 뒤따를지도 모를 일이었다.

채선은 한이 서려 미간을 찡그리며 아픔을 끌어올렸다.

더 이상 볼 수 없고, 머무를 수 없다면… 채선은 턱 숨이 멎었다.

감정들이 요동을 치며 그녀의 목과 배의 단전과 발가락 끝을 간지럽혔다.

활짝!

한순간, 폭포소리가 멈추고 채선의 한이 섞인 소리가 맑게 울려 퍼졌다.

적당히 잘 쉬어 꼬부라진 맑고 높은 소리는 계곡을 우렁우렁 메아리쳤다.

북을 치던 세종의 눈망울도 대뜸 왕방울만 하게 변해버렸다. 아웅다웅 채선의 모습을 바라보던 칠성과 용복의 입에서도 헤 벌어진 소리가 나왔다.

채선은 제 소리가 폭포를 뚫었더냐, 확인도 하지 않은 채 그저 제 속의 울음을 다 쏟아 부었다. 채선이 눈을 뜨곤 재효를 바라보았다.

"하루 가고~ 이틀 가고~."

얼쑤! 세종이 추임새를 받아 북을 치고 칠성과 용복은 그녀의 뒤를 좇았다.

구성지게 트인 목소리는 누가 들어도 감탄이 나오기 마련이었다. 산과 들, 풀과 나무 사이를 가르며 소리는 넓고 깊게 뻗어나갔다.

"갈까부다, 갈까부네. 님을 따라서 갈까부다~."

세종을 앞세운 소리패는 채선의 소리에 맞춰 발걸음을 옮겼다.

채선은 사내들 사이에 서서 노래를 부르며 살포시 시선은 재효를 향하였다.

"쑥대~ 머리~~~."

생긋, 미소 짓는 채선에게 어느새 재효도 고개를 끄덕여주고 있었다.

채선의 입가에서도 서서히 미소가 번지기 시작했다. 활짝, 채선의 소리가 마침내 만개하여, 꽃봉오리를 터트렸다.

진연청 예심

카악, 퉤!

이른 새벽, 입궐 준비에 바쁜 흥선대원군 이하응은 타구에 가래를 뱉고 있었다.

어딘지 빽빽하게 들어찬 노안당의 공기는 심히 불편한 기색이었다. 그는 자주색 단령에 팔을 꿰며 헛기침을 내쉬었다. 그 바람에 입고 있던 단령 위 흑색공단에 금수로 놓인 기린흉배는 위아래로 들썩였다. 밖에서는 차분한 발소리가 들려오더니 누군가 문 앞에 그림자를 드리웠다.

"조대비 쪽에서 사람을 움직인 것 같습니다. 장안에 소문이 대감께 불리하게 돌아가고 있어요. 얼마 전부터 운현궁에 천주학쟁이들이 드나든다는 유언비어가 파다하게 퍼졌습니다. 이대로 가다간 화살의 촉이 대감께 돌아갈 것입니다."

나직이 말을 아뢴 그림자는 파락호 시절부터 하응을 따르던 천하장안의 한 사람, 안필주였다. 한양에서 가장 큰 보부상단을 거느린 그는 하응의 시선이 미치지 못하는 곳까지 사람을 보내 정보를 수집하곤 했다. 그의 옆에서 또 다른 천하장안인 장순규가 말을 거들었다.

"어제의 동지가 오늘의 적이 되는 것은 다반사가 아니었습니까? 또 어제의 적이 필요에 따라 오늘은 동지가 될 수도 있고요. 안 그래도 지난밤 저희 기루에서 조두순과 김좌근이 회동을 하였다고 합니다. 풍양 조씨가 안동 문중을 끝장내려는 줄 알았더니 대감께서 마음대로 휘둘러지지 않으니 다시 몽둥이를 바꾸려는 것 같습니다."

익살맞게 말을 마친 장순규는 한 호흡, 숨을 멎곤 하응의 반응을 기다렸다.

끙, 잠시 수염을 매만지던 하응은 전에 없이 섬뜩하고 날카로운 눈을 빛내며 방 안의 한 점을 노려보기 시작했다. 잠시 후 풋, 안에서부터 들려오는 작은 조소에 필주와 순규는 등골이 오싹해지고 만다.

"나를… 찍어눌러보시겠다? 재미있구나. 재미가 있어. 아무래도 이번 낙성연은 꽤 성대하게 치러야만 하겠구나. 다 늙어 기울어가는 두 노친네들에게 여흥 하나 정도는 던져줘야 하지 않겠느냐. 다만… 이번에는 대세를 따라야겠구나."

부득, 이 가는 소리와 함께 노안당의 문이 심술궂게 열렸다. 부글

부글 동공 안에는 시뻘건 화기가 이리저리 처박히고 있었다. 어느 새 궁도령 석파 선생의 넉살이라고는 터럭 한 조각도 찾아 볼 수 없게 된 그는 정치가에 불과했다. 냉혹하고 잔인한 싸움꾼.

그는 지금은 한 발 물러나야 할 때라고 판단했다. 서로 마주치기만 해도 으르렁 대던 조대비와 안동 김씨 문중이 흥선대원군이라는 하나의 표적을 두고 규합하려 했다.

수렴청정을 시작한 이래, 조대비의 통제 하에서 벗어난 하응의 개혁정치들은 기득권 양반은 물론 대비를 위시한 풍양 조씨들에게도 하등 이로울 것이 없었다. 따라서 자경전과의 관계는 나날이 갈수록 소원해져만 갔고, 뜻대로 되지 않는 허수아비는 쓸모를 잃는 법이었다. 대비는 그렇게도 보기 싫어하던 김씨 세력까지 끌어들여 하응을 끄집어 내리려는 심산이었다. 그리고 그 계책으로 내세운 것이 바로 천주학이었으리라.

조선의 유생들과 식견 있는 선비, 관리들, 대비가 앞장서서 박해하고 있는 천주학을, 하응은 옹호하고 있었다. 만인지상, 왕과 계급을 부정하고 모든 사람이 평등하다는 발상은 역심에 가까웠고, 조상을 모시지 않고 제사를 거부하는 예법은 관습을 저버리는 행위였다. 효와 의. 군자와 자식 되기를 포기한 학문이, 바로 천주학이었다.

그런데 왕의 아비란 자가 앞장서서 탄압해도 모자랄 시기에 그는 프랑스 주교와 연통을 주고받으며 정치싸움에 서학을 이용하려 들고 있었다. 게다가 그의 부인인 부대부인 민씨와 고종의 유모인 박 마르타가 천주학 신자라는 사실 또한 빌미를 잡기엔 충분한 여건이었으리라. 이 정도면 하응을 역도로 엮어 몰아내기에는 안성맞춤이 아니었겠는가.

하응은 경복궁 방향을 노려보며 제 수염을 쓸어 만졌다.

"우선 눈앞에 다가온 불씨를 진압하는 것이 우선이겠지요. 대감마님 말씀처럼 이번엔 대세를 따라야 할 것입니다. 세간에 퍼진 흉흉한 소문부터 잠재워야 합니다. 운현궁에 드나든다는 서학쟁이들도, 부대부인 마님께서 천주교 신자라는 이야기도 다시는 입 밖에 나와선 안 될 것입니다. 저와 순규는 장안에 퍼진 소문들에 물을 타겠습니다. 더불어 이번 낙성연은 성대하고 길이길이 화제가 되어야 할 것입니다. 대감과 관련된 사특한 헛소문들은… 결코 자라나게 두어선 안 될 것입니다. 이놈들이 다른 곳으로 시선을 돌려보겠나이다."

하응을 바라보는 필주의 눈에서 푸른 안광이 감돌았다. 그는 자신의 주인을 어떻게 보필해야 하는지를 정확히 알고 있는 비상한 사내였다. 소문을 덮기 위해 더 자극적이고 놀라운 이야깃거리를 찾아내야만 했다. 필주는 운현궁에 머무는 객식구들을 통해 대원군의 사저와 서학의 관계가 무관함을 퍼뜨리는 한편, 상단에 연통을 넣어 이번 낙성연에 참가하는 광대들의 명단을 뽑았다.

순규는 기방에서 관리들의 동태를 살피며 수상한 낌새가 포착되면 즉시 운현궁에 알리기로 했다.

하응은 마루를 빠져나와 마당으로 내려섰다. 주상을 보필하여 상참회의에 참석하기 위해서였다. 늙고 교활한 여우들이 어린 왕의 곁에 들끓으니 자신이 중재하여 쳐낼 것은 쳐내고 취할 것은 취해야 했다. 결코 저들의 간교에 놀아나 자리를 빼앗길 수는 없었다. 하응은 끙, 다시금 혀를 차며 발을 옮겼다.

지금껏 대수롭지 않게 여겼던 천주학을 자신을 옭아맬 꼬투리로 사용한다면 얼마든지 끊어낼 준비가 되었다. 그저 학문에 불과하여 외교의 방편으로 이용해볼까 싶었지만 지금부터는 이야기가 달라졌다. 대비가 휘두를 철퇴라면 산산조각 쳐부숴줄 참이었다.

* * *

수면 위로는 안개가 자욱이 번지고 있었다. 스르륵스르륵, 뱃사공의 노 젓는 소리만이 울리는 가운데, 한강의 하류로부터 작은 배 한 척이 올라왔다.

시끌벅적, 좀 전까지만 해도 쪽잠에 들어 조용했던 배 위는 곧 다가올 나루터로 인해 흥분에 휩싸였다. 각양각색 별별 지역에서 올라온 다양한 사람들이 꿀꺽 입맛을 다셨다.

"거 한양에 입성하면 정신을 바짝 차려야 한다 이 말이여. 뜨내기인 거 티내면서 어리벙벙하게 돌아다니면 코를 베이는 곳이 바로 이 한양 바닥이니께!"

주워들은 소문에 허풍을 덧붙이며 배 위의 사람들은 시시덕거렸다. 우하하, 터지는 소란에 가축들도 요란하게 울음을 더했다. 놀란 닭들은 날개를 푸드덕거리며 이리저리 달아나기 시작했고, 닭장수는 그걸 잡는다고 배 위를 휘젓고 다녔다. 폭소들이 이어졌다.

"아, 그뿐이여! 물가도 훨씬 비싸서 국밥 한 그릇도 어마어마하다던데?"

"참말인가? 내 여비를 얼마 안 챙겨왔는데……. 허리띠를 꽉 졸라매야 쓰겠구먼."

짐짓 볼이 쏙 패인 얼굴을 해보인 행상과 어상도 죽을 맞춰 떠들어댔다.

출렁이는 물살에 지게 위 가득 놓은 짐들과 새우젓, 굴비에서는 비린내가 올라왔다. 닭들은 여전히 달아나기에 바쁜 광경이다. 채선은 뱃전 위에 올라 이 모든 광경들이 생경하고 새롭다는 듯 눈을 빛냈다. 태어나서 처음으로 고창 바닥을 떠나본지라 무엇을 봐도 계집의 가슴은 두근두근 울렁이는 중이었다. 오죽하면 물결에 바람이 스치기만 해도 까르르 탄성이 쏟아질까.

어험! 결국 옆에 앉은 재효가 잔기침으로 눈치를 주자 채선도 세종과 칠성, 용복의 낯을 살폈다. 다들 며칠 동안의 뱃멀미로 안색이 시커멓고 누렇게 떠 있었다. 풋, 소녀 같은 웃음이 입안에서 이리저리 튄다. 채선은 남장차림을 한 것도 잊은 채 배시시 볼을 붉히며 미소를 지었다. 그미의 눈빛이 재효를 향해 움직였다.

"한양이다."

마주친 눈빛에 재효는 작게 속삭였다. 채선은 그의 말에 고개를 돌렸다. 순식간에 안개가 걷히면서 한양의 읍성과 마을, 밀집된 초가들에서 피어오르는 새벽 굴뚝 연기가 모습을 드러냈다. 어슴푸레하게 감춰져 있던 마을이 햇살에 드러나면서 표면이 반짝반짝 빛났다.

채선은 그 아름다움과 활력에 와아, 입이 벌어지고 말문이 막혔다. 한강의 부두로는 연이어 몇 척의 나룻배들이 다가오고, 가까워지는 육지에서는 구수한 밥 짓는 냄새가 흘러나왔다. 채선은 후욱, 심호흡을 불어넣었다. 덜컹, 드디어 육지에 정박한 배에서 채선과 소리패 일행이 발을 내디뎠다. 그들은 지금 바라 마지않던 낙성연 길목에 서 있었다.

수많은 인파들이 오가고 있는 광화문의 육조거리는 신세계라 불릴 만했다. 육의전을 비롯하여 복원된 광화문의 위용은 웅장하면서도 세련되어 이목을 집중시켰고, 그 뒤로 펼쳐진 조선의 정궁은 오금을 저리게 만드는 마력이 있었다. 재효 일행은 거리 한복판에 서서 연신 사방을 두리번거리며 뜨내기 티를 팍팍 내는 중이었다.

한양에 당도하였으니 이제는 낙성연에 참가하기 위해 진연청으로 가야 했다. 하지만 사람과 골목, 행상인들에 밀려 길은 보이질 않고, 쭈뼛쭈뼛 고개들만 주억거렸다. 그나마 넉살이 좋은 용복이 지나가는 행인을 붙잡고 길을 물었다.

"아따 진연청이 어딘게라? 여보쇼, 진연청이 어딘게라?"

하지만 새침떼기 한양민들은 대꾸도 없이 각자 제 갈 길 가느라 바삐 지나쳐갔다. 용복은 입술을 삐죽이며 행인들을 쏘아보았다.

"옘병! 한양 인심 고약하구먼. 뭔 말을 했으면 대꾸를 해야 할 것이 아니여. 여보쇼, 아따 여보쇼!"

신경질이 오른 용복이 뱃심을 올려 큰 소리로 여보쇼, 하고 외치자 근처를 지나던 물장수는 소스라치게 놀라 짊어지고 있던 물동이들을 떨어트리고 말았다. 앞에서 오던 독장수도 여러 개의 장독을 바닥으로 떨어트리고 옆을 지나던 달구지의 황소는 대경실색하여 영각소리를 늘어지게 내질렀다.

과연 소리꾼다운 발성. 칠성은 이목이 집중되자 용복의 등짝을 야무지게 때리며 상황을 수습했다. 죄 지은 것도 없는데 쪼르르 모퉁이로 끌려간 용복은 불만에 찬 표시로 눈썹을 옴찔거렸다.

"사람이 뭔 말을 혔으면 알려주면 되지라. 간땡이만 저러코롬 작다요. 한양 사람들은 인심이 팍팍하구만이라."

세종은 끌끌끌, 혀를 차며 용복에게 핀잔을 주었다.

"불평불만 허지를 말어. 느그들이 웃기고 울려야 될 사람들이 저 사람들인디. 인심이 싸나우면 느그들 소리로 살살 꼬드기면 될 거 아니여? 지금처럼 우악스럽게 목청만 내질러봐라, 옴마, 저 시끄러운 놈은 어디서 왔는가 신경도 안 쓸 것이니께!"

듣고 보니 세종의 말이 맞았다. 낙성연에 올라 경복궁의 중건을 축하하고 부역에 동원되었던 수백 수천의 한양민들을 다독여야 할 사람들이 자신들이었다.

채선과 칠성, 용복은 감회가 새로워 사람들의 얼굴을 다시금 찬찬히 바라보았다. 저 눈에서 눈물이 질금 배어나오게 하고, 저 입에서 침이 튀도록 웃음꽃을 만발하고, 콧구멍에서는 훌쩍훌쩍 콧물이 흘러내릴 정도로 판을 뒤집어 흔들어야 했다. 괜히 채선은 상상하는 것만으로도 오소소 소름이 돋아났다. 그미는 침을 꼴깍 삼키곤 재효를 힐끔댔다. 차분한 스승의 얼굴도 약간은 흥분으로 상기된 듯싶었다. 배시시 채선의 입꼬리가 설핏 올라갔다.

"물렀거라! 물렀거라!"

그때였다. 한참 동안 한양 구경에 들뜬 소리패 앞으로 살벌한 기운이 넘실대더니 길가를 채우던 인파들이 양 갈래로 갈라졌다.

채선은 사람들에게 밀려 넘어질 뻔한 것을 재효 덕에 면했다. 하마터면 엉덩방아를 찧었을 그녀를 재효가 등 뒤에서 꼭 붙잡아주었다.

채선은 갑작스레 시전에 무슨 변화가 일었는지 궁금하여 까치발을 들어 대로를 넘겨보았다. 으흠, 뒤에서 세종이 탐탁지 않게 중얼거리는 소리가 들렸다.

"서학쟁이들이로구만. 대원군이 쑥대밭을 만들고 있다더니 죄다 붙잡혔어."

그는 불안한 표정으로 대로를 바라보았고, 포승줄에 묶인 죄인들의 행렬은 터덜터덜 힘없이 계속되었다. 줄의 맨 앞줄에 서 있던 외국인 신부는 초연한 표정이었다. 재효는 끌려가는 천주교도들을 바라보며 알 수 없는 표정을 지었다. 불편한 그림자가 눈밑에 아롱졌다.

* * *

사정전의 광창으로 볕이 들고 있었다. 바깥 온도와는 확연히 다른 내부의 서늘함에 어린 고종은 인상을 찡그렸다.

사정전, 생각하며 정치를 행하는 곳. 조선의 임금이 신하와 머리

를 맞대며 국정을 논하던 곳이 바로 사정전이었다. 하지만 웬일인
지 지금 대신들이 머리를 맞댄 이는 왕이 아닌 다른 사람이었다. 용
상에 앉은 고종은 그저 눈앞에 도열한 신료들을 멍하니 바라볼 뿐
이었고, 허리를 굽힌 대신들은 눈치만 슬슬 보는 입장이었다. 고개
를 조아린 관료 하나가 긴장한 목소리로 말문을 떼었다.

"하여, 천주신자들을 모두 잡아넣었습니다. 허나 이들을 처형했
다가는 지난해와 같이 불란서의 반발이 있을 줄 아뢰옵니다."

사정전 상석에 앉은 대원군은 잠시 미동도 않고 관료들을 쭉 내려
다보았다. 그 눈빛이 사람 여럿을 베어 죽일 듯 싸늘하고 냉혹하여
대신들은 흡, 숨을 들이 삼켰다. 그 옛날 석파 이하응의 면모는 눈
씻고 봐도 찾아볼 수 없었다. 완연히 다른 사람이 되어버린 그를 두
고 대소신료들은 권력욕에 물든 거짓 상왕이라고 쑥덕댔다. 허나 면
전에서는 찍 소리도 못 내는 이들이었는지라 잠자코 하응의 반응을
기다렸다.

"그들은 군자와 자식의 도리도 모르는 천둥벌거숭이들이니 잘못
된 교리와 가르침으로 우리 백성들을 미혹하고 현혹하여 혹세무민
하게 만들 것이오. 게다가 강상의 도리 또한 어지러워지지 않겠소?
그대들의 생각은 어떠시오?"

고종이 멀뚱히 제 아비를 바라보는 동안, 하응은 입술에 미소까지
지어보이며 잔잔히 말을 이었다. 하지만 그 물음이란 것은 묻는 것
이 아니라 그저 들으란 얘기와 진배없었다.

하응은 조두순과 김좌근 쪽을 바라보며 차갑게 웃어보였다. 바르

르 손가락이 미세하게 떨리는 것이 하응의 눈에 들어왔다. 늙은이들이 풍을 맞았는가……. 하응이 껄껄껄, 미친 듯 소리 내어 웃었다.

이윽고 숨이 넘어갈 듯 웃던 하응이 웃음을 거두고 관료들을 향해 작은 목소리로 읊조렸다. 단조롭지만 힘이 실린 명확한 한마디였다.

"죽여."

오소소, 여러 대신들의 등에서 오한이 느껴졌다. 표정 변화 하나 없이 무미건조하게 하응은 입장을 바꾸었고, 권력을 고수했다.

시전에 떠돌던 천주학과 대원군의 소문은 쏙 들어가 고개도 내밀지 않았다. 외려 천주학쟁이들은 대원군이 두려워 석파의 석자만 들어도 공포에 질릴 지경이었다. 조두순과 김좌근은 낭패를 본 표정으로 사색이 되어 있었다. 이번엔 그들이 한 발 물러설 때였다. 지금의 하응은 잔인하기가 이를 데 없었으므로 당분간은 몸을 수그리는 것이 상책이리라.

"저… 전부 말씀이옵니까?"

이번에 잡아들인 천주교도들의 숫자가 상당하였기에 관료는 다시 한 번 되물었다. 하지만 대원군은 더 이상 대꾸하기도 귀찮다는 듯 날카롭게 관리를 응시했다.

뻘뻘, 말이 없었으나 여러 번 얻어맞은 듯 진땀이 흘렀다. 관료는 황급히 허리를 굽히며 말을 이었다.

"명… 받들겠나이다."

피로 얼룩진 박해가 또 한 번 조선을 물들이고, 대원군의 치세가 더더욱 정점을 찌르는 시기였다.

* * *

　"여, 주모! 국밥에 탁주 좀 주시오!"

　인정을 알리는 대종이 스물여덟 번 울린 후 도성은 어둠 속에 가라앉았다. 하지만 진연청이 마련된 장악원 근처의 주막만은 밤이 깊어가도록 시끌시끌 소란이 줄지를 않는다. 조선팔도에서 몰려든 소리꾼들은 북을 옆에 두고 국밥에 술을 한 잔 기울였고, 며칠 동안 육로로 걸어와 발바닥이 짓무른 이들은 대야 가득 따뜻한 물을 받아 발을 담갔다.

　그런가 하면 어떤 이들은 밤이 깊었음에도 불구하고 소리를 맞춘다며 종종 연습을 하는 이들도 눈에 띄었다.

　채선과 재효, 세종, 소리패 일행들도 겨우 진연청 근처에 다다른 후 방 한 칸을 얻어 여독을 풀기 시작했다. 그들은 하루 종일 주렸던 배를 채우느라 허겁지겁 국밥을 들이켰고, 몇몇 인사들은 새로운 패거리가 당도하였다며 구경에 나섰다.

　개중에는 곱상한 채선의 외모를 힐끔거리며 의심스러운 눈초리를 보내는 소리꾼도 몇 보였다. 그럴 때면 보란 듯이 더욱 어깨를 벌리고 너름새를 펼치는 채선의 행동으로 칠성과 용복은 큭큭 배를 잡고 웃었다. 재효는 사내다운 척 푹푹 국밥을 퍼먹는 채선에게 물을 건네었고, 다른 이들의 시선을 느낀 세종은 국밥을 먹다 말고 재효에게 속닥거렸다.

　"나으리, 지가 이팔청춘이었을 때 말입니다요, 냉면 먹을라고, 함

홍까지 간 적이 있어야. 냉면이 뭐 냉면 맛이지, 뭐 있간디 싶었는
디, 둘이 먹다 하나 죽어도 모를 맛이다 혀서, 그려! 죽기 전에 함흥
냉면 맛봐야 쓰겄다! 싶어 먼 길을 떠났지라. 말이 쉽지, 그게… 그
게… 함흥차사라는 말도 있듯이, 기약 없는 길을 걷는 것인디, 그리
세빠지게 걸어 함흥에 당도했는디, 아차! 그때서야 생각난 것이 있
었지요잉. 냉면 사먹을 쩐을 두고 온 것이여! 먹고 싶은 마음만 가지
고 왔던 것이여!"

　세종이 음울한 시선으로 재효를 향해 웅얼거렸다. 재효도 그 말뜻
을 모르지 않아 묵묵히 국밥을 입안으로 욱여넣었다.

　"지금이… 그때와 똑같습디다요. 계집이 소리를 하면 좋겠다 싶었
는디……. 이게… 이게… 막상 와보니, 마음만으로는 되는 게 아니
어라. 상투를 틀었다 혀도, 소리꺼정 사내처럼 할 순 없지 않습니까
요. 우리가 채선이 소리 못 따라하듯 채선이도 사내 소리는 못 따라
하는 것이요. 그리되면 금방 탄로가 날 것인데… 이게… 이번엔 곤
장이 아니라 목숨을 내놓아야 할 것입니다요. 목숨 말이오!"

　밥을 삼키던 용복도 사레가 들려 켁켁거리며 세종의 속삭임을 귀
담아 들었다. 칠성도 불안한 표정이었다.

　"그려요, 거시기… 대원위대감께서는 툭하면 다 거시기 해뿐다는
디. 아까도 그 서학쟁이들 모가지가 다 댕강 날라간다고 혔지라, 아
마?"

　"계집이요, 나으리. 계집이 소리를 하는 것이요, 이게 어디 보통
일이간디! 조선팔도에서 여직까지 한 번도 없던 일이란 말이제. 그

것이 다 왜 그러겠어요? 안 되니까 그런 것이제. 위험하니께. 상놈이 상투 틀고 양반 행세하는 것마냥……. 계집이 소리하는 것도 그런 것이요, 암만 소리판이 중인배들, 천한 광대들 놀음판이라고 혀도… 웃기지도 않겠지만… 그래도 거기에도 법도와 규율이 있는 것이어라. 괜히 잘못했다간 동리정사 모가지가 날라간다니께요.”

채선 또한 세종의 걱정을 모르는 바 아니라 아무 말도 하지 못한 채 어쩌지, 불안한 눈빛으로 재효만을 바라보았다. 재효는 그런 아이의 눈빛을 마주보며 조용히 입을 뗐다.

“예심에서 채선이는 소리를 하지 말거라. 칠성이하고 용복이가 이 도령 광한루 놀러가는 대목을 하면 될 것이야.”

세종은 죽겠다는 표정으로 득달같이 대꾸했다.

“혹시라도 통과하믄, 대원위대감 앞에서는 어쩐다요?”

대원위대감……. 재효는 눈을 감고 생각에 잠겼다. 오래전 잠시나마 뵈었던 이하응은 소리를 들을 줄 아는 귀명창이었다. 그는 심호흡을 가다듬고 확신에 찬 목소리로 말했다.

“대원위대감께서는 보통 귀가 아니시니, 분명 소리를 들어주실 게다. 채선이… 계집의 소리라도 들어… 주실 게다.”

채선은 코 평수를 벌름이며 스승의 말에 고개를 끄덕였다. 최초의 여자 소리꾼! 세종과 용복, 칠성의 두려움을 그녀도 느끼지 못하는 게 아니었다. 그녀 또한 두려웠고, 재효가 다칠까 무서웠다. 하지만 소리는 전해야 했다. 계집이라 하여 입과 목이 뚫리지 않은 게 아니니, 그녀의 소리는 울려야 했다. 웃겨야 했다. 재효를 위해, 저 자신을 위해 한 판 놀아보아야만 했다. 그래서 채선은 염치 불고하고 재효의 뜻을 따르기로 했다. 세종 역시 더는 가타부타하지 않고 그저 술잔만 기울였다.

* * *

"낙성연은 왜란 이후 오랜 과업이었던 경복궁의 중건을 끝마치고 주상전하의 은덕을 기리고자 경회루에서 열릴 것이네. 조선의 정궁을 되찾고, 공고한 왕권을 위하여 백성들을 달래고 전하의 어심을 울려야 할 것이네!"

북과 쥘부채를 쥔 고수와 소리꾼들은 이미 거리를 파다하게 채우고 있었다. 장악원 도제조는 그들 사이를 오가며, 분주히 인원을 나누는 중이었다.

본래 도성의 장악기관은 봉상시와 장악원으로 나뉘었는데, 이번 행사에 참여한 소리꾼들은 각각 두 장소로 분배되어 시험을 볼 예정이었다. 하나는 서부 인달방에 위치한 봉상시로 가야 했고, 다른 하나는 명례방 구리개에 위치한 장악원에서 소리를 풀어야 했다. 채선과 재효의 소리패가 예심을 치룰 진연청은 봉상시에 마련된 소리판이었다.

남장을 한 채선은 주막을 벗어나기 직전까지도 거듭, 옷매무새와 상투를 점검하곤 몸을 일으켜 방을 빠져나왔다. 그 모습이 떨어지는 꽃잎같이 아련하여 재효는 마른기침을 했다.

호흡을 다진 채선이 재효와 함께 진연청 안으로 들어서자 세종과 칠성, 용복도 체념한 듯 결국 그들의 뒤를 따랐다.

벌써 예심은 진행되어 수많은 소리꾼들이 창을 하는 중이었다.

"흥보가 좋아하고 흥보가 좋아하고 궤 두 짝을 떨어~."

"토끼가 듣고서 깡짱 뛰어 나오면서 거 뉘가 날 찾나!"

명석 위에 선 소리꾼들은 저마다 준비해온 수궁가와 흥보가 한 대목씩을 불렀고, 채선과 일행은 뒤편에 서서 순서를 기다렸다.

관리들은 신중한 표정으로 상중하와 통, 불통을 기입하여 나갔고, 하나 둘 참가자들의 숫자가 줄어들기 시작했다. 이어서 예심 소리판 위에 재효와 소리패 일행들이 나가 섰다.

"고창에서 온 김세종이오."

"송칠성이오."

"고용복이오."

통성명을 밝힌 그들의 뒤로 채선의 차례가 다가왔다. 채선은 고개를 숙이고 작은 목소리로 들릴 듯 말 듯, 알아들을 수 없게 읊조렸다

"진채석이오."

관리들은 의아한 표정으로 채선의 얼굴을 뚫어져라 쳐다봤다. 아담한 체구에 둥근 어깨 선, 붉은 두 뺨과 앵도 같은 입술. 곱상한 외모가 사내의 것이 아니었다. 곁에 있던 재효가 채선을 감싸기 위해 나선다.

"고창에서 온 진채석이오. 목이 쉬어 말을 아껴야 합니다."

하지만 한 번 고개를 든 의심은 쉽사리 꺼지지 않는 법이었으니, 관리는 재효의 말은 듣지도 않고 의심 섞인 눈초리로 채선의 얼굴을 누차 훑었다. 예리하게 가늘어진 눈매는 그미의 눈동자를 응시했다.

"고개를 들어보시오. 계집… 인 것 같은데……."

아리송한 얼굴로 미간을 찡그린 관리는 제 관자놀이를 문질렀다. 그는 채선을 바라보며 입술을 짓씹는다. 계집 같기는 한데, 설마 미치지 않고서야 이 자리에 계집을 데리고 왔겠는가.

말도 안 되는 일이 벌어지면 사람의 사고는 멍해지기 마련이었다. 그는 눈에 보이는 진실도 진실이 아닐지 모른다며 채선의 머리부터 발끝까지 다시 한 번 훑었다. 세종과 재효, 칠성과 용복은 잔뜩 긴장하여 꿀꺽꿀꺽 침을 삼켰다.

"어허, 이것 참! 사내 중의 사내대장부한테 못하는 소리가 없소! 내 일전부터 계집 같단 소리는 많이 들었소만, 그래도 그렇지, 뉘 안전이라고 감히 계집이 소리를 하러 온단 말이오!"

채선이 부러 잔뜩 긁어 쉰 목소리로 사내 목소리를 내며 너름새를 펼쳤다. 가늘긴 하지만 제법 굵고 걸쭉한 목소리에 관리의 눈썹은 미세하게 떨렸다.

"내 계집이라면 요 아랫도리에 있는 이 묵직한 것은 뭐란 말이요? 한 번 만져보시오! 계집인지 아닌지, 만져보면 알 것 아니오?"

탁월한 임기응변, 채선은 제 사타구니를 움켜쥐며 당차게 소리를 쳤고, 기세에 눌린 관리의 표정은 수그러들기 시작하였다. 채선은 제 작은 몸체의 어디에서 이런 얼토당토않은 배짱이 나오는지 스스로도 놀라고 있었다. 헌데 그때였다. 어디선가 듣기 싫지만 익숙한 사내의 목소리가 들려왔다. 그 목소리는 오랜 악연을 연상케 하는 음성이었다.

"그럼 내가 한 번 만져보리다!"

깜짝 놀란 채선이 뒤를 돌아보자 그곳에는 길중과 함께 우뚝 서 있는 오진사가 소리꾼들 사이에서 고함을 치고 있었다. 재효와 세종, 채선의 얼굴은 금세 흙빛이 되고 말았다.

"똥리 선생, 오랜만일세!"

능글능글, 실실 웃으며 다가오는 오진사는 여전히 밥맛없는 외모에 거북살스러운 목소리로 안짱다리를 걸었다. 그는 재미난 유흥이라도 발견했다는 눈초리로 빙글, 눈매가 달처럼 휘었다.

"거 뉘시오?"

"전라관찰사를 지내신 오, 국자, 서자, 어르신을 증조부로 둔, 고창에서 온 오두석이라 하오."

한껏 거드름을 피우며 자신을 소개한 오진사는 말을 멈추지 않고 채선과 재효를 몰아붙였다. 구석에 몰린 생쥐를 가지고 여유를 부리는 괭이의 장난기가 다분했다.

"다름이 아니라, 내 친히 두고 있는 광대 놈의 소리를 대원위대감께 들려드리고자 한양까지 당도하였는데, 많이 보던 계집년이 주제넘게 와 있기에, 실례를 무릅쓰고 나서게 되었소. 못 본 사이 계집이 더욱 발라당 까져 있소이다."

좌중은 술렁이기 시작했고, 오진사는 재효를 지나쳐 채선의 앞에
가 섰다. 야비하고 교활한 미소. 채선은 구역질이 올라오는 것을 간
신히 참는 표정이었다.

"허허, 요년 봐라. 수염까지 달았네? 그 사이 정말 사내라도 됐단
말이냐?"

분한 마음과 당혹스런 분위기에 채선은 말을 잃고 오진사를 노려
보기만 했다. 그는 채선의 도발적인 눈매에 역시나 마음이 흔들려
재우 괴롭힘의 강도를 높여갔다.

"사내가 되었는지 아닌지는 도포 안을 보면 될 것이니, 벗어보아라."

"……."

"왜, 싫으냐?"

"……."

"오냐, 그럼 내가 직접 만져주마. 도포 안에 주장군이 있는지 없는
지 만져보면 알겠지. 우리… 지난밤의 회포를 풀어야 하지 않겠느냐?"

오진사가 위협적으로 다가왔고, 채선은 그에게 폭행을 당했던 그
날 밤의 일을 떠올리고야 말았다. 몸이 뻣뻣하게 굳어버렸다. 채선
의 얼굴은 이미 수치심으로 붉어졌고, 오진사는 꼼짝도 못한 채 눈
물이 어린 채선의 옷 속으로 손을 넣으려 했다. 집요하고 치졸한 심
사. 그의 손이 채선의 두루마기 사이를 비집고 들려 할 찰나였다.

"뭣 하는 짓이옵니까?"

살기 어린 목소리로 재효가 오진사의 손을 낚아채 잡았다. 어찌나
힘을 주었던지 피가 통하지 않을 지경이었다.

"그만하시지요."

"허! 이 시발 새끼가, 감히 어디다 손을 대? 네깟 놈이 학당을 세우고 향리 역할을 해왔다 해도 그래봤자 넌 중인 놈이야. 감히 천한 중인 놈이 양반의 몸에 손을 대? 계집 앞이라 겁대가리를 상실하였구나."

오진사는 다른 손으로 재효의 따귀를 후려갈겼다. 한 번, 두 번, 세 번, 연달아 맞는 재효의 몸은 비틀비틀 떨리고 벌겋게 달아올랐다. 하지만 어쩌지를 못한 채 버티기만 하자 세종과 용복, 칠성이 오진사의 바짓가랑이를 부여잡고 싹싹 용서를 빌었다.

"아이고, 마님. 고만하시오. 나으리께서 실성을 하셨는갑소. 그만 때리소!"

결국 굴레. 이 더럽고 무거운 족쇄. 재효는 잊을 만하면 체감하는 제 신분에 치를 떨었다. 저희들이 꾼 꿈이 그리도 어렵고 불가능한 일이었던가. 소리를 타고난 계집이 소리를 해보겠다는데 왜 이리 장애가 많을꼬.

재효는 채선이 안타까워, 저와 다를 바 없는 계집의 인생이 고달파 수차례 날아오는 따귀를 가만히 맞고만 있었다. 이것도 맞지 않으면, 이 정도도 아프지 않으면 그보다 더 괴로운 마음의 고통이 사지육신을 끊어낼 것만 같았다.

다시 오진사의 손이 허공에서 멀어졌다 재효에게로 가까워졌다.

내기

탁, 술잔 내려놓는 소리가 괴괴한 방 안의 분위기를 깨쳐들었다.

연이어 이틀 동안 계속되었던 낙성연 예심은 불과 열두어 명의 소리꾼을 선발하곤 막을 내렸다. 운이 닿지 않은 이들은 씁쓸히 북을 챙겨 주막을 떠나기 시작했고, 세종과 칠성, 용복은 조그마한 주안상을 봐놓곤 그저 술을 마셨다.

찌르르한 탁주가 목울대를 넘어 위를 데우고 소장과 비장을 지나면 배창자가 뜨끈뜨끈, 펄떡펄떡 치밀었다가 내려앉곤 했다. 속이 아프고 시려서 그들은 잔을 비우고 또 비웠다. 침울한 분위기 속에서 채선은 미안한 마음에 오도 가도 못한 채, 덩그마니 자리에 앉아 고개를 푹 숙이고 있었다. 그미가 입을 열어 침묵을 깼다.

"괜히 저 때문에⋯⋯."

더 이상 뒷말을 잇지 못한 채선은 순간 목이 탁 메여 입을 다물어 버렸다.

해쓱하게 패인 눈물고랑과 축 처진 어깨는 말하지 않아도 그간의 심경이 어떤지를 여실히 보여주었다. 들썩들썩, 감히 저들 앞에서 우는 소리도 사치인 양, 죄질인 양, 채선은 속에 쌓이는 울분을 풀어내지도 못했다. 그러자 세종이 일부러 능청을 떨며 손사래를 쳤다.

"되았어! 잊으면 그만이여! 오히려 잘 된 겨! 낙성연까지 갔으면 암만! 다 죽을 뻔한 겨! 그건 곤장이 아니라 모가지가 댕강 날아가버리는 일이랑께! 오진사⋯ 그 오사랄 잡것이, 우리 목숨을 살린 겨! 생명의 은인인 겨!"

"그려! 스승님 말씀이 다 맞구먼. 명줄보다 중요한 게 있간듸. 곤장 몇 대 맞고 풀려난 거면 천만다행이여! 천운이 따른 겨! 채선이 네 잘못 아닌께 고만 요리 와서 너도 한 잔 받어야."

"암! 살아야 소리도 하는 것이제! 일로 와라, 채선아. 네도⋯ 엔간히 고생이 많었다."

채선은 미안하기도 하고 고맙기도 해서, 애써 미소를 지었다. 소리꾼이라면 응당 탐냈을 평생에 없을 기회였다. 그랬건만 저 하나 때문에 모든 것이 날아갔다. 그간의 노력도 수포가 되었고, 동리정사의 이름에도 먹칠을 하였으니 앞으로 헤치고 나아가야 할 길도 막막했다. 채선은 입술을 씹으며 눈물을 머금었다.

"살았느니, 살았느니, 애고지고 살았느니. 명줄 길이가 등불 앞에 불씨더만 살았구나. 살았어. 살아야만 후일을 기약하니, 애고지고 살아야지. 악착같이 살아보세."

얼쑤!

세종이 젓가락으로 장단을 맞추고 용복과 칠성이 구슬픈 듯, 신명 난 듯 노래를 풀어냈다.

채선은 그 사이에 끼어들어 제 잔으로 부어준 탁주 한 모금을 단번에 집어삼켰다. 자르르, 온몸에 힘이 놓아지면서 동공이 팽 풀어지니 두둥실 떠오르는 느낌. 채선은 실실, 실성한 아이마냥 헛웃음을 웃었다.

세종과 칠성, 용복도 잔을 비우고, 또 채우며 서러움을 달래었다. 그리고 거리를 두고 앉아 그들을 바라보던 재효의 눈에서는 불꽃이 튀었다. 가엾으니……. 저도 가엾고, 채선도 안되었고, 저들도 비통하니……. 재효는 채선을 애처롭게 바라보았다.

* * *

옴팡 취해 퍼드러진 네 사람을 뉘여 두고 재효는 등잔불을 켰다. 어두운 방 안에 황황한 불빛 아래, 재효는 바닥에 있던 붓을 들어 서안 앞에 자리를 잡았다. 그는 종이 위에 글자 '괘씸한 西洋(서양) 되놈'의 획을 힘 있게 내려적으며, 붓끝을 연적에 걸쳐두었다.

무슨 사연이 적혔는지 등잔불이 몸을 흔들며 서지 위의 필체를 가라떠본다. 재효는 늦은 시각, 촛대의 불길을 입김으로 꺼트리곤 다들 잠이 든 사이, 주막을 빠져나왔다. 반듯반듯한 글자에 강한 의지가 실려 있었다.

"통촉하여주옵소서!"

인정이 치기까지 얼마 남지 않은 시각임에도 불구하고, 운현궁의 문 앞은 그 이름만큼이나 사람들로 뭉게뭉게 구름자락을 일구었다. 어린 티가 채 벗겨지지 않은 유생에서부터 머리숱이 희끄무레한 초로의 선비에 이르기까지, 열댓 명의 유생들은 상소문을 펼쳐놓고 몸을 숙인 채 읍소하는 중이었다.

"서원 철폐는 유교적 향촌 질서를 송두리째 흔드는 것이옵니다. 철회하여주옵소서!"

"만동묘 철폐는 명나라 재조지은에 대한 배반이옵니다. 통촉하여주옵소서!"

"서양 오랑캐 놈들이 조선의 정신을 뒤흔들려는 시국에, 어찌 성리학의 정신을 저버리려 하시나이까! 철회하여 주옵소서!"

이들은 만동묘를 철폐한 대원군의 결정을 번복해 달라 요청하고 있었다.

만동묘는 화양동서원으로 노론의 영수였던 송시열을 제향하기 위해 제자와 유림들이 세운 서원이었다. 이후 노론의 근거지가 되어 그 폐해가 전국에서 가장 심하여 여러 번 단속의 대상이 된 곳이기도 했다.

세도정치의 폐단 역시 당쟁의 소굴인 서원을 통해 발생했으니, 하응은 당파와 문벌을 초월하고 서원을 철폐하여 왕실의 권위를 회복하고자 했다. 그러나 유생들의 입장에서는 멀쩡히 잘 날고 있던 날개를 불시에 뚝뚝 뜯기고 만 것이니 받아들일 수 없는 노릇이었다. 하물며 세력을 분할하고 갈가리 찢기어 규합하지 못하니 이 또한 억울하지 않았겠는가.

그간 대전회통이니, 세금이니 여러 불만이 쌓인 시점에 논쟁에 불을 붙인 격이기도 했다. 유생들은 물러서지 않았고, 칼을 찬 호위무사와 관리들은 무리들을 내쫓기 위해 고전했다.

"밤이 늦었으니 이만 돌아들 가시오. 거, 지체 높으신 분들께서 밤낮으로 찾아오면 우리들만 곤란하오."

슥슥, 수염을 만지는 관리는 거만한 표정으로 유생들을 바라보았다. 호랑이를 뒤에 업은 여우라더니, 딱 저 꼴이겠구나 싶었다. 한편 그 앞에 누군가 다가와 서는데, 종이 두루마리를 손에 쥔 재효였다. 대뜸 나타난 재효는 관리를 말없이 바라보다 말했다.

"대원위대감을 만나뵈러 왔소."

허름한 행색의 재효는 심지어 갓도 중갓이었다. 관리는 그를 얕잡아보고는 대꾸도 하지 않고 돌아서려 했다. 답답한 마음에 재효가 다시 한 번 재청했다.

"대원위대감께 드릴 가사를 지어왔소. 그분을 알현하게 해주시오."

"보아하니 천한 중인배 같은데, 어느 안전이라고 겁도 없이…….

목숨이 아깝지 않소? 아니면 간이 배 밖으로 나왔나? 저기 보이는 유생들도 함부로 드나들 수 없는 운현궁에 어찌 그대 같은 천한 신분이 발을 들일 수 있으리라 생각하였는가?"

관리는 흉한 것이라도 보았다는 듯, 재효를 비웃고는 문 안으로 쏙 들어가 버렸다. 남겨진 재효는 두 주먹을 불끈 쥐었다. 예까지 오면서 수도 없이 되새기고 되짚어보았다. 이렇게까지 하여야겠느냐고.

안 되는 것을 부여잡고 집착하고 강짜를 부리는 것은 아니겠냐고.

하지만 답은 하나였다. 아니다. 채선의 꿈을 접게 할 순 없다. 소리를 타고난 아이였다. 목소리를 낼 수 있는 아이였고, 그럴 능력도 가진 아이였다. 제 평생을 바쳐 새롭고 높은 차원의 소리를 만났으니, 이제 재효의 여망은 채선에게로 옮겨갔다. 그는 숨을 내쉬었다. 심호흡을 하고는 고개를 들어 천천히 또박또박 우렁차게 소리쳤다.

"대원위대감! 대원위대감!"

쩌렁쩌렁 재효의 목소리가 울려오는 가운데 운현궁의 경비망을 뚫고 한 사내가 유유히 안으로 들어섰다. 그의 두 눈은 매우 흥미진진한 빛을 담은 채였다.

* * *

흥선대원군 이하응은 노안당에 들어 있었다.

그의 붓끝이 유연하게 난을 쳤다. 한 호흡을 가다듬고 가느다란 선을, 그러나 힘 있고 세차게 그려냈다. 후욱, 들이마시면서 난 잎의

끄트머리를 날카롭게 뽑아낸다.

하응이 숨을 고르며 고개를 들자, 마당에는 필주가 서 있었다.

"석파난이라 하면 조선에서 제일가는 난으로 쳐준다 하던데 소인에게도 한 장 더 마련해주시겠습니까?"

필주가 차분한 눈빛으로 주인을 바라보았다. 하응은 만사가 시큰둥한지 무료한 표정이었다.

"알아보니 이번 낙성연 예심에 꽤 재미있는 소란이 있었습니다. 아주 독특한 소리꾼이 하나 들었다 된통 뭇매를 맞았다지요. 어찌… 관심이 생기옵니까?"

두루뭉술 장난기가 다분한 필주의 물음에 하응은 고개를 끄덕였다. 뭐든, 낙성연을 빛낼 소리꾼이라면 독특하다 하여 나쁠 것은 없었다.

"밖에… 대감께서 원하는 자가 기다리고 있습니다. 안으로 들라하시지요."

필주가 하응에게 이르자 밖에서부터 시끄러운 소란이 들려왔다.

"대원위대감! 대원위대감!"

자신을 찾는 짙푸르고 쭉 뻗은 목청에 하응의 두 동공은 오랜만에 커다랗게 변했다. 그의 입꼬리에서도 어느새 미소가 번졌다.

이미 운현궁 바깥에서는 재효가 호위무사들에게 몽둥이찜질을 당하고 있었다. 그럼에도, 그는 포기하지 않고 박이 터져도 소리쳐 불렀다.

"대원위대감! 대원위대감!"

끼이익, 문이 열리며 누군가 층계를 밟고 바깥으로 나오는 것이 보였다. 피가 흘러내려 눈을 적신 몰골로 재효가 게슴츠레 정면에 선 사내를 훑어보았다. 어디선가 본 사내다. 본 적이 있는 구면의 사내. 재효는 그 옛날 관아에서 자신을 빼내주었던 하응의 수하를 떠올렸다. 안필주, 그자가 재효에게 말을 건네었다.

"오랜만입니다, 동리 선생. 그간 건강하셨소? 내 주인께서 그대에게 흥미를 보이셨으니 이만 안으로 드시오."

익숙한 말투. 재효는 정신을 차리곤 냉큼 그의 뒤를 따랐다. 필주는 그의 딱한 안색을 바라보곤 주머니에서 손수건 하나를 내밀었다.

거, 어르신을 뵈옵는데 피는 닦아야 하지 않겠소. 재효도 민망한 얼굴로 주섬주섬 찢어진 이마를 지혈했다.

재효는 대문을 지나 관리인들과 호위무사들이 묵는 수직사의 모퉁이를 돌았다. 임금 계신 왕궁만큼이나 어마어마한 규모의 운현궁은 대궐 밖의 대궐이라 칭할 만했다. 그는 길을 잃을까 필주의 뒤에 딱 붙어 대원군이 거한 노안당으로 향했다.

호위무사들이 철통처럼 둘러싼 사랑채, 창을 열어놓고 앉은 이하응은 재효의 방문을 기다리고 있었다.

"괘씸하다, 서양 되놈. 무군무부 천주학을 네 나라나 할 것이지. 단군기자 동방국의 충효윤리 밝았는듸, 어디 감히 여어보자, 운운."

높은 돌계단 위에 선 대원군이 종이 두루마리를 펼쳐들곤 소리 내어 읽기 시작했다. 그의 눈빛은 예전의 푸르른 빛을 잃고 붉게 일렁이고 있었다.

"그래, 자네가 쓴 가사인가."

"그러하옵니다."

"임금도 없고 아비도 없는 천주학을 너희 놈들이나 해라… 재밌구나?"

"황송하옵니다."

재효는 감히 알은 체도 하지 못한 채 조심스럽게 고개를 들어 하응을 마주보았다. 시선이 맞물리자 재효는 넙죽 고개를 숙였고, 대원군은 순간적으로 웃는다. 씨익, 괴기스러운 미소였다.

"오랜만일세, 동리 선생."

재효가 다시 고개를 들자, 하응은 그를 방 안으로 들였다.

* * *

"내 어찌 자네를 잊을 수 있겠는가. 그동안 잘 지내셨는가?"

재효는 하응과 서안 하나를 사이에 둔 채 거리를 두고 앉았다. 잔뜩 긴장하여 고개를 수그린 사내는 초라해 보이기까지 했다.

"황송하옵니다."

"그래… 우리 아이들이 그대를 알아보지 못하여 험하게 다룬 것 같은데 몸은 좀 괜찮으신가?"

"별로 크게 괘념치 않으셔도 됩니다."

"그래도 어찌 그러는가. 내 집을 방문한 객에게 음식을 대접하진 못할망정 몽둥이세례를 줄 순 없지 않겠는가. 참으로 미안하게 되었네. 그래… 그냥 온 것 같지는 않고, 무슨 일로 나를 찾아왔는가.”

견고한 옹벽마냥 앉아 있는 하응을 마주하자니 재효는 쉽게 입을 열지 못하고 머뭇댔다. 하응이 그런 재효에게 말을 재촉했다.

“말해보게. 용무가 있으니 찾아온 게 아닌가.”

“다름이 아니오라, 낙성연 때문에 찾아왔습니다.”

입을 뗀 재효의 말에 이번엔 하응이 말없이 그를 응시했다.

“아뢰옵기 황송하오나… 진연청에서 행해진 예심에서 제가 데려온 소리꾼이 실격하였습니다. 하여 염치 불고하고 대감께 부탁을 드리고자 찾아왔나이다.”

무겁게 꺼낸 말은 뒷말을 잘라먹었다.

한동안 하응은 재효를 측은하다는 눈빛으로 흡떠보았다. 재효는 그저 묵묵히 처분을 바라는 자세였다.

“입신양명.”

“…….”

“자네의 입신양명을 위해 지금 청탁을 하러 온 건가?”

재효는 눈을 껌뻑거리며 생각하더니 고개를 들었다. 조심스럽게, 대원군을 응시하자 실망스러운 기색이 짙게 배어 있었다. 재효는 눈을 질끈 감고, 마저 이야기를 풀었다. 대원군은 동요도 없이 그의 이야기를 경청한다.

“소인의 일신 때문이 아니옵니다. 소인의 제자 때문이옵니다.”

“…….”

“소인의 제자는, 지금껏 보아왔던 소리꾼들과는 다르옵니다. 이 아이의 소리는 사람의 마음을 움직이지요!"

하응은 여전히 말없이 재효의 눈빛, 말투, 속도, 높낮이, 습관들을 하나하나 관찰했다. 재효는 말을 멈추지 않았다.

"허나, 그 아이는… 계집이옵니다. 소리를 할 수 없는 운명이지요. 아뢰옵기 황송하오나, 조선 최고의 귀명창이신 대감께서 그 아이의 소리를 들어주셨으면 합니다. 미천하다 하여, 제약이 있다 하여 능력을 발휘할 수 없다면 억울한 일이 아니옵니까? 대감께서 만들고자 하는 세상은 그런 일이 없는 세상이 아니옵니까. 계집이라 하여, 소리를 할 수 없는 것은 그 아이에겐… 너무나 가혹한 일입니다, 대감."

간곡하게, 이야기를 끝낸 재효를 바라보던 하응의 표정은 짓궂은 미소로 점철되어 있었다. 그는 침묵을 깨곤 물끄러미 상대를 바라보았다.

"거룩하네?"

"……."

"사랑, 평화, 평등… 뭐 그런 건가? 마치… 천주학 교리 같구나."

"대감, 그게 무슨……."

"자네가 예수고 그 계집이 베드로란 말이지 않나. 예수는… 십자가에 못 박혀 죽었다면서."

날카롭게 찌르는 대원군의 눈빛에 재효는 침을 삼켰다. 상황이 암담하게 흘러가고 있었다.

* * *

"나으리! 워메, 나으리!"

훤한 대낮의 광화문 육조거리에는 따가운 햇살이 가득했다.

센 바람이 불지는 않았으나 미세한 공기는 먼지를 일으켜 세상을 희붐하게 만들었다. 세종은 포승줄에 묶여 끌려가는 죄인들의 행렬을 쫓으며 목청이 터져라 소리를 질렀다.

"나으리! 아따 나으리!"

지금 세종은 재효가 왜 저 줄 끝에 걸려 있는지 도무지 이해할 수가 없었다. 전날 밤, 다함께 술 한잔을 꺾고 잠이 들었다. 헌데 눈을 떠보니 재효가 있어야 할 자리가 휑하니 비어 있었다. 그래 아침 댓바람부터 아이들을 풀어 재효를 수소문하고 있었는데, 육조거리를 지나는 죄인 행렬에 재효가 섞여 있는 게 아닌가.

면면을 살펴보니 얼굴이 맑아 천주교도들로 보이는데, 도통 재효가 왜 저들 사이에 있는지는 알 방도가 없었다. 그는 행렬을 둘러싼 채 걷는 포졸들의 삼엄함에 가까이 다가가지도 못했다.

"나으리!"

힐끗, 재효가 세종의 목소리를 들었는지 그들을 향해 눈을 돌렸다. 반갑고 황망한 마음에 세종이 줄로 다가서는데 포졸이 방망이를 휘두르자 헉, 하고 맞아 쓰러지고 말았다.

끌려가던 재효가 힘없는 얼굴로 그들을 돌아보고, 구경꾼들에 섞여 있던 칠성과 용복, 채선은 놀란 얼굴로 달려왔다.

"아따, 사람 잡겠네… 시방!"

몸을 털며 재차 다가서던 세종을 포졸이 다시 두드렸고, 그대로 맞아 쓰러졌다. 세종은 연달아 얻어맞자 헛웃음을 쳤다. 꼭지가 돈 표정이었다.

"옘병! 사람을 왜 때려… 아, 말로 하면 될 것을 사람을 왜 치냐고!"

세종이 몇 걸음 앞으로 걸어가, 겁도 없이 행렬의 맨 앞에서 말을 타고 있던 포도청 관리를 향해 악다구니를 질렀다. 눈에 뵈는 것이 없는지 눈동자가 팽글팽글 돌아갔다.

"여보쇼!"

포도청 관리는 말을 탄 채 돌아보았고, 세종은 특유의 쩌렁쩌렁한 울림으로 외쳤다.

"아니, 왜 잡아가는지 말이라도 해달랑께! 저 냥반은 퍼엉생 소리밖에 모르는 사람인디, 뭔 죄를 지었으면 뭔 죄를 지어서 요렇다! 요로코롬 말을 해싸줘야지, 뭔 말도 안 해주고 끌고 가면 우짠디야, 뭐라고 시방 말이라도 해달랑께!"

종알종알, 벌레 우는 소리밖에 안 되는 모양이었다. 포도청 관리는 기백 좋게 소리치던 세종을 흘겨보며 밑에 있던 포졸대장에게 눈짓을 보냈다. 포졸대장이 방망이를 들고 득달같이 다가섰다.

"아니, 내 말은 고… 고것이 아니라… 뭔 말을 해싸주셨으면 하는디… 아이고, 악!"

포졸대장의 방망이질에 세종은 또 다시 헉, 하고 맞아 쓰러졌다. 이번에는 쓰러진 세종에게 연이어 매질이 계속되었고, 칠성과 용복이 헐레벌떡 말리려 달려들었다. 무릎 꿇고 싹싹 빌며 통사정을 하여도 포졸대장은 폭행을 멈추기는커녕 말리는 칠성과 용복에게까지 손찌검을 했다.

채선은 이러지도 저러지도 못하고 멀어져가는 재효를 바라보기만 할 뿐이었다. 맨발로 오랏줄에 묶여 끌려가는 스승의 몰골은 처참하기 그지없어 가슴이 아려왔다.

재효도 끌려가는 사이 채선과 눈이 마주치지만 이내 고개를 돌려버리고 말았다. 그는 전날 밤, 하응이 했던 말을 곱씹어보았다. 무슨 억하심정으로 이러는지 알 길이 없었다. 그는 하응이 내건 불합리한 내기 조건을 곱씹듯 상기했다.

＊ ＊ ＊

"잠깐, 잠깐, 잠깐만……. 동리 선생, 그래도 우리가 하루 이틀 본 사이도 아니고, 여사 친분도 아닐진대 내 그대를 이리 박대하는 것은 옳지 않은 것 같군. 게다가 그대는 내게 진 빚도 있지를 않은가. 나를 위해 무언가 쓰임이 되고 싶다 그리 생각하지 않았는가? 그렇다면 내 그대에게 살 기회를 주겠네. 나와… 내기를 해보자는 이야기야. 그대가 예수고 그대의 제자가 베드로라면, 자네의 베드로는 선생을 배신하겠는가, 아니면 함께 십자가를 짊어져 주겠는가? 내하루 말미를 주지. 그대의 제자가 선생을 배신하지 않는다면… 그대는 천주학쟁이도 아니고, 그대의 제자가 베드로도 아닌 걸세. 그럼 내 그대의 목숨을 살려주지. 그때는… 그 잘난 제자의 소리도 한 대목 들어주겠네. 말미는 내일까지일세."

재효는 눈꺼풀을 닫곤 속으로 침잠해들었다. 아무것도 하지 말거라. 그 아이에게 조금의 허튼 수작도 부리지 말거라.

재효는 돌부리에 맨발을 채이면서도 채선의 안위를 걱정했다. 아무래도 하응의 장난놀음에 덜컥 걸려버린 느낌이었다. 차라리 세종이 어서 채선을 데리고 귀향하기를 바랐다.

심청 등대

하나 둘 동리에 밤이 깔리면서 포도청의 홰는 불을 밝혔다.

채선은 거리를 오가는 사람들 한가운데 서서 어쩔 줄을 몰라 발만 동동 굴렀다. 반쯤 열린 문 너머로 보이는 포도청 앞마당에서는 누군가 매타작을 당하는지 곤장소리와 비명소리가 섞여 들려왔다. 채선은 하얗게 질린 낯으로 안쪽을 훔쳐보았다.

좀 더 가까이 다가가고 싶었으나 경비가 삼엄하여 다가가기에도 벅찼다. 그미는 망연자실하여 바라만 보다 숨이 막혀오는지 가쁜 숨을 몰아쉬다 눈물을 떨궜다. 흐느낀다. 비명의 주인공이 혹, 스승은 아닐는지……

그녀는 간장이 끊어지고 오장이 뒤틀렸다. 날씨도 쌀쌀해져 차가운 옥중에 계시면 쉬이 병을 얻으실지도 모를 일이었다. 채선은 손에 쥔 여벌옷을 가슴에 꽁꽁 부여안곤 열리지 않는 문을 향해 울었다. 서럽게 눈물을 집어삼켰다.

그때, 포도청 문이 열리면서 포졸들의 행렬이 빠져나오기 시작했다.

그미는 혹 들어갈 구멍이 보일까 숨을 죽이며 바라보는데 포졸들이 이끄는 행렬은 죄인이 아니라 기생들이었다. 채선은 잠자코 수십 명의 기생들이 장옷으로 몸을 가린 채 얼굴만 빠끔히 내밀어 이동하는 광경을 지켜보았다.

포졸들의 호위를 받으며 이동하는 계집들에게서 분내와 함께 암팡진 사향내가 풍겨왔다. 채선은 유심히 그네들의 면면을 하나씩 살펴보았다. 이 줄이 어디로 향하는 길일꼬. 야밤에 포졸들이 이끌어 가는 곳이라면 높으신 양반의 놀이일 것이 분명했다. 그리고 그 안에는 분명, 재효를 하옥한 대원군 대감도 있을 터였다.

채선은 몸 안에서 끓어오르는 열기에 눈을 반짝이며 계집들에게 가까이 다가들었다. 기생 행렬의 맨 끝줄로 뒤따르던 채선의 눈에 누군가 익숙한 얼굴이 띄었다. 고향 기생집의 친구, 방울이었다.

방울이 또한 채선과 눈이 마주쳤던지 놀란 표정을 지으며 그녀를 바라보았다. 채선이 날래게 뛰어 방울의 손을 모아쥐었다.

"웬 계집이냐?"

"저… 늑장을 부린 탓에 줄을 따르지 못했나이다."

채선이 자신을 붙잡은 포졸에게 교태스러운 미소를 흘렸다. 반면 방울을 잡은 손은 덜덜덜 떨리고 있었다.

"예, 나으리. 이 계집이 행동이 굼떠서 맨날 이 모양입니다. 당도하는 대로 채비는 마칠 것이니 그 아이를 놓아주시지요."

방울이 채선을 잡던 포졸의 손을 놓고 저에게로 끌고 갔다. 그녀는 당황한 표정이었지만 흔들림은 없었다. 방울이 말문을 뗐다.

"이런 식으로 다시 볼 줄은 몰랐다. 채선이 너… 지금 무슨 일을 꾸미려고 이러느냐?"

"방울아……. 한 번만… 한 번만 도와다오. 스승님께서, 스승님을… 살려야 한다. 안 그러면 내가 가슴이 터져 죽을 것 같아, 방울아."

채선이 으스러지는 소리로 호소했다. 방울의 두 동공이 커다랗게 변했다. 방울이 알고 지냈던, 함께 커갔던 채선은 이리 절절하게 울던 아이가 아니었다. 울어야 할 상황에서도 외려 아득바득 독하게 눈물을 삼키는 아이였다. 그런데 지금 채선은 모든 걸 내려놓고 여인다운 울음을 흘렸다. 채선은 여인이 되어 있었다. 방울은 가만히 고개를 끄덕였다. 자매가 좋다는 말이 괜히 있는 것은 아니리라.

* * *

도성을 휘감아 황해로 접어드는 한강 물줄기는 넓고 푸르렀다.

어둑한 그늘이 뒤덮은 밤의 한강 위, 낙성연 전야제로 떠들썩한 강가에는 벌써 여러 척의 배들이 오색 빛깔의 지등을 매달고 장관을 이루었다. 세 척의 배를 한 데 묶어 마련한 수상무대에는 기생들이 가득 앉아 있었고, 그녀들 앞에 선 무희는 화려한 검무를 선보였다. 계속되는 삼현육각의 검무 반주 속에서 무희들은 하늘하늘 한 마리의 나비같이, 꽃 같이 춤을 추었다.

각종과일과 산해진미, 청에서 진상되어 온 술과 기생들로 관리들은 거나하게 취한 모양이었다. 압구정의 커다란 정자 안, 부귀공명다 버리고 해오라기를 벗 삼아 강가에서 지내겠다던 한명회도 조선조 최고 권력을 지닌 사내였다. 그러니 낙성연 전야제 장소로 하응이 압구정을 택한 것은 어찌 보면 당연한 일이었는지도 모른다.

이곳 정자에서 바라보는 강의 풍경은 유속이 느리고 뱅뱅 맴돌아 평안하고 제법 운치도 있었다. 하응은 상석에 앉아 관리들의 아첨을 따분하게 들었다. 그의 눈길은 다만 강 위의 등불과 무희들의 율동 그리고 장악원에서 불러들인 악공들의 연주 한 음 한 음에 기울어져 있었다.

"대감, 경복궁 중건을 감축드리옵니다."

"왜놈들이 짓밟은 궁궐을 바로 세우신 일은 조선 왕조에 있어 대원위대감밖에 못하시지요."

"그뿐입니까? 서양 되놈들에게서 조선을 수호하고 계시는 분 역시 대원위대감이 아니십니까? 지금 청나라에서는 양이들이 들끓어 백성을 도탄에 빠뜨린다 하옵니다. 헌데 대감께서는 어찌하셨습니까! 작년 불란서 놈들을 생각해보십시오. 대감의 서슬에 놀라 꽁지가 빠져라 도망가질 않았습니까."

우하하하, 대원군을 제외한 나머지 사람들은 과장되게 웃음을 만들었다. 하응은 고개만 까닥였다.

지루하고 볼품없는 인사들. 하응은 귓가에 쟁쟁한 단 말들은 흘려버리고 무희의 춤에 빠져들었다. 나풀나풀, 붉고 푸르고 누런 천들이 허공을 가르다가 바닥으로 추락했다. 하응은 검무 반주를 끝낸 악공과 무희들에게 술 한 잔을 내리고 다시 등불로 시선을 옮겼다.

정자 위 취흥은 한층 고조되어 가고 기생들 속에서 가야금을 두고 있는 방울이는 뚱뚱, 줄을 뜯는 데 열중했다. 그녀는 애써 긴장한 빛을 숨기며 채선을 눈으로 좇았다.

이제 방울은 심호흡을 하고 가야금 연주에 집중했다. 미세하게 떨리는 줄의 끝. 하응은 그녀의 손가락을 응시하며 가느다란 두려움을 읽었다. 그는 괴이하게 여기며 방울을 주시했다. 곧 그녀의 반주에 맞춰 수상무대로 기생 한 명이 등청하자 양반들의 입에서는 기탄없는 기쁨이 쏟아졌다.

작고 아담한 계집, 이제 막 꽃망울이 무르익어 가장 달디 단 한 철을 보내는 과실. 하응도 방울에게서 눈길을 거두고 무대 위의 기생에게 시선이 못 박혔다. 왜소한 체구에 비해 자못 진지하고 결기가 찬 눈빛. 다른 이들은 기생의 굴곡과 얇은 박사 천 뒤로 숨은 젖가슴을 헤아렸지만 하응은 보통 내기의 계집이 아니라는 것을 간파했다. 그녀가 고개를 숙여 예를 갖추더니 권주가를 불렀다.

"불로초로 술을 빚어."

일시에 세상의 소리들이 사라진 듯 강폭을 진동하는 계집의 울림만이 맑고 청아하게 가득했다. 소리는 구성지게 높았으며 듣기 좋게 삭아 있었다.

대원군은 몸을 일으켜 계집의 이목구비를 더욱 자세히 들여다보았다. 올망졸망 커다란 눈과 오똑한 콧날, 노래를 부르는 작은 입술은 꽃잎을 두 개 찍어 붙인 듯, 귀염성이 있었다.

하응은 열없던 기색을 지우고 계집의 음색을 탐하였다. 여인은 노래하는 것을 멈추지 않았다.

"만년배에 가득 부어, 비나이다~. 남산수를 약산동대(藥山東臺) 어즈러진 바위 꽃을 꺾어 주를 노며 무궁무진 먹사이다~."

"그만."

홀린 듯 여인을 쫓던 대원군이 속삭이듯 외쳤다. 그러자 관리가 '멈추어라!' 크게 소리치고 기생은 권주가를 멈추었다. 방울 역시 가야금 연주를 중단한 채 발발 사시나무 떨 듯 떨었다.

계집은 배 위에 서서 애써 침착을 유지하며 눈매를 번득였다. 하응은 정자에서 일어나 친히 계집에게로 발걸음을 옮겼다. 관리들이 도열하듯 양쪽으로 열어주는 길을 따라 그는 채선의 배 지척까지 다가가 섰다.

말없이, 신기한 물건을 보는 양 계집을 눈에 담았고, 여인은 조심스럽고 단단한 눈빛으로 피하지 않고 눈길을 맞받았다. 정적. 잠시 그들 사이에 촘촘한 공백이 흘렀다.

"네 권주가는 내가 듣던 것과는 사뭇 다르구나. 기생의 소리가 아니야."

하응이 채선을 향해 운을 틔웠다.

"저는 기생이 아니옵니다."

채선도 합을 받아 말을 이었다.

"기생이 아니면 무어란 말이냐."

사내의 목소리에서는 호기심이 진득하게 배여 있었다. 채선은 흡,
숨을 들이켜며 다시 말을 토해냈다.

"저는 소리꾼입니다."

과연……. 하응은 예상하고 있었다는 듯, 고개를 끄덕였다. 정자
너머 등대하고 있던 필주를 흘깃 보며 과연 물건이구나, 코끝을 찡
긋 했다. 하응은 채선을 지그시 바라보았다.

"그 계집이 너로구나."

영악한 어투. 채선은 그의 말이 끝나자 일초의 망설임도 없이 입
을 열었다.

"제 스승님을 살려주십시오."

"지금 약조를 바라는 게냐."

"그러하옵니다."

"어찌 내가 네 청을 들어줄 것이라 생각하는데?"

"스승님께서… 스승님께서 대감을 믿고 따르셨기 때문입니다."

하응은 연신 유흥이 인다는 표정으로 채선의 작은 입을 들여다보
았다. 계속해보거라. 조잘조잘 작은 새가 떠드는 목소리에 그는 기
분 좋게 투덜거림을 받아주었다.

"스승님께서는 대감을 믿으셨습니다. 대감께서 다스리시는 조선에서 대감을 위한 소리를 발견하고자 노력하셨지요. 그런 스승께서 양이를 두둔하실 리도 없거니와, 대감께서 미천한 소리꾼을 그저 심술로 하옥시키셨을 거라고도 생각지 않습니다. 뭔가 뜻하는 바와 바라는 바가 있으시겠지요. 해서, 제가 이 자리를 찾아 대감의 뜻을 전해 듣고 스승께 말씀을 올리고자 하옵니다. 그리하실 생각이 아니셨습니까?"

당돌한 계집. 하응은 입가의 미소를 거둔 후, 엄한 목소리로 말했다.

"소리를 해보거라."

네 청을 들어줄지 말지는 그 다음이렷다.

채선은 대답도 하지 않고 겁도 없이 그의 눈을 응시했다. 작은 계집이 물러서지 않고 치고받는 것이, 눈 안에서 수천 수백 합들이 날고 튀었다. 길게 느껴지는 몇 초간의 적막 속에서 채선은 미동도 하지 않다가 순간 눈동자에 눈물이 괴었다. 북 장단도, 고수도 없는 고요 속에서 채선은 발가벗은 기분으로 입을 열었다. 처절한 음색이 듣는 이의 가슴을 미어지게 만들었다.

"여보시오, 선인님. 네 억십 만금 퇴를 내어 본국으로 가시거든, 우리… 우리 스승님… 위로하여 주옵소서."

채선은 질끈 눈을 감았다. 그녀의 눈가에서 눈물이 참방거렸다.

"글랑은… 염려 말고… 어서 급히… 물에… 들라……."

숨도 쉬지 못하고 양반들은 채선의 소리에 쏠려 무아지경에 빠져

들었다. 식욕도, 육욕도 잠시 머릿속에서 잊어졌다. 오로지 채선의 소리와 청이의 구슬픈 사연에 매료된 이들은 그녀의 소리에 안달을 냈다.

반면 채선은 대원군이 자신을 바라보거나 말거나, 양반들의 시선이 자신을 향해 쏠리거나 말거나 그저 울면서 커다랗게 소리를 뽑아 냈다.

"심청이 거동 봐라, 새별 같이 눈을 감고, 이리 비틀 저리 비틀, 뱃전으로 나가더니, 다시 한 번을 생각한다……."

또르륵, 그녀의 속눈썹에서 눈물이 떨어졌다.

채선은 옥중에 있을 재효를 그렸다. 그의 눈망울과 콧김 그리고 심장의 박동소리를 떠올렸다. 그를 위해 뛰어내려도 될 성싶었다. 청이가 아비를 살리고저 몸을 던지듯 제 몸뚱이 하나 재효를 위해 던져봄직했다.

채선은 잠시 소리를 멈추고 배 끝으로 나아가 섰다. 대원군은 눈 하나 깜짝이지 않고 채선의 몸새를 살펴보았다. 너름새가 가히 칭찬해줄 만하구나……. 채선은 감정을 실어 구성진 소리를 내질렀다.

"만경창파 갈매기격으로 떴다 물에 가, 풍!"

풍덩!

채선이 '풍' 소리에 맞추어 망설임도 없이 대원군과 배 사이의 물 속으로 제 몸을 내던졌다. 요란한 소리와 함께 강에는 물그림자가 원을 그렸다. 보글보글, 그녀의 공기방울이 물 위로 떠오르며 채선의 그림자는 더욱 웅숭깊게 아래로 떠내려갔다.

대원군은 가만히 있다 한 대 뒤통수를 맞은 듯 호탕하게 웃어젖
혔다.

하하하하, 하하하.

많은 것이 녹아내린 웃음이었다. 웃음을 본 관리들은 무사들을 시
켜 채선을 건져오게 했다. 사내들이 강으로 뛰어들었다.

                        * * *

"동리 신재효……."

물으로 건져낸 채선은 오들오들 떨며 대원군 앞에 몸을 숙이고 있
었다. 대원군은 과거의 어느 한 자락을 되새기는 얼굴로 말을 이어
갔다.

"내 오래전 만났던 너의 스승은 제법 기백이 있고 지조가 있었는
데……. 입신양명이나 청탁하는 꼴이 실망스러워 죽이려 했다. 헌
데… 계집이 소리를 하다니, 신기할 노릇이야."

정자 안 관리들과 기생들은 대원군과 채선을 감싸고 있었다. 그들
도 그녀의 신이한 소리에 감명하였는지 웅성거리며 시선을 두었다.

채선은 낯빛이 질려 입술이 시퍼렇게 변한 채 대원군의 다음 말을
기다렸다. 그 풍경이 꼭 용궁에 처음 와 혼비백산한 심청이가 용왕
을 만나는 모습과도 닮아 있었다.

"약조는 들어주겠다."

"마… 마… 망극… 하옵니다."

나오지 않는 목소리를 간신히 쥐어짜며 채선이 대답했다. 하지만 하웅은 전보다 더 음험한 표정으로 채선을 바라보았다.

"허나, 나와 내기를 해야 한다."

뜻밖의 요구에 채선이 고개를 들어보았고 하웅은 그녀의 눈을 똑바로 마주보았다.

"너에게 기회를 주는 것이기도 하지."

"……"

"낙성연에서 장원을 해야 할 것이다. 주상뿐 아니라 많은 사람들의 허락을 받아야 한다. 그렇게만 된다면, 너는 조선 최초의 여류 명창이 될 것이고, 네 스승은 그토록 원하던 입신양명도 이룰 수 있을 것이다. 또한 네 스승이 그리 나를 믿고 내게 보탬이 되고 싶었다면, 더더군다나 낙성연에서 장원을 하거라. 내 사람으로서 나를 위해 노래를 하고 그 영광을 내게 넘기거라."

"……"

"허나, 그렇지 못할 경우… 호의를 무시하는 꼴이 되니, 참형을… 면치 못할 것이다."

후후후, 대원군은 말을 마치곤 께름칙하게 웃었다.

채선은 고개를 푹 숙이며 한숨을 쉬었다. 산 넘어 산이라고, 그의 의중을 알 길이 없었다. 무엇을 바라는가.

왠지 사내는 저희를 두고 도박을 벌이고 있는 것 같았다. 하지만 이내 채선은 고개를 흔들곤 비틀거리는 몸을 이끌어 스승이 있을 관아로 뛰었다.

심란한 내일의 걱정보다도 오늘 이 순간 재효를 꺼내는 것이 채선에겐 첫 번째였다. 그미는 물에 젖은 옷도 갈아입지 않은 채 달렸다.

한편, 대원군은 달아나듯 떠나는 채선의 뒷모습을 바라보며 흐뭇하게 미소를 지었다. 예상했던 것보다도 훨씬 미려한 장기 말이었다.

낙성연! 낙성연은 성공해야 했다. 그의 입지와 평판을 위협하는 자들에게 건재함을 확인시켜주어야 할 터였다. 그러자면 매혹적인 장기 말이 필요했다. 그는 정자 너머 그림자 속에 숨어 있던 필주를 향해 하얀 이를 드러내 보였다. 그를 향하던 반감과 지지를 반전시키고 권위를 높일 기회였다.

낙성연

으윽, 산재하는 신음소리에 재효는 귀를 틀어막았다. 살이 타는 냄새와 피비린내가 감옥을 가득 메웠다.

재효는 끌려온 천주교도들 몇과 함께 옥에 갇혀 있었다. 봉두난발, 멍하니 풀어헤쳐진 머리를 하고 있던 재효는 며칠 사이 야위고 말라 있었다. 먹을 것을 제대로 섭취하지 못한 탓이었고, 뭣보다 무기력하게 쪼그라드는 마음의 병을 걷잡을 수 없던 탓이었다.

그는 빠져나갈 수 없는 수렁에 발을 들인 양 창살에 머리를 대곤 소리 한 대목만을 읊조렸다. 언제나 그랬듯, 그가 즐겨 부르던 '쑥대머리'였다.

"쑥대머리 귀신형용 적막옥방 찬 자리에……."

춘향의 그리움이 맞닿은 것인지 재효는 웅얼웅얼 한참을 중얼댔고 이몽룡 찾아오듯 포졸 하나가 그가 갇혀 있던 옥방으로 다가왔다.

툭툭, 창살을 방망이로 몇 번 친 사내는 재효에게 나오라는 듯 손짓했다. 그는 일이 어찌 돌아가는지를 알 수 없어 어두운 표정으로 통로를 걸어 나갔다.

열 보쯤 뒤, 포졸들 사이로 채선의 파리한 낯이 눈에 들어왔다. 아이는 두 눈가가 발그레 부어올라 울었던 흔적이 여실했다.

채선은 날래게 뛰어 재효에게로 성큼 다가섰다.

"스승님… 스승… 님."

재효의 핏기가 밴 옷깃을 부여 쥐고 채선은 흐드러지게 울었다. 그미는 야윈 사내의 얼굴을 바라보았고, 흐트러진 머릿결을 쓰다듬었다. 채선은 다리를 절뚝이는 재효를 부축하여 포도청을 벗어났다.

"너 어찌……. 옷이 왜 이리 다 젖은 게냐?"

재효 역시 입술이 파랗게 질려 꽁꽁 얼어붙은 채선을 흘끔댔다.

미처 갈아입지 못하고 뛰어온 탓에, 채선의 한복은 축 달라붙고, 냉기가 스며들었다. 하지만 신경도 쓰지 않은 채 스승의 이마에 맺힌 피딱지를 닦는 데 열중했다.

"채선아! 너… 대원군을 찾아갔더냐?"

대원군. 채선은 그 의뭉스럽고 냉혹한 사내의 얼굴을 떠올리며 진절머리를 쳤다. 그미는 스승의 눈을 피하지 못하고 고개를 끄덕였다.

"무엇을… 네가 무엇을 약조하였느냐?"

재효는 답이 두려워 입술을 깨물었다.

어쩌면 처음부터 다 제 욕심이었을지 몰랐다. 자신의 처지와 채선을 동일시해 동정하고 연민한 오만과 욕망. 그저 고창 바닥에서 소박하게나마 계집에게 소리를 가르쳐도 나쁠 것은 없었으리라. 헌데 아이를 이끌고 한양까지 따르게 했던 것은 자신이었다. 지금 되돌려보니 돌아갈 길 없는 미로로 들어선 것은, 재효 그였다. 그 곁에 엉겁결에 따라붙은 불쌍한 이녁들이 채선을 비롯한 세종과 칠성, 용복이었다.

재효는 심중을 헤아릴 수 없는 하웅이 두려웠다. 그가 알았던 사내는 진즉에 사라졌던 것이다. 재효는 자책이 일어 고개를 숙였다. 채선도 멍하게 얼이 빠져선 입을 열었다.

"스승님. 지는요, 소리를 할라요. 울고, 웃기는… 그런 소리를 할라요. 스승님! 그러니까… 지허고 내일 소리를 해주세요."

애원하듯, 채선이 자분자분 속삭였다. 재효는 미소인지 울상인지 모를 표정으로 머리를 수그렸다. 눈물이 솟구쳤다.

"그래… 가자꾸나. 그렇게 하자꾸나."

눈을 감았다 뜬 재효는 채선을 데리고 주막으로 방향을 틀었다.

스승과 제자의 멀어지는 뒷모습 위로 도리화 꽃잎이 흩날렸다. 재효는 흥얼흥얼 소리를 했고, 채선도 음을 뒤따랐다.

"쑥대머리 귀신형용 적막옥방 찬 자리에……."

얼쑤! 그가 제 옷고름 밑에서 오래된 부채를 꺼내 펼쳐들었다. 채선도 나뭇가지를 하나 찾아 활짝 펴는 추임새를 곁들였다. 밤이 저물어가고 있었다.

* * *

악공들의 연주에 맞춰 대취타 소리가 울려 퍼졌다.

경복궁 경회루는 낙성연 준비로 일찍부터 소란스러웠다. 수라간에서는 주상과 대비, 왕실 종친과 대소신료들의 식사까지 준비하느라 밤새 깎고 다듬고 자르는 행위를 반복했다.

더불어 악공과 무희들은 춤의 동선을 맞추고 악기를 점검하느라 정신없이 분주했다. 오늘은 대원군의 치적을 기리는 자리이자 조선의 왕권을 드높이는 연회였다. 한 치의 실수도, 흐트러짐도 용납될 수 없는 공기. 준비는 차곡차곡 완성되어 갔다.

"주상 전하 납시오."

"대비 마마 납시오."

"중전 마마 납시오."

닫혔던 문이 열리며 고종과 왕후가 입장했다.

연못 위에 위치한 경회루 앞에서 궁중악사들은 태평소, 북, 징을 연주하였고, 왕과 왕후는 계단을 밟고 상층으로 올라섰다.

미리 와 있던 대원군은 너스레를 떨며 아들과 며느리를 맞아들였다.

"전하, 옥체 강녕하신지요. 중전마마와 대비마마께서도 강녕하셨습니까?"

"아무렴요. 아버님께서 이리 보필해주시니 힘들 것이 무에가 있겠습니까."

껄껄껄, 기분 좋은 대원군의 웃음소리가 경회루와 연못을 울리자 조대비는 짐짓 여유로운 척 미소를 가장했다. 대비가 대원군을 불러 잔을 채워주었다.

"대원군이 주상을 보필하여 정치를 바르게 이끄시니 내 마음도 심히 기쁩니다. 일전에 있었던 천주교도들의 사특한 소문 또한 잘 정리되었다고 하니 만사가 형통합니다그려."

늙은 퇴물 같으니라고······.

대원군은 천주학을 빌미로 자신을 견제하려던 조대비를 바라보며 웃음을 흘렸다. 은근한 도발이었다. 그는 대비가 준 술잔을 한 홉에 들이켜며 신명난 척 너름새를 펼쳤다. 오랜만에 보는 파락호의 모습이었다.

"예부터 정사를 잘하고 잘못함은 사람을 잘 얻고 잘못 얻는 데 있다고 하였습니다. 대개 인군의 정사는 사람을 얻는 것을 기본으로 삼는 것이니, 사람을 얻은 뒤에라야 경회(慶會)라 이를 수 있는 것이고요. 오늘 이 자리, 경회루는 그런 의미를 지닌 곳입니다. 어진 임금과 총명한 신하. 사람을 얻는 정사를 펼치는 곳, 그리하여 경회로 나아가는 것. 오늘 낙성연은 임란 이후 방치되었던 조선의 중심을 회복했음을 축하하는 자리이옵니다. 더불어 준공에 동원된 수많은 백성들, 전하와 제가 얻었던 사람들의 노고를 치하하는 자리이기도 하지요. 소신, 언제까지고 전하를 위하여 옳은 길로 정사를 보겠나이다. 더불어 사람을 잘 얻고 잘못 얻는 것에 있어서 항시 조심하고 또 경계하겠나이다."

하응이 조대비와 조두순, 김좌근을 휘 둘러보며 경고하듯 말을 이어나갔다. 서로에 대한 견제는 끊임이 없을 성싶었다.

이제 고개를 끄덕인 임금과 왕비는 각각 자리에 착석하였고, 하응은 경회루 연못을 내려다보며 연회의 시작을 알렸다. 연못 주변의 관료들, 구석의 부역민들도 몸을 숙이고 낙성연을 기다렸다.

둥! 둥둥 두웅둥!

북소리가 들리면서 낙성연이 시작되었다.

* * *

모퉁이를 돌자 듬성듬성, 고수와 소리꾼 여남은 명이 연회에 나서기 전 차비를 마쳤다.

재효도 궁에서 나누어준 새 옷으로 갈아입곤 후원으로 걸어갔다. 저 앞 오색한복을 곱게 입은 여인의 뒷모습이 사내들 틈에서 유독 튀었다. 홍일점이라⋯⋯.

채선은 붉은 저고리에 잿빛치마를 입곤 곱게 쪽까지 진 모습이었다. 한 떨기 풀포기 같던 아이는 사라지고 어느덧 눈앞엔 도리화인 양, 모란꽃인 양 만개한 처녀가 서 있었다.

재효는 사내들 사이에서 한 사람의 어엿한 소리꾼으로 자리한 채선이 대견하기도 하고 안쓰럽기도 하여 지그시 바라보았다. 반면 채선은 반쯤 넋이 나간 표정으로 스승을 맞이했다.

아이는 아무 말도 하지 않은 채 그저 불안함을 숨기고 감춘다. 재효 역시 그런 그녀를 불안하게 쳐다보지만 내색하지 않으려 이를 악

물었다.

재효가 소리를 하기 전 목을 풀 요량으로 단가를 읊조렸다. 그가 옷깃 사이에서 부채를 꺼내 활짝 펼쳤다. 채선도 스승을 따라 짧은 단가를 흥얼거렸다. 그녀는 스승의 낡고 꾀죄죄한 합죽선을 오래도록 바라보았다. 그 옛날 처음 보았던 이래로부터 단 한 번도 바뀌지 않고 그의 곁을 지키던 부채였다. 채선은 재효의 합죽선을 바라보더니 꼴깍 침을 삼켰다.

* * *

아무 소리도 들리지 않는 고요한 경회루.

해는 뉘엿뉘엿 북악산과 인왕산 너머로 저물어가고 경회루 연못은 석양으로 붉게 물들어갔다. 그 위로 작은 파장인 양 배 한 척이 미끄러지며 들어왔다. 화려한 칠보와 진주로 장식을 한 배 위에는 합죽선을 든 채선과 북을 잡고 있는 재효가 자리했다.

채선의 부들부들 떨리는 손에는 재효의 남루한 합죽선이 쥐어져 있었다.

그녀는 배 위에 서서 두렵고, 떨리고, 불안한 마음을 삭이려 다독였다. 주변을 살피자 사람들의 의아한 표정들이 눈알에 쏙쏙 박혔다.

그녀가 재효를 바라보자 스승은 가만히 고개를 가로 저어준다. 신경 쓰지 말거라. 채선도 두방망이질 치는 가슴을 누르며 마음을 진정시켰다.

연못가 한켠에 마련된 관람석에서는 작은 소란이 일었다. 소리꾼 이랍시고 계집이 나온 것은 난생처음 보는 일이었다.

아무리 경복궁 중건을 치하하고 대원군의 업적을 기리는 날이라 하여도 계집이 판소리라……. 과한 행사였다.

급기야 양반들의 입에서는 불만이 쏟아지고 조대비와 안동 세력들의 입가에는 미소가 걸렸다. 대원군은 싸늘하고 무미건조한 표정으로 채선과 재효를 내려다보았다.

한편, 민초들 역시 처음 겪는 광경인지라 더 앞으로 나아가기 위해 복작거렸다. 그들은 하나같이 뭔가 이상하다는 표정으로 채선을 바라보았다. 포졸들 또한 민초들을 통제한다고 애를 먹으며 채선 쪽을 향해 얼굴을 찌푸렸다. 감히 계집이 왕과 양반들 앞에서 소리를 푼다니…….

이 얼마나 해괴하고 망측한 일인가. 기생도 아닌 과년한 처자가 음전하지 못한 처사였다.

경회루 근처에 자리 잡은 관료들은 멀찍이서 공연을 내려다보며 미간을 찡그렸고, 칠성과 용복은 불안하게 시선을 두며 스승과 채선을 바라보았다.

모두가 숨을 죽인 가운데, 채선의 배가 경회루 앞에 멎었다. 채선은 정면을 향해 바르르 떨며 고개 숙여 예를 표했다. 상층에 앉아 있던 고종과 왕후 또한 무언가 잘못되었다는 듯 눈치를 살폈지만 대원군은 가만히 입을 닫은 채 채선과 재효를 응시했다. 그러자 고종도 아비를 보며 가만히 고개를 끄덕였다.

구경꾼들 뒤편에서 몸이 성치 않은 김세종도 어두운 표정으로 그들을 보기 위해 자리를 털고 일어섰다. 재효가 후웁, 북을 끌어당기며 소리를 시작하려 했다.

"채선아."

나지막이 채선의 귀에만 들릴 듯 단조롭고 편안한 재효의 음색이 귓가로 날아들었다.

채선은 너무나 긴장한 나머지 뒤도 돌아보지 않고 떨리는 목소리로 대답했다.

"예… 스승님."

"시작하자."

쿵딱!

재효가 북을 치자 아직 긴장이 풀리지 않은 채선은 어정쩡한 자세로 입을 열었다. 공연이 시작되었다.

"도화는… 봄 향기라… 이름을 봄 춘자 향기 향자 춘향이라 지었더라."

채선은 수십 수백 개의 눈동자가 자신을 향하니 몸이 움츠려드는 착각에 빠졌다. 자연히 작고 자신 없는 목소리가 움트고, 대원군은 날카롭게 그녀를 쏘아보았다.

덜덜, 손가락이 떨리고 이를 달막인 채선은 고개를 들었다가 대원군의 엄한 낯과 마주치고 말았다. 딸꾹, 속에서 두려움이 고개를 치며 눈물까지 나올 지경. 채선은 정신을 차리지 못하고 발발발 강아지처럼 몸을 떨었다. 이때, 굵직한 재효의 목소리와 적당한 감촉의 합죽선의 종이 질감이 손가락에 아로새겨졌다.

"계집아이라……."

얼쑤!

재효가 북장단을 치고 채선을 향해 그리고 대원군과 구경꾼들을 향해 큰 목소리로 아니리를 했다. 그는 모든 짐을 내려놓은 듯 외려 평안한 표정이 되어 공연장 위에 서 있었다. 역시, 재효는 판 위에 서 있을 때 가장 빛나는 사람이었다. 채선은 눈을 들어 스승을 바라보았다.

"아랫도리에 방울 두 개 없이 태어난 죄로 소리 한 번 하기 이렇게 힘들구나. 이럴 줄 알았으면 삼신 할멈 붙잡고 사내가 아니면 나가지 않겠소, 하고 생떼라도 썼을 것을."

재효의 이나리에 대원군과 고종, 양반들은 냉랭한 눈치였고, 칠성과 용복, 세종은 저 인사가 어찌 수습을 하려 이러는가 아질하여 쳐다보았다. 다만 채선만이 재효를 바라보며 점점 두려움에서 벗어나 웃음이 번지는 표정이었다.

"사는 것이 서럽디 서럽고, 먹구름이 구만리까지 자욱하고. 첩첩산중도 이런 첩첩산중이 없는디. 헌데, 이리 세상에 내동댕이쳐졌으니 어찌하겠소. 소리라도 신명나게 하며 한풀이 하는 것이지!"

쿵탁! 재효가 흥을 돋우어 북장단을 치고, 채선을 향해 미소를 보낸다.

"도화는 봄 향기라! 이름을 봄 춘자, 향기 향자! 춘향이라 지었더라!"

재효의 선창에 채선은 용기를 얻어 합죽선을 펼치며 당당하게 소리를 시작했다.

"향기는 사랑이라!"

"그렇지!"

"바람에 날리듯 춘향이가 사랑가를 부르는듸."

"어이!"

"이리 오너라, 업고 놀자. 이리 오너라, 업고 놀자. 사랑, 사랑, 사랑, 내 사랑이야. 사랑, 사랑, 사랑, 내 사랑이지. 이히히히히 이 내 사랑이로다. 아매도 내 사랑아~."

"잘한다!"

재효의 북장단에 채선의 소리가 신명을 더했다.

몸은 들썩들썩 적당히 박자에 맞추어 흔들리고, 부채는 살랑살랑 지팡이가 되었다가 부채가 되었다가 몽둥이가 되기도 했다. 채선은 간드러지는 목소리와 매혹적인 눈빛으로 좌중을 압도하기 시작했다.

"네가 무엇을 먹으려느냐. 네가 무엇을 먹으려느냐. 둥글둥글 수박 웃봉지 떼 뜨리고 강릉 백청을 따르르르 부어!"

얼쑤!

어느새 공연에 동화된 민초와 아낙들은 저도 모르게 익숙한 사랑가 대목에 미소를 지으며 보았다. 채선이 찡긋, 눈을 빛내며 관객들을 바라보았다. 더 이상 그들의 눈에서 두려움을 느끼지 않았다. 채선은 외려 그네들의 눈에서 삶을 보고 인생의 고단함을 읽었다.

"씨는 발라버리고 붉은 점 움푹 떠 반관진수로 먹으려느냐."

구경꾼들 속에 섞여 있던 칠성과 용복은 채선의 소리를 따라 부르고, 채선은 합죽선을 탁 접고 연못 너머 앞자리에 있는 칠성을 가리켰다. 벌겋게 달아오른 칠성의 얼굴엔 땀인지 눈물인지 모를 뜨거운 것이 어려 있었다.

"아니, 그것도 나는 싫소."

채선의 소리에 칠성이 응답하듯, 조심스럽게 자리에서 일어서며 다음 대목의 소리를 했다. 그가 제자리에 서서 시원하고 걸걸하게 쉰 목청을 틔웠다.

"그러면 무엇을 먹으려느냐. 엥도를 주랴, 포도를 주랴~."

갑작스레 난입한 칠성의 소리에 주변의 구경꾼들은 새삼 칠성을 바라보았다. 그는 무아지경, 사람들의 시선은 나 몰라라 채선과의 호흡을 맞추어 나갔다.

"아니 무엇도 나는 싫소."

재효가 채선의 소리를 딱 끊듯, 북장단을 강하게 통~ 내리치자, 칠성은 한층 더 큰소리로 좌중을 향해 외쳤다.

"에이, 먹기 싫으면 관두거라!"

으하하하, 토라진 이몽룡의 귀여운 투정에 민초들은 일제히 웃어버렸다. 움찟움찟, 고아하게 체면을 차린다고 억지로 웃음을 참던 양반들의 입매에서도 슬며시 미소가 피어올랐다. 어떤 못된 상상들을 하는지, 춘향과 몽룡의 운우지정은 점점 깊어갔다.

"먹자고 했을 때 먹어둘걸. 돌아보니 님은 저 멀리 떠나버렸네그려."

채선도 팽 토라지고 서러운 표정으로 암팡지게 읊조렸다.

이제 몽룡은 떠나고 수절을 하는 춘향의 대목으로 달음박질치고 있었다.

"춘향이 홀로 남아 망연자실 독수공방 세월을 보내는듸, 세월이 잘도 가는구나!"

"그렇지!"

신재효가 북장단을 빠르게 쳤다.

신명나는 휘모리장단에 맞추어 채선도 빠르게 제 소리를 낸다. 모름지기 소리꾼이라면 박자에 따라 대목에 따라 규율에 맞게 목, 억양, 말씨, 음정을 변화무쌍하게 달통하여 낼 줄 알아야 했다. 채선은 그런 면에서 득음의 경지로 나아간 듯하였고, 사람들의 눈동자에선 아삼삼 춘향과 몽룡의 모습들이 풍경처럼 스쳐지나갔다.

"하루 가고, 이틀 가고, 한 달 가고, 한 해 가고, 힐끗 가고, 와락 가고, 후딱 가고, 냉큼 가고."

휘몰아치는 채선의 소리에 구경꾼들은 물론 칠성과 용복의 어깨도 들썩거린다. 용복은 일어나 다음 대목을 이었다.

"봄이 가고 여름 가고 가을 가고 겨울 가고 벌써 사고, 멀리 가고, 영영 가고 울며 가~ 고."

재효가 북장단을 느리게 조절하면, 용복이 소리를 꺾어가며 구성지게 지른다.

"아이고, 채선아~."

민초들 사이에 서 있던 세종의 얼굴은 조금 경직된 것이 풀려 있었다. 그의 눈가는 붉으락푸르락 촉촉하게 젖는 중이었다. 한층 무르익은 분위기. 이제 채선은 쥘부채를 쫙 펴며 대사를 이었다.

"이렇듯 춘향이 눈물로 세월을 보낼 적의, 변학도란 양반이 계시난듸."

채선은 뒷짐을 지고 어정어정 걷거나, 얌생이 수염을 길러 아전을 괴롭히는 관료들의 면면을 너름새로 펼쳐보였다. 툭툭, 그들의 일상이 시각적으로 보여졌다. 상층에 앉아 있던 대원군은 채선의 겁 없는 유연성에 피식 웃었다. 채선의 소리에 푹 빠진 구경꾼 하나도 피식 웃으며 옆 사람에게 중얼거렸다.

"사또 나오는갑다."

채선은 구경꾼들의 말을 받아 잇는 것마냥 변사또 등장하는 대목을 노래했다.

"이분은 욕심 많고 호색하는 분으로, 춘향이가 절세미인이란 말을 듣고 내려와."

민초들 뒤에 서 있던 김세종도 희열에 편승하여 소리를 쳤다. 구성지고 못된 변학도의 목소리가 들려왔다.

"수청을 들거라!"

채선이 그런 세종을 향해 눈웃음을 치고 부채를 접으며 간드러지게, 춘향이 목소리를 냈다.

"그것은 아니 되오. 소녀의 먹은 마음 사또님과 다르외다."

김세종이 성난 소리로 으름장을 놓는다.

"저년을 매우 쳐라!"

우루루루루! 휘몰아치는 추임새에 따라 재효는 곤장을 치듯 북을 퉁! 두둥퉁퉁 탁~ 크게 쳐낸다. 채선은 비통한 표정으로 금세 음울한 목소리로 귀곡성을 뽑았다.

"일편단심 먹은 마음 일시일각 변하리까."

퉁~.

"오매불망 우리 낭군 잊을 가망 전혀 없소."

퉁~.

채선은 몸을 돌려, 재효를 바라보며 감정이 가득 실린 대사를 이어갔다.

"옥에 갇힌 춘향이 기가 맥혀 까만 하늘 바라보며 망부사로 울음을 우는듸."

어디선가 구슬픈 아쟁소리 들려와 소리의 풍미를 더해주었다.

한숨 돌린 틈이 마련되자 채선은 땀에 흠뻑 젖어 재효를 바라보았고, 재효 또한 채선을 바라보며 고개를 끄덕였다. 그래, 잘하고 있다. 잘하고 있구나. 채선아.

채선도 고개를 끄덕이곤 눈을 질끈 감아 호흡을 골랐다. 이제 춘향가의 정점인 쑥대머리를 부를 차례였다.

"쑥, 대~ 머리~~ 귀신, 형용~~ 적, 막~~ 옥방의, 찬 자리에~."

채선의 소리가 구성졌다. 재효가 북을 치며 채선을 물끄러미 응시했다. 그는 채선에게만 들릴 듯, 작은 목소리로 말했다.

"슬프고……."

채선이 눈물 그렁한 얼굴로 재효를 마주보았다.

"생각난 것이~ 임뿐이라~."

"아프고……."

"보고, 지고, 보고, 지고, 한양 낭~ 군을 보고, 지고~."

"예쁘구나……."

흐르는 아쟁 소리가 점점 커지면서 채선의 소리 대신 음악이 가득 빈곳을 메우기 시작했다. 눈물을 흘리며 소리를 하던 채선의 얼굴과 열정적으로 북을 치며 그미를 바라보던 재효의 눈빛이 하나의 정점을 그리며 교감했다.

채선은 그날, 겨울바람이 쐐쐐 불어 닥치던 날의 재효를 떠올렸다. 영영 닿을 접점이라고는 없을 줄 알았던 스승의 곁에서 여인은 할 수도 없다던 소리를 하고 있는 지금이 꿈만 같았다.

재효도 채선을 바라보며 가슴이 뜨거워졌다. 중인배라 하여 항상 스스로를 속박하고 굴레에 가두어두었다. 채선을 바라보며 제 처지와 비슷하다 기꺼워하였다. 헌데… 아니었다. 둘은 닮지 않았다. 채선은 이루었고, 부딪쳤다. 자신은 단 한 번이라도 제 인생에 있어 부딪치고 이루었던 적이 있었던가.

재효는 찬란하게 빛을 내는 채선을 바라보았다. 밝고 빛나는 아이였다. 그의 이룰 수 없었던 여망도, 아쉬움도 채선의 성취 앞에서 포만해져버렸다. 둘은 한 순간 소리가 끝이 난 듯, 동작을 멈추곤 서로를 바랐다. 태양이 넘어가며 번진 천공광의 푸른 빛 아래, 채선과 재효의 눈은 눈물로 흐드러졌다.

덩달아 두 사람의 소리를 듣던 구경꾼들의 눈가에도 눈물들이 흘러넘쳤다.

　우수에 찬 표정들… 젖은 눈빛들……. 고개를 주억거리고, 애잔하게 미소도 짓고, 이를 훤히 드러내며 웃다가 눈물을 훔치는 민초들과 아낙들은 채선과 재효에게서 저들을 보았고, 나은 내일을 엿보았다.

　대원군과 고종도 마주보며 웃는 얼굴로 고개를 끄덕였다. 형식적으로 참석했던 대비와 그 가문들도 판소리에 감읍하여 멍해진 표정들이었다. 성황리, 말 그대로 대 성황리에 마무리가 된 채선과 재효의 무대에 많은 사람들이 울고 웃었다.

　칠성과 용복 그리고 세종은 눈물범벅이 되어 얼싸안곤 웃는다. 재효가 환희의 미소를 지으면 채선은 눈이 부시게 웃어보였다. 아름다웠다. 꽃이 만발하였다.

파과(破果)

"사랑, 사랑, 사랑 내 사랑이야. 사랑, 사랑, 사랑 내 사랑이지."

도마 위를 두드리는 칼날의 소리는 북장단마냥 경쾌했다. 어린 생각시들은 삼삼오오 모여앉아 나인들의 노랫가락을 따라 불렀다.

어허! 경박스럽게……

가끔 조리에 열중하던 상궁들이 짐짓 엄한 척 눈살을 찌푸렸지만, 움찔대는 어깨놀림은 숨길 길이 없었다.

낙성연이 파한 자리, 경회루의 뒤편에는 입선한 소리꾼들을 위한 식사자리가 마련되었다. 갓 열 살을 넘었을 법한 어린 생각시들부터 십대 중후반의 어여쁜 소녀들까지. 분주하게 수라간과 연회장을 종종걸음으로 오가며 음식을 나르고 술병을 옮겼다.

그네들은 신기한 듯, 재미있다는 듯 소리꾼들을 힐끔거리며 앙증맞은 얼굴로 환히 웃었다. 미소에 수줍음이 다분하여, 고운 눈꺼풀들은 치떴다가 내리깔았다가를 반복한다. 그 바람에 가장 상석을 차지하고 앉아 있던 칠성과 용복, 세종도 양 볼에 홍조를 붉게 띠었다.

"아까 그 이도령 아닙니까?"

"어쩜 그리 소리가 신명난답니까? 악기가 따로 없습니다."

"저는 애간장이 다 녹는 줄 알았습니다."

"그뿐입니까? 여인이 소리를 할 줄은 상상도 못했지요."

수라간 나인들이 옹기종기 모여들어 세종과 칠성, 용복을 향해 칭찬을 아끼지 않았다.

함박웃음 속, 어느새 기가 살아난 삼인방은 우쭐해져 으스대며 그런 시선들을 즐기기 시작했다. 칠성은 술 한 방울 마시지 않고도 얼굴이 새빨개져선 큼큼, 콧김을 내뿜었다.

"그려, 나여! 나! 내가 그 이도령이랑께."

차마 눈을 맞추지는 못한 채, 칠성은 애먼 곳을 향해 큰소리를 쳤다. 상 맨 끝줄에 앉은 어떤 소리꾼은 허허, 부러운 눈빛으로 그들을 바라보았다. 이윽고 주린 위장을 살살 녹여낼 만큼 향긋한 냄새가 퍼지면서 널따란 상이 연회장 안으로 들어왔다.

나인들은 생전 보지도 못한 반찬들을 올려놓았고, 만한전석 부럽지 않은 진수성찬이 거뜬히 차려졌다. 고기는 가끔 구경을 해보았어도 이리 정갈하고 귀한 재료들만 사용된 상차림은 처음 본지라 용복의 입에서는 연신 오메! 오메! 소리가 남발했다.

"오메, 어찌야 스까. 요것이 다 뭐당가? 다 우리 줄라꼬 만든 것이
랴."

용복이 군침을 흘리면서 칠성의 옷깃을 잡아당겼다. 칠성도 감탄
사를 쏟아냈다. 곱게 부친 계란 지단은 색이 샛노랗다.

"아따, 채선이가 장원하니까네 대접이 다르구만."

"우째 채선이만 장원을 했디야! 우리가, 다 동리정사 이름으로 장
원을 한 거재."

"그려! 동리정사가 큰일을 치러부렀구먼!"

세종도 잔을 기울이며 울먹임 반, 기쁨 반 외쳐댔다. 허겁지겁 며
칠 동안 마음 졸인 것을 생각하면 상다리를 열 번도 더 비우고 채울
판이었다. 칠성과 용복, 세종은 즐겁게 밥을 입안에 욱여넣었다. 먹
빛 하늘에선 별들이 반짝였다.

"헌데… 계집은 어딜 가서 코빼기도 보이질 않는가? 우리 장원 말
일세. 장~ 원."

연희가 무르익어 가는 와중, 상의 하석에서 비뚤어진 소리가 들려
왔다.

은근한 시비조에 세종은 거나하게 취한 얼굴을 들어 소리 난 쪽
을 흘겨보았다. 뱅뱅, 흔들리는 동공을 주체하지 못한 채 취기가 충
천한 소리꾼 한 사람이 비아냥거리고 있었다.

"걸출한 사내들을 제쳐두고… 이리 경사로운 일을 해내었으니 얼

굴 한 번 보고 싶네만 뭐가 그리 바빠 우리 장원은 자리에도 없누?"

작고 연약한, 그것도 처음으로 소리판에 오른 계집에게 장원을 빼앗겼으니 체면이 말이 아닌 것은 둘째 치고 성이 날밖에 없었다. 알게 모르게 속이 뒤틀린 자도 여럿인 눈치였다.

세종은 관심을 줄 필요도 없는지라 고개를 돌리곤 혀를 끌끌 찼다. 저런 해괴한 인사들을 상대할 만큼 한가로운 날이 아니었다. 웃고 떠들고, 그간의 고생을 웃음 속에 녹여내기에도 부족했다.

세종은 옆에 앉은 다른 소리꾼과 소리를 맞추어가며 흥에 겨운 잔치를 계속 이어나갔다.

"아, 거 왜 사람 말을 씹어 먹어? 채선인지 그 요물 같은 계집애랑 동리는 어딜 갔느냐고? 내가 얼굴 한번 보자는데!"

와장창, 순식간에 물동이를 끼얹은 듯, 장내가 싸늘하게 식어버렸다. 사태를 몰라 어리둥절한 몇몇은 주위를 두리번거렸고, 노기가 오른 김세종은 입술을 깨물었다. 흥분한 칠성과 용복도 낯빛이 붉으락푸르락 요동을 쳤다.

반면 사내를 위시해 이번 경연에 불만을 품었던 몇몇은 아니꼽고 시기에 찬 눈씨들로 팽팽히 맞섰다. 자존심이 허락지 못한 것이리라.

"자네… 술이 과한 듯한데 오늘은 이만 물러나는 것이 어떻겠는가?"

"왜? 고것은 어딜 갔는데 이리 금이야 옥이야 감싸고 도는 것이요? 대체 그 계집이 뭐기에……. 판에도 법도란 것이 있는 법이요.

헌데 어찌 미천한 계집을 판 위에 올릴 생각을 하셨소? 어찌 계집이 그런 소리를 낼 수 있단 말이오? 동리가 대체 뭔 짓을 한 것이오? 아니, 그대들이 지금 무슨 짓을 했는지는 아시오?"

채선에 대한 시기와 질투, 소리를 향한 욕망과 감명, 여러 감정들이 복잡하게 뒤범벅되어 소용돌이쳤다.

세종은 쯧쯧, 할 말을 잃고 입술을 닫았다. 저런 반편이를 봤나…… 일순 안타까움도 짙게 배어 있었다.

"아따 우리 채선이가 소리를 허벌나게 잘했더니 배가 아파 그라요, 왜 시비를 못 걸어 안달이요? 오늘 같이 좋은 날, 우리 같은 광대놈덜이 이런 산해진미를 언제 또 먹어보겠소? 맛있게 먹어도 기름기가 하도 돌아서 탈이 날까 말까 한데 꼭 이리 얹히게 만들어야 직성이 풀리겠소? 배배 꼬인 성질머리는 어딜 가나 꼭 하나씩은 있지……"

"뭐… 뭐라고?"

"우리 채선이랑 스승님이 보고 싶어 그러는가 본데, 지금 장원을 하신 우리 채선이랑 스승님은 대원군 대감의 부름을 받잡고 기념초상화를 그리러 갔다 안 혀요? 들어는 봤소, 기념초상화라고? 고거이 아무나 그리는 것이 아니란 말요. 인정받은 예인들만 그리는 것인디, 고걸 우리 스승님이랑 채선이가 그리러 간 것 아니요!"

"맞지! 그라제! 암만! 우리도 내일 한 장 그려준다 안 혔는가?"

칠성의 말에 맞춰 용복도 기가 막히게 합을 넣어 들어왔다. 샘이 난 사내는 멈추지 않고 계속해서 말을 이었다.

"하! 참으로 해괴한 일이 아닌가. 계집이 감히 소리를 해? 계집을 판에 올려? 동리가 소리를 파는 것이 아니라 오입질을 파는가 보이! 워째, 대원군 대감마님도 베갯머리 송사로 울렸는가? 어쩌자고 판 위에 계집을……."

씩씩, 열을 올리던 소리꾼은 할 소리 못할 소리를 분별치 못하였고, 별안간 세종의 발이 냅다 그에게로 날아들었다.

우당탕 쿠당탕, 좋은 날 식사자리는 한 차례의 소란을 겪고, 찬을 나르던 나인들은 잡것들이 궁에 들어와 추태를 부린다며 고래를 설레설레 저었다. 몇몇은 칠성과 용복의 편에 들어 사내를 나무라는 소리를 보태었다.

"계집은 왜 소리를 하면 안 되나? 계집 소리도 그리 심금을 잘도 올리더만……. 괜히 장원을 놓쳐 심사가 뒤틀렸는가 보네."

"그러게 말이야. 내 옥쟁반에 구슬이 또르르 굴러가는 소리가 무엇인 줄 이번에 톡톡히 알았다니까."

저편에서는 소리꾼들이 모여 낮게 그르릉 속삭이는 소리도 들려왔다. 의미심장하게 눈을 흘린 사내들이 소리꾼을 바라보며 갑론을박 입을 모았다.

"저 인사 술에 취하더니 불성이 되어버렸구먼. 궁궐 안에서 대원군을 함부로 입에 올리다니……. 경을 치르고 싶은 게지."

결국 편들어 주는 이 하나 없이 궁지에 몰린 소리꾼은 슬그머니 제자리로 돌아가 버렸다.

용복과 칠성도 세종을 말리곤 다시 술잔을 기울였다. 모골이 쭈뼛

쭈뼛 분에 겨워 씩씩댔다.

"스승님, 그만 성질 좀 죽이소! 저 인사 속이 속이 아닌 게라. 채선이 소리가 겁나게 좋아부니 배알이 안 꼴리겠소? 우리가 대인배답게 품어줍시다!"

"옘병! 저 주정뱅이 새끼가 어디라고 함부로 입을 지껄여! 에잇 퉤, 술맛 다 떨어졌다!"

"그러지 말고 한 잔 들이켜랑께요. 오늘 같은 날이 또 언제 있을 줄 알아요. 지금 여기 있는 음식들 죄다 먹어놓지 않으믄 나중에 국물도 없다니께요. 스승님이랑 채선이는 또 다 알아서 잘 대접받고 있을 거요. 저깟 속 좁은 취객 땜시 속 버리지 말고 다시 채워 넣어요. 글쵸. 꽉꽉!"

세종의 입으로 전을 넣어주면서 용복과 칠성이 아양을 떨었다.

세종도 넙죽 받아 물며 우물우물, 사내를 씹어 먹을 기세로 잘게 베어 물었다.

무슨 일이 있었냐는 듯, 연회장은 다시 축제 분위기로 젖어들었고, 소리꾼들은 저마다 한 소절씩 속에 담아두었던 소리들을 풀어 내었다. 상궁과 나인들은 그 곁을 기웃거리며 절로 어깨를 들썩들썩 소리를 훔쳐들었다.

소리, 사람의 마음을 흔들고 잡아 뜯는 소리. 웃게도 하고 울게도 하고, 애환이 담뿍 담긴 소리. 한때는 저속하다 아랫것들에게만 향유되었던 소리. 그 소리가 궁궐을 울리고, 담벼락을 넘어 문풍지 사이사이, 서까래 구석구석을 스며들었다. 세종과 칠성, 용복은 즐거운 듯 부듯한 듯 눈을 흐리며 연회장의 횃불을 응시한다. 그리고 저편 소리꾼은 여전히 성이 풀리지 않아 혼자서 중얼중얼 욕지기를 뱉었고, 멀지 않은 곳에선 안필주가 광대들의 술자리를 지그시 바라보고 있었다.

* * *

밤안개가 낀 향원정은 등롱 불빛을 받아 요요하게 번들거렸다.

경회루 서북쪽, 넓은 터에 위치한 향원정은 향원지라 하여 열상진원의 샘물이 흘러드는 방형의 연못을 위시한 육각 정자였다.

연못 위로는 연꽃과 수초가 자라 만발했고, 빛을 벗 삼아 날아드는 날벌레들은 위이잉, 물고기들의 애간장을 녹였다. 향원. 향기가 멀리까지 퍼진다. 채선과 재효는 취향교 너머에서 은은하게 번져가는 연꽃의 냄새와 밤의 공기를 맡았다. 앞서 걷던 관리는 늦어지는 그들의 발걸음을 재촉했다.

"스승님, 이것 좀……."

문득 채선이 수줍게 내민 것은 하얀 백설기 한 덩어리였다.

관리를 따르기 전 잽싸게 하나 챙겨온 모양이었다. 그도 그럴 것이 공연이 끝난 지 오래건만 여태껏 입안에 물 한 모금 적시지 못한 채였다.

종일 여기저기 뱅뱅이를 치다 이제는 또 기념초상화를 그려야 한다며 식사자리에도 참석하질 못했다. 재효는 채선이 건넨 떡 덩어리를 받아 두 조각으로 쪼개 건넸다.

"너도… 먹어라."

조용히 재효가 자기 몫의 떡을 입안으로 가져가자, 채선은 빙그레 웃으며 저도 나머지 반쪽을 오물거렸다.

귀뚤귀뚤, 풀벌레 소리가 들려오고 향원지의 연못은 고요하나 생동했다. 채선은 관리의 서두름도 나 몰라라 한 채 목교에 서서 주변의 광경을 휘둘러보았다.

앞으로는 이층의 정자가 그들을 내려다보고 있었고, 북쪽과 남쪽에는 각각 일각문이 에둘러 연못의 정취를 더욱 아늑하고 안온하게 만들었다. 게다가 멀리 누군가 묵고 계실 전각들도 드문드문 보이는데, 채선은 제가 정말 궐 안에 들어왔다는 실감이 났더랬다.

그미가 살풋, 바람 새는 소리를 내며 스승의 등을 바라보았다. 넓은 등이 늠름하게 움직였다.

"스승님."

채선이 목교에 서서 가지런히 재효를 불렀다.

어두운 수면 위로는 채선과 재효의 그림자가 파장처럼 일렁였다. 채선이 후읍, 숨을 들이쉬곤 재효의 낯을 응시했다. 그녀의 손아귀엔 재효의 낡은 합죽선이 쥐어져 있었다.

"이것을……."

채선이 재효에게 부채를 내밀었다. 우두커니, 사내는 계집아이를 바라보았다.

"덕분에… 떨지 않고 소리할 수 있었습니다. 빌려주셔서 감사합니다, 스승님."

소복이 풍성하게 내려앉은 속눈썹을 빛내며 채선이 재효를 마주보았다.

그 또한 관리를 따르던 길은 잊은 채 멍하니 서서 채선과 부채를 번갈아보았다. 훨씬 더 좋은 부채가 많았다. 그미가 공연에 오르기 전 복색을 갖춰주었을 때, 필시 합죽선 역시 건넸을 것이다. 그럼에도, 채선은 빈손으로 올라 재효의 낡은 부채를 고집했다. 재효는 채선의 커다란 눈을 바라보며 무표정하게 등을 돌렸다.

채선이 사부작이 그의 뒤를 따랐다.

"되었다. 그거… 그냥 너 가지거라."

살포시 흔들리던 스승의 목소리를 알아챈 것일까. 채선의 입가에서 잔잔한 꿈틀거림이 일었다. 그녀는 가슴이 간질간질 시끄러워 선자리에 오뚝 다시 멈춰 섰다.

그미가 스승을 향해 말문을 떼어보았다.

"스승님, 제가… 제가……."

한참을 입을 열고도 말을 뱉지 못하던 채선은 호흡이 딸리는지 입을 닫았다.

꼬불꼬불, 가까워지면 멀어지고 멀어지면 가까워질 듯, 두려움이 번진다. 채선은 잠시 망설이다 다시 입을 열려 움칫거렸다. 앞서 걷던 관리가 저만치 낙오된 두 사람을 노려보며 흠! 헛기침을 내쏘았다. 멀리 향원정 등불이 껌벅거렸다.

"서두르시게!"

벌떡벌떡 치밀어 오르는 단어와 문장들로 인해 목울대가 가려웠다. 채선은 꺼낸 말을 완성하지 못하고 입술을 옴찔댔다. 재효도 복잡한 심경을 억누르며 정자를 향해 걸었다.

스승이 제자를 힐끔, 바라보았다. 제자도 스승을 바라보며 뒤를 따랐다. 육각형 모양의 향원정에서 화원이 나와 두 사람을 맞아들였다.

유리 상자에 비친 화상을 화폭에 옮기는 작업이 시작되려 했다. 궁중화가는 청에서 가져온 칠실파려안(바늘구멍상자)을 앞에 두고 초상화 그릴 채비를 했다. 사진이라는 요상한 물건을 찍는 도구라 하였으나 조선에서는 원체 사용법이 보편화되질 못하여 그림을 그리는 용도로 변해 있었다.

채선은 쭉 벽채를 장식한 예인과 기인들의 초상화를 구경했다. 여인의 몸으로 예까지 온 이는 저뿐인 듯싶었다. 흡사 사람을 박아 넣었다고 해도 믿을 정도로 정교하고 세심한 붓놀림이 펼쳐졌다.

이곳저곳 신기한 것 투성이라서 채선은 금세 아이처럼 두리번거렸다. 화원이 그미를 향해 상자 정면, 중앙에 서길 요구했다. 처음 해보는 작업이라 못내 어색하기만 한 채선은 가만히 재효를 응시했다. 재효 역시 삐걱삐걱 몸을 움직여 상자의 정면으로 나란히 섰다.

"그럼 지금부터 그림이 완성될 때까지 그대로 움직이지 마셔야 합니다."

"제자 분 옆쪽으로 더 붙어주시고요. 너무 표정들이 딱딱합니다. 인자하고 품격 있게 미소 지으세요."

잘 다듬어진 수염을 근사하게 쓸어 넘긴 궁중화가는 꼬장꼬장 잔소리를 늘어놓았다. 채선과 재효의 자세, 위치, 몸의 긴장감 그리고 표정까지 세세하게 지시하고 움직였다. 하지만 뭘 해도 어색하기만 한 두 사람은 어정쩡한 자세로 난감한 표정 일색이었다.

"후우!"

화원의 한숨소리에 채선은 재효를 힐끔대다 사뭇 진지하게 굳어 있는 스승의 얼굴을 보곤 풉, 웃음이 팍 터졌다. 꽃잎이 망울을 터트리듯 뿜어져 나오는 웃음은 걷잡을 수 없어 보였다.

남에게 지청구를 놓으면 놓았지, 잔소리를 듣고 있을 양반은 아닌데……. 하물며 그걸 곧이곧대로 수용하고 받아들이는 순한 모양새라니…….

채선은 입술을 깨물며 웃음을 참으려 했다. 재효가 물끄러미 그런 채선을 훔쳐보며 눈을 껌뻑였다.

"학과 같이 인자하고 고아하게 웃어보세요. 우아하고 미려하게."

재차 화원의 지시에 다시 재효의 입술이 억지로 당겨졌다. 채선은 그걸 보고 또 까르르 웃음꽃이 피었다. 재효는 자꾸만 웃는 채선을 바라보다가 두 눈이 딱 마주친다. 쏙, 스승의 무표정한 눈길에 여느 때처럼 그미의 웃음이 들어가 버렸다.

머쓱해진 재효는 그녀의 갸름한 턱 선을 바라보기만 할 뿐이었다.

"……."

적막 속, 재효가 천천히 채선을 바라보며 얼핏 미소를 지어보였다. 딱딱하지만 확실한 미소.

재효는 채선 보란 듯이 은은하게 미소를 자아냈다.

그 모습을 본 채선의 낯에서도 환하고 자연스러운 미소가 피어났다.

"좋습니다. 그 표정 그대로 유지하셔야 합니다."

화원이 기분 좋은 목소리로 붓을 움직이기 시작했다. 슥슥, 한 번 오가는 획 속에 채선과 재효가 그려졌다. 묵향이 차분하게 감돌며 장내의 분위기를 가라앉혔다. 채선은 행복한 표정을 지은 채 그저, 재효의 옆에 서서 상자의 정면을 바라보았다. 가만히, 결코 움직이지 않을 우직함이 도사렸다.

재효 역시 옆에 선 채선의 존재를 의식하며 상자의 정면을 바라보았다.

속닥, 어느 틈에 누군가 화실 안에 들어와 관리에게 귓속말을 중얼거렸다. 재효는 그 목소리의 주인을 알 것도 같아 시선을 돌렸다.

사내의 말소리가 재효의 귀로 다가와 부서지는 소리를 냈다.

쑥대머리

긴 궁 길을 걸으며 재효는 말이 없었다. 할 말이 없었다기보다는
해야 할 말이 산더미와 같아 외려 말이 말을 누르는 형세였다.

그는 횃불을 든 필주를 따르며 생각에 잠겼다. 점차 제 발목이 질
척질척 진창으로 빠져들고 있는 것만 같았다. 어찌해볼 도리도 없이
움직이면 움직일수록 스스로를 옥죄는 사구(沙口).

재효는 궁에서 운현궁 방면으로 접어들 때까지도 묵묵히 침묵을
아끼다 금위영의 벽을 헐고 난 문을 넘어서서는 입을 열고야 말았다.

"그대의 뒤를 쫓을 때면 위기를 벗어난 듯도 싶었지만 언제나 뒤
가 찝찝하였다오."

천천히 필주가 뒤를 돌자 재효의 어지러운 낯과 마주쳤다.

교활하면서도 다정한 눈매. 완연히 다른 성질의 표정을 한데 품은 필주의 얼굴은 요상하면서도 깊이를 헤아릴 수 없었다. 덕분에 재효는 어지러운 심신을 가라앉히지 못한 채 아질해졌다.

"이 길을 따르면… 나는 또 무엇을 후회하며 살아야 하오?"

연기가 피어오르듯 파스스 흩어지는 소리가 울렸다. 필주는 가엾은 듯 물끄러미 재효의 불안을 응시했다. 고요. 재효는 조급증이 일어 버럭 소리를 치고 말았다.

"그분께서 내게 또 무얼 요구하려 하시는 것이오?"

어허! 이번엔 필주도 눈을 부릅뜨며 재효의 목청을 낮추었다. 그는 눈빛으로 위압감을 조성했다.

"목소리를 낮추시게. 경을 치르고 싶은가?"

필주의 대답에 재효도 구만리 쏙 밀려들어가는 소리를 내며 입을 다물었다. 그러나 눈빛은 여전히 대답을 촉구했다. 휴, 필주가 마른 기침을 하며 고개를 가로저었다. 입이 열리며 질척한 말들이 내리박혔다.

"내려설 수 없는 판이었음을… 그대만 몰랐네. 처음부터 오르지 말았어야 할 판이었네. 만나지 말았어야 할 인연이었던지. 어쨌든 자네가 선택하여 올라선 이 판, 내려갈 순 없을 걸세. 대감께선 필요한 것을 취하실 것이네."

떨어진 선고. 재효는 필주의 안색을 살피며 들이닥칠 위기를 읽으려 애썼다. 꼬이고 헝클어진 실타래가 불길하게 엉켰다가 풀어졌다.

"어떠십니까? 제법 마음에 차는 계집이옵니까?"

필주의 물음에 하응은 고개를 끄덕였었다. 낙성연 전야제 밤, 뱃놀이를 끝내고 돌아온 노안당에서 대원군은 턱을 괴고 생각에 잠겨 있었다. 동리가 그리 큰소리 떵떵 치던 계집이니 실력이나 한번 보자는 심보였다. 사내만이 설 수 있는 소리판에 겁도 없이 뛰어든 맹랑한 계집의 얼굴을 보고픈 마음도 있었다. 그런데 제법 기량을 갖춘 소리를 내더니, 몸을 사리지 않고 너름새를 펼치는 배짱은 사내보다도 두둑했다.

하응은 뒤통수를 맞은 양 멍하니 앉아 헛웃음을 지었다. 필주는 주인의 동태를 살피며 말할 순간을 재는 눈치였다.

"당찬 계집이었습니다. 소신 같은 귀머거리 귀에도 제법 좋게 들리더이다."

담담하게 이어진 필주의 말에 하응은 맹한 눈빛을 풀고 날카롭게 대화에 집중했다. 필주는 하응의 기에 죽지 않으려 꼿꼿하게 눈을 마주 응시했다.

"저 계집을 낙성연에 세워야 하지 않겠습니까? 아니, 낙성연에 반드시 세워야 합니다, 대감. 분명 훌륭한 볼거리가 될 것입니다. 많은 이의 가슴을 울리게 될 거예요. 여러 의미로다가."

필주가 눈을 번득이자 하응도 담담히 고개를 끄덕였다.

그럴 테지. 필시 장원에 버금가는 실력이었다. 계집의 짧은 소리는 얼핏 들어보아도 간결하고 깔끔했다. 그럼에도 여운의 깊이는 오래도록 계속되었다. 하물며 사내가 아닌 계집의 목구멍을 빌어 나온 소리는 파격적이고 신선할 것이리라.

거기엔 민중의 정신을 홀딱 사로잡을 말한 매력도 구비되어 있었다.

"낙성연은 경복궁 중건을 경하하는 자리이옵니다. 허나 실상은 그간 노역과 당백전 및 원납전으로 인해 늘어난 원심과 대감께 돌아선 민심을 되돌리고자 하는 자리이기도 하지요. 덧붙여 대비와 김씨 세력에 의해 위협받았던 대감의 권위를 바로잡는 것 역시 행사의 목적이 될 것입니다. 계집을 세워 이 모두를 취하소서. 낙성연을 발칵 뒤집어엎고, 조선의 소리판을 변혁할 새로운 인물이 필요합니다. 미천한 소인의 눈에도 저 계집이 적격이라 사료되었사옵니다."

필주는 의미심장하게 눈을 빛냈다. 하응도 그 눈에서 무언가를 읽은 표정이었다. 무거운 입술이 떨어지며 벼락 같은 목소리가 꽂혔다.

"계집이 과연 민심을 잡을 수 있겠는가?"

"대감의 귀에 들으신 대로일 것입니다."

하응은 뭐라 할 말이 없어 조용히 고개를 끄덕였다. 작지만 힘 있는, 밟혀도 다시 움트는 잡초 같은 소리였다. 한 없이 비장하다가도 저 높이 들뜨기도 하며, 애절하여 단장이 끊어질 것만 같았다. 계집의 소리엔 삶이 있었고, 민초들의 생활이 담겼다.

그런 소리를 들려주어 그간의 노고를 치하해준다면 민중들은 감복할 것이었다. 자연히 그를 향하던 분노와 원심도 수그러들 것이었다.

"그뿐 아니지요. 계집은 대감이 펼치는 개혁정치의 상징적인 인물 또한 되어줄 것입니다. 개혁, 개혁! 그간 대감께선 서원을 철폐하고 대전회통을 편찬하는 등 왕권을 세우는 동시에 수많은 개혁정책을 단행하셨습니다. 허나… 세상이 그리 크게 변하지 않았음은 대감과 소인 또한 잘 알고 있을 테지요. 정치란 타협하고 거래하는 것입니다. 하나를 얻으려면 하나를 내줄 줄도 알아야지요. 하지만 당장 내일 먹고 살 일을 염려하는 백성들에게 정치란 대수로울 것이 아닙니다. 허니 눈앞에 달라진 현실이 펼쳐지지 않는 이상, 백성들은 대감의 개혁정치를 체감하지 못할 것입니다. 자연히 표출되는 불만 또한 사무쳐서 싹을 틔우고 있지요. 게다가 천주교인들이 서학을 전파한 이래로 동학까지 창궐하여 조선의 근간과 성리학의 뿌리를 흔들려 하고 있습니다. 신분제를 타파하고 모든 인간이 평등하고 자유롭다는 생각. 좋지요. 나쁠 것 없지요. 허나 조선에선… 받아들일 수도, 받아들여져서도 안 될 일입니다. 그러니 유생과 관리들이 발 벗고 나서서 박해에 찬동한 것이겠지요. 하지만 백성들의 눈에는 부당하고 억울하게 느껴질 수도 있습니다. 개혁을 하겠다고 해놓고선 아무것도 손에 쥐어주질 않으니 대감이 원망스러울 밖에요. 헌데, 계집입니다. 감히 계집이 사내들을 물리치고 소리판에 서는 일입니다. 이것이 개혁이 아니고 무엇이겠습니까? 천지가 개벽하는 일이 아니면 무어라 설명할 수 있겠습니까? 대감께서 저 계집을 소리판에 올림으로써 백성들에겐 실오라기 같은 가능성을 보여줄 것입니다. 그들은 눈앞에 펼쳐진 작은 변화에 감동하겠지요. 대감을 우러르겠지요. 돌아선 민심이 제자리를 찾겠지요. 대감, 저 계집을 판에 올리세요. 대감의 포용력과 거룩한 개혁의 의지를 다잡으세요. 이 모든 것들이 대감의 앞에 놓인 장애물들을 쳐내줄 것입니다."

가파르게 내달리는 필주의 웅변에 하응은 눈을 감고 경청했다.

개혁의 상징, 민심의 반전. 그런 어마어마한 취지를 이루기 위하여 채선을 판에 올린다. 어린 계집의 소리를 만천하에 울려 퍼트린다.

그도 나쁘지는 않겠군……. 하응도 고개를 끄덕이며 수긍했다. 그는 뱃전에서 몸을 던져 물속에 빠지던 채선을 떠올렸다. 심청이 인당수 떠오르듯 솟구치던 계집의 당찬 모습 또한 잊혀지지를 않았다.

* * *

재효는 횃불 앞에 일그러지는 제 표정을 가슴 속에 묻었다. 궁인의 안내를 따라 도착한 노안당에서 대원군은 홀로 앉아 저녁식사 중이었다. 한없이 고독하게. 떠들썩함과는 척을 진 하응이 말없이 수저질을 계속했다.

"그래, 경복궁 중건을 위해 수고한 백성들에게, 자네와 그 계집의 소리가 큰 위안이 되었을 걸세."

한동안 음식을 씹으려 위아래로 이 부딪치는 소리만이 실내를 메웠다. 시나브로 하응은 어색한 분위기를 찢어내며 말문을 뗐다. 재효는 그저 넙죽 엎드려 상황을 면하고 싶었다. 또 무슨 짓궂은 장난을 걸어올지 가늠할 수 없는 탓이었다.

"황송하옵니다."

차갑게 가라앉은 재효의 목소리에 하응도 피식 입가를 닦으며 조소를 띠웠다.

"자네가 큰 공을 세웠네. 그리 바라 마지않던 입신양명을 한 게야. 원하는 게 뭔가, 동리? 양반이 되고 싶으면 그렇게 하고, 원한다면 내 관직도 줌세. 아주 훌륭한 제자를 두었어."

"망극하옵니다. 그저 부족한 소인을 도운 제자의 능력이 귀했을 따름이옵니다."

재효는 더 이상 하응과 얽히고 싶지 않았다. 그가 발을 빼려 딱딱하게 말을 받았다.

대원군도 재효를 둘러싼 분위기를 파악했던지 잠시 말없이 상대를 응시하기만 했다.

"자네가 데려온 그 계집은… 심청이 같기도 하고 춘향이 같기도 하더군."

쭈뼛, 재효의 등골이 오싹해져버렸다. 그는 얼버무리듯 대꾸했다.

"아직 부족한 것이 많은 아이옵니다."

"아니지, 아니야. 자네 제자의 실력이 귀하지를 않은가. 자네 말이 맞았어. 보통 계집이 아니야."

재효가 조아리고 있던 고개를 들어 불안하게 앞을 응시했다.

하응이 턱을 괴곤 눈을 감은 채 생각의 끈들을 이어 붙여 가고 있었다. 하응은 채선을 떠올렸다. 처음엔 어린 계집이 소리를 한다고 해서 신기하다 여겼었다. 헌데 막상 얼굴을 보니 곱상하기까지 하여 동리의 취향 한번 고약하다고 웃어넘기기도 하였다. 그런데 입을 열고 뚫려 나오는 소리에는 사내를 능가하는 기백이 가득했다. 하응은 경회루를 쩌렁쩌렁 울리던 채선을 바라보면서 알 수 없는 희열에 사로잡혔다. 무언가 심중에서 뚝뚝 끊어지며 번져갔다. 작고 가녀린 몸체. 헌데도 터져 나오는 열기와 소리는 필주가 말하는 대로 사람을 홀리는 힘이 있었다.

　하응은 채선을 생각하며 침을 꿀꺽 집어 삼켰다. 스승을 위하여 온몸을 바치는 꼴은 심청을 연상케 했고, 그를 기다리며 달려가던 뒷모습은 오뉴월 춘풍 속 춘향이를 떠올리게 했다. 그것이 기껍고 아름다워보였는데, 양반 사대부들과 민심의 사랑을 받는 계집을 보고 있자니 거룩해 보이기까지 했다. 젊고 싱그러웠다. 아름답고 열정이 넘쳤다. 오래전 파락호 시절, 호시탐탐 고개를 들고 일어서길 노리던 자신을 닮아 있었다. 자신이 잃어버린 것들을 채선이 모두 품고 있었다. 피어나는 도리화 같았다. 필주의 말이 다 옳았다. 계집은 새로운 판 위에 설 새로운 인물이었다. 그래… 동리가 그날 자신 앞에서 호언장담했던 연유를 이제는 알겠다.

　하응은 숨을 죽인 채 그의 처분만을 기다리던 재효에게 찬물을 뒤집어씌웠다. 얼음장마냥 차가워서 단번에 정신이 번쩍 드는 그런 말소리였다.

　"내 마음에 들었네."

　재효가 뜻을 이해하지 못하겠다는 듯 관자놀이를 문질렀다. 하응이 다시 확인을 시켜줬다.

"그 계집아이를 내 곁에 두려 하네."

순간 재효는 멈추었다. 생각을 멈추었고, 말을 멈추었다. 미동도 하지 않는 재효를 대원군은 당연하다는 듯 바라보았다. 그 눈빛에 질려 재효는 고개를 조아렸다. 비굴한 얼굴에 눈알만 뒤룩거렸다.

기실, 채선을 판에 올린 이후 하응이 계집을 취할 것은 예정된 수순이었는지도 몰랐다. 개혁의 상징, 그것을 민중 속에 풀어놓으면 흙탕물 속 미꾸라지가 될 것이 뻔했다. 곁에 두고 품어야 했다. 하응의 사람임을 만천하에 드러내놓아야 마침내 낙성연에서의 변화는 오롯이 대원군의 명예가 될 일이었다.

필주도 알았고, 어렴풋이 하응도 염두에 두고 있던 일이었다. 채선을 취해야만 하응의 권위는 드높아질 것이었다. 백성의 이목과 우러름은 채선의 소리와 함께 하응의 광영으로 돌아올 것이었다.

재효도 생각의 끝에서 암담한 나머지 입술을 오므렸다. 그의 손아귀를 벗어난 일이었다. 능력 밖의 사태. 그는 정말 할 수 있는 일이 눈알을 껌뻑거리는 것이라 멍하니 넋 나간 듯 자리에 앉아 있었다.

어느새 뼈만 남은 앙상한 생선을 마저 쪽쪽 빨아먹는 하응은 멀건 재효의 낯을 바라보았다. 그의 머릿속에서 꿈틀대는 생각들이 훤히 눈에 드러났다. 잔인하게, 하응은 마지막을 향해 내달렸다. 그는 재효를 궁지로 밀어 넘기려 작정한 요량이었다.

"얼굴이 왜 그러한가."

"아니… 아니옵니다."

머릿속이 새하얗게 방전되어버린 재효는 자신을 뚫어지게 바라보는 하응의 눈길이 부담스러웠다. 그는 얼빠진 표정으로 고개를 흔들었다.

"왜?"

"예?"

한심한 인사 같으니라고.

마침내 완연히 꼬리를 말아 내린 상대를 확인한 하응이 피식 웃어 버렸다. 그의 눈길 속에도 덕지덕지 연민인지 비웃음인지 모를 것들이 어릿대었다.

"그래, 금지옥엽이었겠구나. 귀한 제자를 두고 가려니 서운한 마음이 들겠어."

"아니… 아니옵니다."

여전히 망연한 표정으로 말을 버벅대던 재효는 스스로에게 환멸을 느껴 낯이 벌겋게 달아올랐다.

* * *

칠실파려안의 중심엔 채선이 곱게 앉아 있었다.

그녀는 내내 어색하게 웃으며 재효를 찾느라 두리번거렸다. 문가에 입시한 상궁과 나인들은 안을 들여다보며 저들끼리 숙덕거린다.

채선은 손가락을 꼼지락대며 재효가 오기를 기다렸다. 조금 있다가 세종과 칠성, 용복을 만나면 기념초상화를 그린 이야기를 열 배는 부풀려서 들려줄 참이었다. 울룩불룩, 뒤룩뒤룩 눈을 굴리고 하하하, 호탕하게 웃어젖힐 동리정사 사람들을 떠올리면 채선은 먹지 않았는데도 배가 불렀다.

그미는 음음음, 소리의 한 토막을 흥얼거리며 스승을 기다렸다. 마음이 콩닥콩닥 따뜻하게 흔들리는 밤이었다.

"소인을 따르시지요."

굳게 닫혀 있던 문이 열리며 상궁 한 사람이 들어와 말했다.

채선은 문 쪽을 바라보고 있다가 갑작스레 등장한 상궁에 딸꾹질이 날 뻔했다. 엄마야, 간 떨어지겠네. 채선은 불쑥불쑥 나타나선 길을 안내하고 필요한 것을 전해주는 궁인들이 신기하여 엉덩이를 털고 일어섰다.

거리낄 것 없이 시원시원한 채선의 몸놀림에 상궁은 품행이 방정맞다며 고개를 가로저었다. 채선은 어깨를 으쓱대며 상궁의 뒤를 따랐다.

"지금 가는 곳에 스승님이 계십니까?"

자물통을 걸었는지 상궁은 굳게 입을 다물곤 대꾸하지 않았다.

채선은 입을 삐죽거리며 묻기를 그만두었다. 긴 통로를 따라 걸으면 상궁과 나인들이 스쳐지나갔고, 채선은 궁궐 구경이 신기하여 힐끔힐끔 눈동자를 굴렸다.

여기저기 얼핏 궁녀들의 처소가 보이고 열린 문 너머로 궁녀들이 앉아 채선을 바라보고 있었다. 왠지 서글퍼 보이는 눈매에 채선은 침을 삼켰다. 전각과 전각, 행랑과 행랑 사이가 끝없게 이어진 궁궐은 그녀를 어지럽게 만들고 있었다.

이윽고 궐 깊숙한 곳에 위치한 전각 앞에 다다른 상궁은 걸음을 멈추었다. 그녀는 채선에게 고개를 조아리더니 안으로 들라는 눈짓을 보냈다.

영문을 모르는 채선은 저도 상궁을 향해 같이 고개를 조아렸다. 촌뜨기 시골 계집다운 순박함이 묻은 몸짓이었다.

"여기에 스승님이 계십니까?"

나이 든 상궁은 똑같은 질문을 종알대는 채선을 싸늘하게 쏘아볼 뿐, 대꾸하지 않았다.

이상하다. 채선의 직감이 그렇게 말하고 있었다. 어찌하여 스승도 없이 구중궁궐 깊은 곳으로 안내를 하며 묻는 말에는 대답도 않고 저리 냉기를 뿜을까. 어찌 스쳐 지나던 궁녀들의 눈빛에 안타까움과 함께 아니꼬움이 번졌을까.

채선은 문지방을 넘어 발을 들이기가 두려워 제자리에 서서 머뭇거렸다. 그때 안쪽에서 스르르, 문이 열리면서 열두 살 쯤 되었을까, 어린 계집들이 채선을 향해 고개를 조아렸다.

이번에도 채선은 어안이 벙벙하여 그들을 향해 예를 갖추었다.

"이게… 무슨?"

"안으로 드시지요."

엉겁결에 안쪽으로 떠밀린 채선은 주위를 두리번거렸다. 텅 빈 전각 안. 방이라고 하기에는 애매한, 외려 창고라고 칭하는 것이 더 어울릴 법한 전각이었다.

채선은 더욱 긴장해 살갗에 닭살이 솟아올랐다. 안쪽으로부터 후

끈한 훈기와 함께 수증기가 올라오는 것이 보였다. 오도 가도 못한 채 서 있는 채선을 궁녀들은 새 몰 듯 몰아갔다. 이제 눈앞에는 커다란 욕조와 안개라도 낀 것처럼 뿌연 김이 뜨거운 목욕물로부터 올라오는 것이 보였다. 채선은 당황하여 뒤쪽의 문을 향해 뒷걸음질 쳤다.

"팔을 드시지요."

어느새 다가왔는지 코앞까지 다가온 상궁은 채선의 퇴로를 막곤 그녀의 두 팔을 들어올렸다. 기다리고 있던 어린 여자아이들은 우르르 다가와 채선의 옷을 벗기려 했다.

에그머니나! 채선이 그들의 손을 뿌리치며 경악에 찬 비명을 외쳤다.

"이게… 이게 대체 무슨 짓들입니까? 상황을 설명하세요!"

그녀의 강경한 태도에 상궁은 다시 팔짱을 끼며 냉랭하게 대꾸했다.

"대원위대감께서 마음에 들어 하셨습니다."

청천벽력. 지금 뭐라고 하였소? 채선은 잘못 들었겠거니 제 귀를 탓하였다. 하지만 상궁의 앙다문 입매는 완고했다. 순간, 채선은 상황이 인식되었는지 표정이 굳어졌다. 절박하게 처져버린 눈썹으로 그녀는 사방을 두리번거렸다. 어디에도 재효의 모습은 보이지 않았다. 위기를 모면하려 채선은 수십 수백 번 속으로 스승을 불렀다.

"스승님은 어디 계신 겁니까?"

"합방하기 전에 몸을 닦아야 합니다."

감정이 없는 사물인 양, 상궁은 채선이 묻는 말에는 대꾸도 않고 제 할 일만을 기계적으로 이어나갔다. 채선은 부아가 치밀어 왈칵 성을 내며 잡힌 팔을 뿌리쳤다.

"제가… 왜… 합방을 합니까?"

이글이글, 분한 눈물이 그렁한 채선을 바라보며 상궁은 피로한 얼굴로 한숨을 지었다. 계집팔자라는 것이 다들 게서 거기였다. 힘 있는 사내가 부르면 제 마음은 안중에도 없이 끌려가야 하는 팔자. 어떤 계집은 그러한 부름을 기대하며 평생을 궐 안에서 썩어나가기도 했다. 그런데 이 어리고 맹랑한 소리꾼 계집은 뻔한 결말 속에서 시간을 끌기만 할 뿐이었다.

상궁은 귀찮다는 듯이 눈을 흘겼다.

"잠시 너희들은 나가들 있거라."

상궁이 어린 여자아이들을 밖으로 거두었다. 물동이를 손에 진 계집애들은 쪼르르 탕 안을 빠져나갔다. 정적 속, 상궁은 팽팽하게 맞서고 있는 채선을 쏘아보며 낮게 중얼댔다.

"정녕 모르겠느냐?"

"예."

물러섬 없이 채선이 대답했다. 순간적으로 상궁은 별이 튀듯 채선의 따귀를 갈기었다.

앗, 비명도 지르지 못한 채 채선은 볼을 잡고 서 있었다. 맞은 곳이 화끈화끈 얼얼했지만 이렇게 맞은 일이 드물지도 않았다. 채선은 가만히 상궁을 마주 노려보았다.

"너는 이제 대령기생이다. 궁의 여인이 된 것이다. 헌데 어찌하여

내명부의 기강을 따르지 않으려 드느냐. 대원군께서 원하시면 조용히 따르면 될 일이다."

채선은 단단한 시선으로 상궁에게 윽박을 질렀다.

"저는 소리꾼입니다. 기생이 아니란 말입니다!"

"네가 기생이든 소리꾼이든 나는 관심이 없다. 내가 할 일은 명이 내려졌으면 그것을 따르는 일이다. 오늘 밤은 너를 대원군 대감의 처소에 이끄는 일이 내 업무란 말이다!"

채선은 가만히 반항기 어린 눈으로 그녀를 바라보았다. 불끈, 꽉 쥔 두 주먹에는 힘이 실렸다. 당혹감에 숨은 점점 가빠왔다. 채선은 알 게 뭐냐는 어투로 그녀에게서 등을 돌렸다.

"송구하오나 그건 마마님 소관의 일이시옵니다. 그리고 제 일은 오늘 밤, 스승님을 따라 동리정사로 돌아가는 것입니다. 저는 소리꾼이라 마마님께서 말씀하시는 궁의 일은 알지도 못하고 알아듣지도 못하옵니다. 그럼 이만 가보겠사옵니다."

채선이 후련하게 제 할 말을 쏟아내곤 상궁의 옆을 지나쳐 걸었다. 씩씩, 아직도 열기가 그득하여 몸은 와들와들 떨리고 입술을 바르르 요동쳤다.

허, 옆에서 코웃음 소리가 들려왔다. 상궁이 나가려는 채선의 뒤꼭지에 대고 차갑게 뚝뚝 읊조렸다.

"네년이 사태를 분간치 못하고 일을 어렵게 만드는구나. 잘 듣거라. 한 번만 얘기할 것이니. 지금 여기서 나가면 대감의 명을 거역하는 것이다. 그러면 너는 물론이거니와 네 스승 또한 죽임을 면치 못할 것이야. 네년이 대감을 한 번이라도 뵈었다면 그분의 성정이 어떨지는 말하지 않아도 잘 알겠지. 한 번 얻고자 하신 것은 놓치지 않는 악어이시다."

마침내 채선은 다리에 힘이 풀려 그 자리에 주저앉고 말았다. 엄혹한 눈빛으로 감정 없이 울고 웃던 사내. 채선은 하응의 잔혹하고 고집스런 성격을 알 것도 같았다. 결국 이러지도 저러지도 못한 채선이 바닥에 주저앉아 서럽게 허공을 바라보았다.

폴폴, 먼지가 빛 속에서 춤을 추었다. 채선은 서럽고 억울하고 숨이 가빠 고개를 숙이고 흐느꼈다. 눈에서 한스럽게 눈물이 똑똑 맺혀 떨어졌다.

스승은 지금 어디를 헤매고 있는가. 채선의 입에서 울음이 터져 나왔다.

* * *

"왜……."

하응은 나가지 않은 채 방 앞에 웅크리고 있는 재효를 바라보며 혀를 날름댔다. 할 말은 다 끝을 맺었으니 물러가라는 명에도 재효는 망부석마냥 우두커니 몸을 엎드릴 뿐이었다. 그는 다시금 사내를 향해 물었다.

"왜……."

무슨 할 말이라도 남았는가. 하응이 흥미롭게 물었지만 재효는 입을 달싹이지 못하였다.

용기도 못 낼 거면서 미련하게 구는 꼴은 어리석고 둔해보였다. 대원군은 교활하고 간사한 표정으로 재효의 속내를 떠보았다.

"자네가 정인이라도 되는가?"

이번에도 재효는 묵묵부답, 대꾸가 없었다. 슬슬 노여움이 치뜬 하응은 곰탱이 같은 재효를 노려보았다.

"자네가 그 계집의 정인이라도 되느냐고, 물었네."

재효는 눈을 껌뻑거리곤 속에서 날뛰는 문장들을 되짚었다. 고개를 들었다가 숙였다가 하응을 바라보았다가 눈길을 거두었다가.

그 사이에도 하응은 흔들림없이 빳빳하게 재효를 응시했다. 시선 사이에 흐트러짐 없는 긴장감이 감돌았다.

"대감……."

돌연 눈빛을 바꾼 재효는 딴 사람 같았다. 더 이상 비굴한 빛이 아닌 눈매에는 특유의 기백 넘치는 안광이 형형했다. 그가 천천히 입을 열어 대원군을 대했다.

"저는 두 번이나 상처했습니다. 아내를 두 번이나 잃었지요."

맥락 없는 이야기에 하응은 말없이 재효의 말을 귀담아들었다. 고르지 못한 호흡이 듣는 내내 숨을 가쁘게 만들었다.

"제가 마음을 주면 모두 저를 떠났습니다. 그게 제 운명이지요. 제가 키운 소리꾼들도 마찬가지였습니다. 마음을 주면 모두 저를 떠났습니다. 해서, 저는 사람에게 마음을 열지 않았습니다."

"……."

"그러다… 그 아이를 만났습니다. 그 아이는 꽃처럼 웃으며 제 옆에 있었습니다. 그런데 저는, 저는 그 아이에게 미소로 화답한 적이 없었습니다."

"……."

각오를 다지는지, 재효의 음성은 굳건하게 떨어졌다. 하응은 그저 재효가 분출해내는 감정들을 마주보고 서 있었다. 재효가 다시 다짐하듯 입을 열었다.

"허나, 저는 이제 그 아이와 함께 하려고 합니다."

돌덩이마냥 묵직한 소리. 대원군의 눈동자가 살풋 흔들렸다. 여세를 몬 재효도 말에 박차를 가했다.

"그런 제가 대감께 그 아이를 보낼 수는 없지 않겠습니까."

마침내 정체를 드러낸 재효의 진심에 그 스스로도 적잖이 놀랐다. 어쩌자고, 대원군에게…….

하지만 쏟아진 말은 주워 담을 수도 없었고, 그럴 마음도 없었다. 대원군은 한동안 재효를 응시하기만 했다. 호방하게 말을 꺼낸 부리부리한 재효의 눈알을 꿰뚫듯이 바라볼 뿐이었다. 재효 역시 하응의 눈빛을 피하지 않고 정면으로 맞섰다. 한 치의 흔들림도 없이 팽팽한 줄다리기 속에서 대원군이 먼저 시선을 거두었다. 잃을 것이 없는 자는 언제나 우위를 점했다. 지켜야 할 것이 있는 자는 언제나 아래로 떨어졌다. 하응은 여유 있는 표정으로 재효를 바라보며 슬며시 미소 지었다. 그는 재효의 발악을 잘 구경하였다는 듯 적선하는 눈빛이었다.

"동리 선생……."

꿀꺽, 재효가 침을 삼켰다. 하응의 **빽빽**한 냉기는 가실 줄을 몰랐다.

"자네의 너름새는 아직 쓸 만하군."

후후후, 웃는 대원군은 꿈쩍도 하지 않곤 재효를 쏘아보았다. 단한 방에 그의 용기 있는 행동을 갈기갈기 부숴버리는 말이었다. 미간을 찌푸리며 그를 흘기는 재효를 향해 하응은 마침내 최종 선포를 내리듯 날카롭게 돌변하여 입을 떼었다.

"왜… 너름새가 아니었나?"

재효는 미동도 없이 그를 바라보았다.

"그 아이를, 내 손으로 죽이고 싶진 않아."

너무 크지를 않았는가. 내가 가질 수 없는 변화는 변화가 아닐세. 그것은 반역이지. 그러니 역도는 내 손으로 밟고 으스러트릴 것이야. 더 이상 소리판에선 계집이 푸는 소리를 들을 수 없게 되겠지. 굳이 말하지 않아도 전해지는 감정이 있었다.

재효는 흔들리고 무너지는 눈동자로 하응을 바라보았다. 서럽다. 억울하다. 그의 속에서 온갖 감정들이 소용돌이쳤다.

"그대의 제자는 황후와 같은 대접을 받으며 마음껏 소리를 펼칠수 있을 걸세. 누구의 눈치도 보지 않고 하고자 했던 여망을… 푸는게지."

잠시의 틈도 주지 않고 대원군은 침묵을 깼다. 부여잡고 굴러봐야 시간낭비였다. 하응의 냉혈한 제안에 재효는 두 눈을 꾸욱 감으며 몸을 숙였다. 할 수 있는 게 이것뿐인 제 자신이 초라해졌다.

"망극… 하옵니다."

히죽이죽, 대원군은 만족스럽다는 듯 수염을 쓰다듬으며 이기죽거렸다. 재효는 붉은 얼굴 그대로 멍하니 밉살스런 하응의 수염을 바라보았다. 하응이 뭔가 생각났다는 표정으로 뚱하게 재효에게 물음을 건넸다.

"그런데 말이야… 내 전부터 하나 묻고 싶었던 게 있는데……. 항간에 떠도는 풍문인데, 자네라면 답해 줄 수 있을 것 같아. 춘향이 얘긴데……."

"……."

"그 계집은 기생의 딸인데 어찌 변학도의 수청을 들지 않았는가, 하는 물음일세. 사내의 주장군이 어쨌네 하는 사대부들끼리의 얘기도 있네만, 천박해. 명쾌하지가 않아."

"……."

"자네 생각은 어떠한가."

"그건……."

"그건?"

"춘향이가… 마음에 품은 사람이 있어서… 그렇습니다."

크흡, 올라오는 속울음에 재효는 말끝을 흐렸다. 꽃잎이 흩날렸다. 저를 보고 해사하게 웃으며 말하던 채선의 얼굴이 날리는 꽃잎처럼 흩어져버렸다.

재효는 부족한 제 신세에 헛웃음이 흘러나왔다.

"소인은… 물러가겠습니다."

거의 반쯤 정신을 내려놓은 재효가 방바닥을 기어 나와 노안당으로부터 도망쳤다. 부끄러움과 수치심이 들끓어 올랐다.

* * *

기다란 돌담이 이어진 궁길 위에서 재효는 쓰러질 듯 비틀거렸다. 앞으로만, 앞으로만 빠르게 걸어가는 재효는 도망치는 사냥감 같은 표정을 짓고 있었다.

내려올 수 없는 판 위에 서 있었음을 그만 몰랐더라. 채선만… 몰랐더라. 소리하는 놈들은 그저 단순히 하고팠던 소리만 원 없이 풀면 만사가 긍정적이었더랬다. 헌데… 이 판은 그저 소리를 위해 짜여진 판이 아니었다. 재효가 어찌할 도리가 없이 촘촘하게 그물코가 널린 판이었다.

재효는 꺼이꺼이 울 듯이 한숨을 터트렸다. 저벅저벅, 멀리서 등불이 반짝였다. 바닥에 눈을 박고 걷던 재효도 순간 앞쪽에서 걸어오는 무리들을 바라보곤 걸음을 멈추었다.

재효의 뒷모습 너머, 궁길 저 멀리서 누군가를 태운 가마가 다가오고 있었다.

재효는 선 자리에서 꿈적도 못하고 다가오는 가마를 응시했다.

저 안에 누가 타고 있을지는 확인하지 않아도 알 수 있었다. 그는 망연자실 가마를 바라보았다. 눈앞으로 채선의 얼굴이 스쳐 지나갔다. 가마의 열린 틈으로 재효를 발견한 채선의 눈망울도 커다랗게 변했다. 곱고 귀티 나게 치장을 한 채선이 가물가물 그의 눈시울을 붉게 만들었다.

저벅저벅, 가마는 야속하게 그를 지나쳐 앞으로 향하던 길을 멈추지 않았고, 재효는 눈길을 돌려 가마의 꽁무니를 돌아보기만 했다.

"스승님……."

흐느끼는 채선의 울음소리도 바람을 타고 들려왔다. 붉어졌던 눈시울에서는 금세 굵은 눈물방울이 맺혀 흘렀다.

"스승님……."

채선도 지척에 서 있는 스승을 느끼며 울음을 터트렸다. 고운 얼굴에 눈물이 번지기 시작했다.

"멈추어라. 잠시만 멈추어주시오."

채선의 흐느낌에 가마가 잠시 멈춰 섰다.

재효는 눈을 꾸욱 감으며 눈가의 물기를 훔쳐냈다. 애써 멀쩡한 표정을 지어보인 사내는 가마를 향해 맥없이 걸어갔다.

가마의 열린 틈으로 채선은 재효의 끊어질 듯 여위어버린 호흡을 감지했다. 채선이 눈물 가득한 눈길로 재효를 바라보았다. 울먹이며 아이가 간신히 입을 떼었다.

"스승님……."

더 말을 보태 무엇하랴. 그 울음 한마디에 모든 것이 담겨 있으니 재효는 채선을 어쩌지 못하고 그저 바라보았다. 채선 역시 도망치자, 달아나자 말하지 못한 채 입을 봉하고 재효를 바라보기만 했다. 눈길에서 덕지덕지 슬픔이 묻어났다.

어찌할꼬. 너를 어이하면 좋을까. 내가 비루하고 힘이 없어 너를 희생시키고 궁에 버리고 떠나야만 하는데… 네가 눈에 밟혀 내가 어찌 발걸음을 옮길꼬.

재효는 채선을 바라보며 입술을 깨물었다. 그러나 이미 일은 결정되었다. 할 수만 있다면 채선을 데리고 동리정사로 돌아가고 싶었으나 그것은 꿈에 불과했다. 두 사람 다 잘 알고 있었다. 그렇다면… 적어도 채선의 마음에 미련을 남겨선 안 되었다. 아이가 궁 안에서 오래도록 잘 살 궁리를 해야 했다. 깨끗이 비워내지 못하면 살아남을 수 없는 판이었다.

재효는 애써 무표정하고 냉정한 눈빛을 찾았다. 채선을 위해, 그는 안간힘을 쓰며 순간적으로 몸을 숙였다. 절을 하듯 넙죽 엎드린 재효가 채선을 향해 말했다.

"마마, 감축드리옵니다. 대감께서 마마를 귀히 여기시어 성은을 베푸시니 참으로 기쁜 일이 아닐 수 없습니다. 또한 대감께서 소인에게도 평생 후원을 약조하였으니 이 또한 감복할 일이옵니다."

채선은 눈물이 그렁한 얼굴로 입술을 깨물었다. 저를 향해 엎드린 스승의 모습도 차마 눈뜨고 볼 수 없는 참경이었다.

"부디… 부디, 마마께서는 옥체 만강하시어 소리를… 마음껏… 마음껏……."

기어코 마무리가 이지러져버린 음성은 커다란 웅덩이를 만들었다. 재효는 한을 퍼올리며 그 속으로 울음을 부어 담았다. 재효가 고개를 들어 다시 채선을 바라보았다. 두 사람의 시선이 끈끈하게 맞물렀다. 잠시간의 공백, 무엇에게도 침범당하지 않은 깨끗한 공허 속에서 두 사람은 서로를 바라보았다. 재효가 눈길을 떨구고 머리를 조아렸다.

"소인, 이만 물러가겠나이다."

그런 스승을 바라보며 채선도 말을 붙이지 못하고 고개를 숙여버렸다. 이미 곱게 치장했던 얼굴은 눈물로 흐려졌고, 비단 한복은 물기로 축축하게 젖어들었다 채선은 그저 말없이 재효를 눈 안에 담았다. 새기듯이, 차곡차곡 그녀는 재효를 담았다.

"채선아……."

한순간, 신음처럼 새어나온 소리에 채선은 고개를 들었다.

그의 눈가에 눈물이 맺히며 고개를 숙이고 그녀를 지나쳐버린다.

가마꾼들도 신호일세라 걸음을 옮겼다. 채선은 조금이라도 더 바라보려 고개를 돌려 재효가 지나친 방향을 이르집었다. 오랫동안……. 재효의 뒷모습이 갑절로 멀어져갔다. 멀어져가는 스승의 등 위로 채선의 흥얼거리는 노랫소리가 들려왔다.

어느덧 가마에 난 덧문은 탁, 소리를 내며 닫혔다. 문틈 사이로 새어나온 소리는 바람을 타고 스승의 뒤를 집요하게 따랐다.

"쑥대머리 귀신형용 적막옥방 찬 자리에……."

머리털이 마구 흐트러져 만신창이가 된 채선의 모습이 아른거렸다. 목에는 커다란 칼을 찬 채 비통하고 애절하게 임을 찾는 그미의 울음이 바람 속에서 형체를 잃고 녹아들었다.

채선의 서안

스승님은 우셨습니다.

파지가 쌓인 서안 위로 정갈한 문체가 새겨져 있었다. 음전한 자
태로 쪽을 진 여인이 붓을 들어 다음 문장을 써내려갔다.

아무도 없는 고요한 별채 안, 조금은 어른스러운 표정을 지을 줄
도 알게 된 채선이 어떤 소리 한 토막을 연이어 작게 흥얼거렸다. 소
녀다운 티를 벗은 채선은 스무 살을 몇 해 넘긴 모습이었다. 화사하
게 물이 오른 채선의 양 볼은 움찔거리며 소리를 읊어냈다.

그녀는 주변을 가득 채운 고풍스러운 가구들을 바라보다 지그시
눈을 감았다. 채선은 마저 글을 써내려가곤 조용히 제가 쓴 편지를

읽고 또 읽어 내렸다.

종이 위에 눈물이 몇 방울 떨어졌다. 고개를 들어 허공을 응시하는 채선의 얼굴은 다른 어딘가를 헤매고 있는 듯했다. 그미는 눈물이 가득 맺힌 얼굴로 다시 생각에 잠겼다.

스승님, 저는 스승님을 처음 만났을 때, 그리고 처음 소리를 들었을 때, 다짐했습니다. 심청이처럼 살고 싶다고. 목숨을 버려 모든 것을 얻은 심청이처럼 살고 싶었습니다.

화려하게 단장을 한 채선은 울음이 번진 상태였다.

궁인들은 가마에서 내린 채선을 보곤 눈살을 찌푸렸다. 애가 달아… 어린 계집이 가슴을 움켜쥐고 울음을 쏟아내니 궁인들도 눈물이 질금거렸다. 그네들은 채선의 번진 화장을 고치고 새 옷으로 갈아입힌 후 대원군이 거하고 있는 이로당(二老堂)의 방문 앞에 세웠다.

채선의 눈빛이 두려움과 서러움에 가늘게 떨렸다.

스승님, 저는 스승님께 마음을 품으면서 다짐했습니다. 춘향이처럼 살고 싶다고. 오직 한 분에게만 마음을 주었던 춘향이처럼 살고 싶었습니다.

문이 열리면서 대원군의 얼굴이 보였다.

두려웠던 기색은 잠시, 담담하고 단단한 눈빛으로 그를 바라보던 채선에겐 반항심이 득시글하였다. 그미를 앞에 세운 대원군은 잠시 싸늘한 눈빛에 멈칫하였으나 재미난 놀잇감을 얻은 양 눈빛을 반짝였다.

채선은 조용히 방 안으로 들어와 하웅의 손에 이끌려 들어갔다. 후, 이내 촛불이 꺼졌다.

* * *

"옘병! 사람 인생이 다 이런가. 굽이굽이 넘어가면 또 한 굽이 나오는가."

굽이굽이, 돌아가는 길은 나설 때의 여로보다 몇 배는 더 길어보였다.

바람은 제법 스산해져 옷깃을 여미지 않으면 재채기가 나올 정도였다. 저 멀리 칠성과 용복, 세종과 재효가 동리정사로 돌아가고 있었다.

터벅터벅 걷는 소리와 바람소리만이 들려오는 길가에는 풀 한 포기 아름다워 보이지를 않았다. 퉤, 세종이 한양 땅을 바라보며 카악, 침을 뱉었다.

꽃을 잃은 소리패는 전의를 잃고 망연자실한 모양새였다. 재효는 넋이 나간 얼굴로 발걸음을 옮겼다. 세종은 그런 재효를 측은하게 바라보며 애써 길 위에서 소리를 시작했다.

소리꾼은 즐거워도 소리를 푸는 것이고, 몸이 아파 앓아누워도 신음 대신 노래하는 것이었다. 슬퍼도 울지 말고 한스러워도 내색치 말고 가슴을 쥐어뜯으며 소리를 푸는 것이었다.

세종이 심청가 중에서 심봉사 심황후 만나 좋아하는 대목을 풀어주었다. 나름대로 재효를 위로하고픈 마음에서였다.

"좋을씨고, 좋을씨고. 얼씨구 지화자~."

용복도 눈치를 보며 메고 있던 북을 앞으로 돌려 북장단을 친다. 칠성이 소리를 이었다.

"칠년대한 가물 적에 큰비 오니 좋을씨고, 얼씨구 지화자~."

"백설한풍 추운 날에 해를 보니 반갑도다. 얼씨구 지화자~."

얼쑤! 신명나게 재효의 주변을 빙글빙글 돌아가며 세종과 칠성, 용복이 소리를 했다.

재효는 걸음을 멈추고 걸어온 길을 유령처럼 바라보았다. 멍하니 그의 시선을 좇던 세 사람도 소리를 멎는다. 뒤에서 보고 있기가 딱하여 세종이 참다못해 크게 세 번 소리쳐 불렀다.

"나으리! 나으리! 나으리!"

재효가 눈길을 거두어 세종을 바라본다. 눈가에 눈물이 어리었다.

"옘병! 백설한풍 추운 날에 해를 보니 반갑도다."

"얼씨구 지화자~."

재효도 으쓱으쓱 어깨짓을 하며 소리를 이었다. 그가 살풀이하듯 어깨춤을 추었다. 동리정사의 소리패는 미치광이 떠돌 듯 박자를 맞춰가며 돌아갈 길을 밟아나갔다.

스승님, 심봉사는 눈을 떴지만 심청이는 두 번 다시 아비를 볼 수 없었습니다. 춘향이는 사랑했고, 이별했습니다. 그리고 기다렸습니다. 다시… 만날 날을 기다렸습니다. 기다리고 있습니다.

소리를 하는 재효의 목청이 비명을 지르는 것 같아, 세종과 칠성, 용복은 악을 질러 그의 소리를 파묻어주었다. 재효가 울고 있었다.

* * *

똑, 편지지 위로 또 다시 눈물방울이 떨어졌다. 부시럭 소리에 채선은 생각을 깨쳐들고, 방 밖의 움직임에 귀 기울였다. 누군가 얼핏 그녀의 방문 앞을 서성거린 것도 같았는데…….
아무도 없음을 확인한 채선은 편지를 마저 써내려가기 시작했다. 으슬으슬 오한이 들었다.

* * *

돌본 사람이 없었던 터라, 황량한 동리정사 앞마당에는 낙엽들이 쌓여 있었다.
마당을 차지한 커다란 고목나무에서는 끊임없이 나뭇잎이 떨어졌고, 동네 아이들은 신기한 구경이라도 났는지 소리학당으로 모여들었다.
"신재효는 어명을 받들라!"

교지가 적힌 두루마리를 펼치는 소리와 함께 고창의 주민들은 태어나서 이런 광경은 처음 본다는 듯 침들을 꿀꺽꿀꺽 삼켰다.

한양에서 내려온 관리들은 동리정사 마당에 서 있었고, 재효는 관리 앞에 무릎을 꿇고 앉아 예를 갖추었다. 뒤편에서 세종과 용복, 칠성은 스승의 모습을 바라보고 있었다. 근엄한 인상의 관리 하나가 펼친 교지를 낭독했다. 짧은 문장이지만 관리는 한껏 목소리에 힘을 주어 천천히, 그러나 쩌렁쩌렁하게 소리쳤다.

"신재효는 어명을 받들라! 동치6년 신재효에게 종2품 가선대부 오위장 관직을 하사한다!"

와, 마을 아이들 입에서 탄성이 쏟아졌다. 사람들도 다시 보았다는 듯 우러름 가득한 눈길로 재효를 바라보았다.

재효는 멍석 위에 올라 한양 방향으로 큰 절을 올렸다. 고개를 숙인 채 하염없이 눈물을 흘리며 흐느낀 재효는 입신양명을 이루었다. 그리 바라던 꿈이었던 듯싶은데, 잠에 덜 깬 듯 혼몽하기만 했다. 세종도 혀를 끌끌 차며 뒷짐을 지곤 소리 학당을 벗어났다.

옘병! 사람에게 제일 중요한 것을 빼앗았는데, 부귀공명이 무슨 소용일까. 세종은 재효 대신 술잔을 기울이려 주막으로 향했다.

재효는 멍하니 교지를 바라보았다.

어명에 적힌 왕의 음성은 곧바로 하응의 간교한 말소리로 변했다. 쟁쟁하게 귀를 울리는 그의 말은 재효를 찢고 짓이겼다. 그 뒤로는 채선의 울음소리가 곁들였다.

다들 입을 모아 재효가 출세를 하였다는 말들이 오고갔지만, 그는 더 깊은 속중으로 파고들어갔다. 재효는 주막에서 한 잔 거나하게 걸친 후 동리의 골골을 걸었다. 보름달이 떠 있었다.

"쑥대머리 귀신형용 적막옥방 찬 자리에… 생각난 것이 임뿐이라."

어디선가 어린 계집아이의 흥얼거리는 노랫소리가 들렸다. 재효는 머리를 털레털레 저었다.

문득 아련한 옛 기억을 더듬듯 재효는 보름달에 시선을 두고 걸으며 떠오른 계집의 소리를 따라 흥얼거렸다. 술에 취하지 않은 맑은 소리가 흘러나왔다.

"쑥대머리 귀신형용 적막옥방 찬 자리에 생각난 것이 임뿐이라."

재효가 넌지시 소리 너머를 가다듬어 뒤돌아보면 한적한 밤공기 속, 그의 뒤는 텅 비어 있다.

"보고 지고, 보고 지고, 한양 낭군 보고 지고……."

재효는 소리와 걸음을 멈추고 서서 누군가 오기를 마냥 기다렸다.

달무리 사이로 빛이 새어들면서 그는 조용히 눈을 감았다. 저벅저벅, 누군가 다가오는 환청이 귓가를 적셨다.

* * *

보고 싶습니다.

채선은 편지를 쓰다 말고 멍하니 창밖에 뜬 보름달을 바라보았다.

싸늘하게 식은 밤공기 속, 별채 안을 지키던 채선은 다시 문장을 읽었다. 그리움이 울려왔다.

보고 싶습니다. 소식이 궁금합니다.

그리 높지 않은 담장 너머, 채선은 나가지 못하는 육신을 버려두고 눈을 감고 길을 헤아렸다. 나뭇잎이 쌓인 길거리, 돌멩이가 견고하게 쌓인 읍성의 둘레길.
채선은 그 길들을 따라 소리가 나는 방향으로 접어들어 보았다. 거기에 누군가 서서 노래를 부르고 있었다. 채선은 눈을 감았다. 이내 손을 뻗었다. 닿지 못할 누군가를 향해……. 번득 눈이 뜨였다.

＊ ＊ ＊

대원군의 얼굴에는 표정이 없었다. 고새 늘어난 주름살에는 옹졸한 고집과 점점 감정을 잃어가는 늙은 사내의 세월이 깃들어 있었다. 사내는 손에 쥔 편지를 펼쳐 들어 천천히 읽어 내려갔다.

스승님의 답이 없어 마음이 답답합니다.

종이를 내려놓은 그는 가만히 헛헛하게 웃고 말았다.
꽤 시간이 흘렀다고 생각했다. 마음을 주고 곁을 내어주고, 금은 보화를 선물하면 돌아설 것이라 여겼다. 헌데 시간이 지날수록 계집의 그리움은 형태를 달리하며 더께가 쌓일 뿐이었다.

그는 한순간 날카롭게 쏘아보며, 거리를 두고 앉아 있던 상궁을 곁눈질했다. 그녀가 채선의 방에 있던, 부쳐졌지만 전해지지 못한 편지뭉텅이를 하응에게 갖다 바쳤다.

"태워라."

타닥타닥, 불길 속에서 채선의 편지가 불에 탔다.

쪼글쪼글, 불씨에 새까맣게 쪼그라드는 편지는 채선의 마음처럼 타들어갔다. 한 줌 재가 될 때까지 대원군은 불길을 바라보았다. 치졸하고 옹색한 사내의 마음이 담뿍 담겨 있었다.

도리화가

시간은 유수와 같이 흘렀다. 그새 해는 몇 해가 더 저물었고, 채선은 망연히 하루해가 지는 것을 바라보았다. 스승에게선 답이 없었다. 아무리 편지를 붙이고 인편을 보내어 연락을 취해도 그에게는 닿지를 못했다.

저를 잊은 것인가⋯⋯. 마음에서 비워낸 것인가⋯⋯.

채선은 부쩍 기침이 늘어 수척해졌다. 몇 번을 앓아누웠다가 일어서기를 반복, 채선은 몰라보게 야위어 있었다.

"춘향이는 그대로이다만, 이도령이 오지 아니 하면 무슨 소용이 있을꼬."

하응은 곧잘 빈정대며 그리 말했다.

채선은 반박하고 싶었지만 제 마음을 내색하지 않으려 애썼다. 그녀는 하웅을 잘 모셨다. 그가 원하면 소리를 했고, 그와의 잠자리에도 익숙해져 갔다. 정절을 지키고 수절을 한다. 그것은 애초에 가능한 일이 아니었다. 채선은 단념할 부분은 단념한 채 마음에 빗장을 걸었다. 절대로, 결코 하웅이 넘어올 수 없는 마음의 경계. 그 안에서 채선은 춘향이인 양, 심청이인 양, 하염없이 재효를 그렸다. 그리고 그리다 부러지면 앓고 흐느꼈다.

"지독한 것."

하웅은 본심을 숨긴 채 저를 향해 미소 짓는 채선을 바라보며 밉살스레 지껄였다. 그러면서도 그미의 손을 놓지는 않았다. 그는 불안하고 마음이 갑갑할 적에는 언제고 채선을 찾아 소리를 들었다. 그러노라면 마음속에서 울음이 터져 눈시울이 붉어졌다. 하웅에게 채선은 훌륭한 동지이자 해우소가 되어 있었다. 비록 채선의 마음은 그렇지 않더라도……

말갛게 웃는 해어화가 되어버린 채선을 바라보며 하웅은 쓸쓸한 기색을 지우지 못했다. 그럼에도 그녀를 곁에 붙들어 두는 것은 그의 고집스러운 집착 때문이었다.

* * *

"와아아!"

아이들의 노랫소리가 울려 퍼졌다. 무성한 초록 잎들이 바람에 흔들리는데, 잠시 후 초록 잎들 너머로 얼굴 하나가 슥 올라왔다.

붉은 볼에 촌티가 흐르는 열 살 남짓의 계집아이였다. 아이는 호기심 어린 눈망울로 학당 안을 바라보았다. 예전의 활기를 되찾은 동리정사에는 문하생들이 가득했다. 현판을 닦고 있는 문하생부터 북장단을 고르는 문하생까지. 많은 아이들이 노래와 소리에 대한 꿈을 펼치고 있었다.

"으흠! 소리는 여실히 해야 한다. 안 그러면 보는 이로 하여금 아무 감흥도 이끌어낼 수 없어."

용복이 턱밑까지 자란 수염을 쓸어넘기며 제법 스승다운 풍채를 자랑했다. 그는 북장단을 쳤고, 옆에 선 칠성은 사랑가 중 한 토막을 선창했다.

줄 지어 앉은 삼십여 명의 사내 문하생들 사이에는 다섯 명의 십대 후반 여자아이들도 끼어 있었다.

용복이 북을 치면 학당 안쪽에서 망건을 쓴 세종이 황소걸음을 하며 느릿느릿 문하생들의 용모를 파악했다. 진지한 표정의 아이들이 입술과 코를 옴찔거린다.

"나아아~ 아아아~ 아아아~."

세종의 선창에 따라 아이들이 소리를 했다. 멀리 나뭇잎 사이로 동리정사 안을 훔쳐보던 계집아이도 우렁차게 소리를 내질렀다.

세종은 아이를 발견하고 눈을 부릅떴다. 깜짝 놀란 아이가 담장에 서서 쭈뼛거리고 있노라면 세종은 표정을 풀곤 아이를 향해 미소 지었다. 그가 들어오라 손짓했다. 눈 안에는 사랑스러움이 가득 묻어났다.

쾌활하게 들리는 남녀 문하생들의 사랑가가 달콤하게 동리정사를 적시고 있었다.

* * *

재효는 온종일 집 안에 박혀 칩거하는 중이었다. 그는 무언가 대단한 일이라도 하는 양, 가끔씩 나들이를 할 뿐 일체 출입을 자제했다. 소리 학당의 일에서도 완전히 손을 떼고, 강의는 칠성과 용복이 이어 받은 모양새였다.

세종은 가끔 재효의 방에 쳐들어가 술잔을 따르며 옛이야기를 주절대다가 돌아가곤 했다. 재효는 방바닥부터 넓직한 책상 위까지 가득 쌓여 있는 종이책들을 분주하게 헤집었다.

종이들 윗장에는 토별가, 적벽가, 변강쇠가, 박타령, 심청가, 춘향가 판소리 여섯 마당의 제목들이 적혀 있었다. 등잔불을 켜놓고 작업에 몰두하는 재효는 거침없이 글을 써 내렸다.

소리에는 이야기가 있다. 그 이야기에 너와 내가 있었다. 남기지 않으면 사라질 것 같아, 쓴다.

잠시 글을 쓰던 손짓에 여백을 주며 재효가 글을 바라보았다.

읽고 또 읽다가 붓을 내려놓았다. 잠시 호흡을 고르고 창밖을 바라보니 푸른 새벽빛이 방 안으로 들어오고 있었다. 재효는 허공을 응시하며 무언가를 생각했다. 그의 눈길이 창밖 마당의 복숭아나무와 자두나무로 이어졌다.

너는 말했다. 도리화가 되고 싶다고 했다. 그래, 너는 꽃이다. 꽃의 소리다. 들을 수 있으면 좋을 텐데…….

재효는 잠시 침묵을 둔 채 눈을 감고 생각에 잠겼다.

그는 꽃을 그리고 있었다. 꽃의 향이 잔뜩 배어나오는 날 그미가 동리정사의 문을 열고 들어서는 모습을 상상하고 있었다. 재효가 눈을 뜨고 종이 위에 도리화가(桃李花歌)라고 적어 내렸다.

* * *

똑, 비가 그치고 난 하늘은 맑게 개어 청아했다. 집 안에 숨어 있던 아이들도 하나 둘 나와 노래를 흥얼거렸다.

"스물네 번 바람 불어 만화방창 봄이 되니 구경 가세 구경 가세 도리화 구경 가세."

음악 소리는 평소 채선이 흥얼거리던 소리 토막과 닮아 있었다. 아이들은 골골을 뛰어다니며 소리를 하고 노래를 옮겨 다녔다.

"스물네 번 바람 불어 봄이 되니 도화는 곱게 붉고 오얏꽃이 보기 좋은 범나비는 너풀너풀 날아든다."

고창의 단오 공터에서, 저잣거리에서, 마침내는 강을 거슬러 한강 나룻배 안에 이르렀고, 어린 아이들의 입에서 입을 타고 이어지고 전해졌다. 노래는 한양의 골골까지 널리 불려지게 되었다.

* * *

"감히 최익현이 그런 상소를 올릴 수가 있단 말인가."
"대감을 꺾으려는 중전의 모략이 분명합니다."
천하장안의 네 사람이 노안당에 모여 씩씩 콧김을 내뿜었다. 발단은 잇따라 올라온 노신의 상소였다.

전하, 종친은 후하게 대우하되, 정사에는 관여치 못하게 하소서.
최근의 일들을 보면 정사에는 옛날 법을 변경하고 인재를 취하는 데는 나약한 사람만을 채용하고 있습니다. 게다가 대원위대감의 위세를 믿고 천한 중인배들이 스스로를 천하장안이라 칭하고 시정을 문란히 하고 있다 하옵니다. 대신과 육경들은 아뢰는 의견이 없고 대간과 시종들은 일을 벌이기 좋아한다는 비난을 회피하고 있습니다. 그리하여 조정에서는 속된 논의가 마구 떠돌고 정당한 논의는 사라지고 있으며 아첨하는 사람들이 뜻을 펴고 정직한 선비들은 숨어버렸습니다.

동부승지 최익현의 충언에 안필주는 미간을 찌푸렸다. 자신들을 저격한 것이 분명했다.

"그리하여 주상께서는 뭐라 하셨는데요?"

"크게 칭찬하여 호조 참판으로 제수하셨다지 아마? 그러면 뭘하누. 권신들과 유생들이 반발하고 나서는 것을. 곧 삭탈관직당하고 사대문 밖으로 쫓겨날 걸세."

"이게 중요한 것이 아닐세. 주상께서 기뻐하셨다는 말이 아닌가. 이제 어린애가 아닐세. 주상께서도 가만히 계시지 않을 것이란 말일세. 이러다 대감께서 밀려나시는 것은 아닌지 모르겠네."

"택도 없는 소리. 내 그놈의 영감쟁이를 쥐어 흔들어버릴 걸세."

장순규가 기세 좋게 중얼거렸다. 하지만 운현궁의 분위기는 침통하게 가라앉아 있었다. 임금이 친정을 하려 했다. 그간 아비에게 눌려 허수아비 노릇을 했건만 머리가 여문 주상은 더 이상 손 안의 어린아이가 아니었다.

필주는 불편한 기색을 숨기지 않고 인상을 찌푸렸다. 다른 이들도 쿵덕쿵덕, 그간 저지른 만행들이 있어 간이 쪼그라들었다.

"그런데 이렇게 중한 시국에 대감께선 어디 계시는 것인가?"

"어디 계시겠는가, 소리꾼 치마폭에 감겨들어 계시겠지……."

그들은 한창 사랑가가 흘러나오는 노안당을 흘겨보았다.

"사랑 사랑 사랑 내 사랑이로다. 사랑 사랑 사랑 내 사랑이구나."

무료한 낮의 대원군은 심신이 괴로운 듯 끙, 소리를 내며 보료에 기대 있었다.

채선은 그 앞에 서서 부채를 활짝 펴며 소리를 펼쳤다. 부드러우면서도 높다란 소리. 대원군은 조금은 안정이 된 표정으로 채선을 바라보고 있었다. 부쩍 고립되어가는 하응은 마음의 위안을 채선에게서 얻었다. 따라서 그미에 대한 집착의 정도도 심해졌는데, 그녀가 장에라도 나가는 날에는 사내 여럿을 붙여 새어나가지 못하도록 감시할 지경이었다.

혹시라도……. 하응의 마음에는 혹시라도, 라는 불안감이 가득했다. 언제라도 채선이 스승에게로 돌아갈지 모른다는 두려움에 그는 신경질적인 반응을 보이곤 했다.

그러노라면 파리하게 지친 채선은 하응의 불안정한 마음을 아이 달래듯 토닥여주었다.

스승은 저를 잊었는가……. 수십 통의 서안을 보냈지만 결국 돌아온 답변은 없었다. 하응이 시들어가는 것처럼 채선의 마음도 가맣게 그을어가고 있었다.

"대감마님, 그만 유흥을 멈추시고 저희에게도 시간을 내주시지요."

소리가 뚝 끊기면서 안필주의 목소리가 새어들었다.

하응은 감은 눈을 뜨곤 흐, 한숨을 내쉬었다.

올라오는 것은 어려웠지만 내려가기는 너무나 쉬운 자리가 권력의 정점이었다. 자칫 잘못하면 발을 헛디디는 백 척의 간두가 이곳이었다. 하응은 시끄러운 아우성들을 물리치지 못하고 채선에게 눈짓을 보냈다. 마음은 어지러웠으나 소리만 듣고 앉아 있을 수도 없는 노릇이었다.

"됐다. 그만 물러가거라. 밤에 다시 부르마."

필주가 노안당으로 들어서며 방을 빠져나가는 채선을 노려보았다.

채선 역시 필주를 흘기며 방틀을 넘어섰다. 쏴아아, 스산한 봄바람 속에서 채선은 제 마음이 누덕누덕 헐어버린 것을 마주보았다.

* * *

"구경 가세 구경 가세 도리화 구경 가세."

어린 궁녀들이 걸어가며 도리화가를 이어 불렀다.

한 사람 두 사람, 아이들의 입을 타고 흘러왔던 도리화가는 능청스럽게 기별도 없이 운현궁의 담을 넘어왔다.

어린 궁녀들이 지나가고 그 너머, 누군가를 기다리는 듯 궁의 뒤뜰 나무 아래 앉아 있던 채선의 얼굴은 오만상을 다 찡그리게 되었다. 그녀는 몸을 일으켜 하늘을 우러러보았다. 구름이 바람을 따라 흘러가고 있었다.

잊지 않으셨다!

"얘, 그거! 그 노래 어디서 들었느냐?"

눈이 휘둥그레진 채선이 지나가던 궁인 하나를 불러 세워 묻는다. 아이는 영문을 몰라 고개를 절레절레 짓고 대답했다.

"그것은 모르오나 항간에 널리 퍼진 노래이옵니다. 멀리 밑에 지방에서부터 올라왔다고 하던데요."

말을 마친 궁인은 채선을 지나 제 볼일을 보러 갔다. 채선은 숨이 벅차올라 울음을 흘렸다. 눈물이 맺혔다. 켜켜 묵혀두었던 그리움도 다시 고개를 내밀었다. 꽃이 피었다. 그미는 한 송이의 도리화가 되어 전국 방방곡곡 사람들의 입과 입에서 아름답게 피어났다. 채선은 저를 그리는 재효의 마음을 떠올렸다. 낮게 흐느낌이 일었다.

채선은 담 너머를 그리며 침을 삼켰다. 단번에라도 넘어갈 수 있을 성싶었다. 멀리선 노발대발 성에 찬 하응의 윽박이 울려왔다. 채선은 담 너머와 뒤뜰 앞 노안당을 번갈아보았다. 채선의 버선발이 담장의 넝쿨을 밟아 오르기 시작했다.

* * *

쾅쾅! 나무 널빤지 위로 망치질이 계속되었다. 그 옛날 조대비가 하응의 궁 출입을 수월케 하려 금위영의 벽을 헐고 만들었던 문이 막히는 중이었다.

장정 몇은 망치와 돌방망이를 가져다가 문을 부수고 벽을 메웠다. 대원군은 그 모습을 망연히 지켜보는 중이었다. 임오군란이 실패하고 죽은 줄 알았던 며느리는 청의 군대를 이끌고 살아 돌아왔다. 서늘한 눈매란……

그는 쭉정이만 남은 종이호랑이마냥 며느리의 퍼렇게 날선 눈빛을 상기하며 몸을 떨었다. 주상은 아내의 치마폭에 휘감겨 아비의 말은 들으려고도 않았다. 어찌하여 앉힌 용상인데……

바닥을 기어 다니며 꿈틀댔던 하응의 광영은 어느새 초라하게 변색되어 다른 이에게로 넘어가 있었다. 그는 텅 빈 행랑과 썰물 빠지듯 발을 내뺀 운현궁의 객들을 둘러보았다. 힘이 빠졌다. 내일이면 위안스카이를 따라 청으로 끌려가야 했다. 도망치려고도 했으나 청병들이 문 앞을 꽁꽁 막고 있어 개구멍도 보이질 않았다.

체념한 하응이 노안당 마당에 자리를 펴고 몸을 기대 누웠다. 상석에 누운 그의 눈앞에 곱게 차려입은 채선이 다가왔다. 하응의 눈동자가 크게 확장되었다.

"너 죽어도 흙이 되고 나 죽어도 흙 될 일생 허송세월 어이하리. 사또께 여쭙기를, 혼비중천 높이 올라 이몽룡을 보겠다고 그 말이나 전하여라."

어느새 완숙한 미를 선보이는 채선의 얼굴은 삼십대에 접어들어 있었다. 하지만 빛나는 눈동자라든가, 홍조 띤 양 볼은 여전히 소녀처럼 발그레했다.

채선은 북을 앞에 둔 고수와 함께 나란히 서서 소리를 펼쳤다. 합죽선을 펼친 채선이 얼굴을 반쯤 감춘 채 아니리를 했다. 그 말이 꼭 채선의 마음과도 같았다.

"……."

하응은 표정의 변화 없이 소리를 귀에 담으며 고개를 끄덕였다.

"이렇듯 춘향이가 탄식허며 망부사로 울음을 운다."

옳지! 채선이 부채를 접으며 창을 하자 하응이 추임새를 울렸다. 절제되었으면서도 감정이 묻어나는 원숙한 소리가 구구절절 흘러나왔다.

"쑥, 대~ 머리~~ 귀신, 형용~~ 적, 막~~ 옥방의, 찬 자리에~

생각난 것이~ 임뿐이라~."

마당으로는 어느새 함박눈이 소복이 쌓였다.

"보고 지고, 보고 지고, 한양 낭~ 군을, 보고, 지고……."

채선의 소리가 멎은 곳에서 눈송이가 흩날렸다.

대원군은 덧없이 나부끼는 눈바람과 채선을 물끄러미 바라보다 한순간, 눈물이 맺힌다. 눈가가 부옇게 변해버린다. 그러자 채선의 소리가 멈추었다.

대원군이 민망한지 눈물을 훔치며 말을 이었다.

"운현궁 구름이 바람 따라 들었다가 바람 따라 나가는데 어찌 너는 예 남아 있었느냐?"

채선은 말은 않고 횅뎅그렁한 운현궁의 뒤뜰과 마당을 둘러보았다.

"그리 도망을 치고 싶어, 몇 번이고 담을 넘었다 잡혀오고 담을 넘었다 잡혀오길 반복하던 인사가 왜 다른 이들은 다 떠날 때 예 남아 있었는고. 변덕이 불었는가. 아니면 내가… 불쌍하였던가."

늙고 작아진 하응은 일말의 기대를 담은 눈초리로 채선을 바랐다. 하지만 채선은 가엾은 눈이 되어 대원군을 훑을 뿐이었다.

스승의 곁으로 돌아가려 운현궁의 높은 담을 몇 번이고 넘었지만 삼엄한 경비에 의해 잡혀오길 반복했던 것이 사실이었다. 채선 역시 떠나가는 궁인들과 문객들을 바라보며 자유롭게 열린 궁문을 하염없이 바라보았다. 하지만 발길은 쉬이 떨어지질 않았다. 젊은 시절을 내내 보내었던 곳이기도 했거니와 늙고 힘을 잃어 청으로 끌려갈 하응이 안되었기도 했다. 마음이 애달파 그미는 작별을 말하려 남아 있었던 참이었다. 채선이 공연의 절정을 내달려 끝을 알리려 했다.

"무산신녀(巫山神女) 구름 되어 날아가서 보고 지고. 계궁항아(桂宮姮娥) 추월(秋月)같이 번듯이 솟아서 비춰고저~"

대원군의 눈도 하늘 중천의 어딘가를 헤아렸다. 그는 채선의 소리를 귀에 담은 채 또르륵, 눈물 한 방울을 다시 떨궜다.

"소리가 무르익었어. 꽃봉오리에 지나지 않았는데 만개했구나."

쏟아지는 만설을 맞으며, 채선의 뒷모습은 미동도 하지 않았다.

그미는 대원군의 눈을 지그시 바라보았다. 이별을 기약하는 말소리가 눈발에 묻어 전해졌다. 대원군은 두 눈을 꾸욱 감고 입을 열었다. 채선의 뒷모습에 그 말이 들려온다.

"가라, 붙잡을 힘도 없다."

에필로그

동리정사 마당 위로 눈이 내리고 있었다.

우두커니 방에 앉아 열린 문 너머로 눈 내리는 풍경을 하염없이 바라보고 있는 노인은 백발이 성성한 재효였다.

금방이라도 쓰러질 것만 같이 위태로운 사내는 힘이 빠져 있었다. 콜록콜록, 마른기침 소리는 폐를 쥐어짜듯 속에서부터 우러나왔다. 재효는 부옇게 윤곽만이 겨우 보이는 시야로 바깥의 풍경을 눈에 담았다.

노안이 들어 사물은 정확하질 않았으나 세상은 하얀 꽃밭이 흐드러진 양 새하얗다. 바깥에서는 아이들이 부르는 소리 토막들이 전해져왔다.

재효는 찬바람이 옷깃을 파고들고 방바닥의 온기를 빼앗아도 창을 닫지 않고 물끄러미 밖을 바라보았다. 왠지 반가운 손님이 오실 것만 같았다. 그는 깊게 패인 두 눈으로 누군가를 기다리고 있었다.

재효의 눈에 흩날리는 눈이 마치 복사꽃처럼 보였다. 꽃잎 날리는 가운데 사랑가를 부르는 채선의 환영도 어른거렸다. 언젠가 동그란 눈을 뜨고 재효를 바라보며 사랑가를 불렀던 채선의 얼굴. 재효는 그리운 듯이 반가운 듯이 바라보았다. 흩날리는 눈꽃송이와 떨어지는 꽃잎들 너머로 채선의 모습이 나타났다.

"채선아……."

재효가 창밖을 향해 손을 뻗었다. 손가락은 닿을락 말락 눈송이에 닿았다가 스러졌다. 어느덧 따뜻한 바람이 불어와 도리화나무가 만개하며 그 밑에 빼꼼 고개를 내어 민 채선이 활짝 미소 지었다.

재효의 입가에서도 가느다랗게 웃음이 번졌다. 처음으로 그미가 보여준 미소에 제 속마음을 감추지 않고 보여주었다. 그는 만족한 듯 인자해진 얼굴로 편안히 설경을 바라보았다. 피로가… 쏟아졌다. 재효가 눈꺼풀을 내리감는다.

* * *

마을 초입의 들판, 눈발은 우악스럽게 쏟아져 시야를 막았다.

장옷을 걸친 중년의 여인은 더는 발목 잡힐 것도 거리낄 것도 없어, 허겁지겁 달렸다. 그녀는 오래전 거닐었던 읍성의 골목골목을 훤히 기억하고 있었다. 채선은 공양루를 넘고 읍성에 다다라 동리정사까지 한달음에 달렸다.

멀리 회오리치는 눈발 사이로 동리정사의 모습이 희뿌옇게 보였다.

채선은 재효를 향해 달리고 또 달렸다. 그녀의 뒷모습에 눈발이 계속 흩날렸다. 마치 꽃잎처럼 흩날렸다. 휘몰아치는 바람소리가 한 순간 뚝, 멈추더니, 재효의 그리운 목소리가 울려왔다. 채선은 문가에 서서 안쪽을 바라보았다.

"스물네 번 바람 불어 봄이 되니 도화는 곱게 붉고 오얏 꽃이 보기 좋은 범나비는 너풀너풀 날아든다."

채선의 눈에 하얀 꽃잎이 맺혀들었다. 그미의 입에서도 가느다랗게 도리화가가 들려왔다. 채선은 동리정사 사립문에 걸린 근조등(謹弔燈)을 바라보았다. 저미는 다리에 한기가 들어 채선은 눈밭에 주저앉았다.

* * *

타닥타닥, 불씨가 탔다. 채선은 여전히 지전을 태웠다.

얼굴 한 번 보지 못하고 떠나보낸 사람. 차마 비울 수 없었던 사람. 채선은 스승의 편지를 품에 안고 하늘을 올려다보았다. 꽃잎이 똑 그녀의 머리 위로 떨어졌다. 쓰다듬듯, 채선이 미소를 띠었다.

"스승님… 스승님……."

채선이 거의 소멸되어가는 불씨 속 편지지를 바라보며 물었다.

기다리지 그러셨소. 조그만 더 기다려주지 그러셨소. 넋두리처럼 이어지는 소리에 동리정사도 도리화나무도 바르르 몸을 흔들었다.

채선은 차마 하지 못했던 물음을 던졌다. 낙성연이 끝난 후, 향원정 취향교에서 건네려고 했던 말. 가슴 속에 맺힌 듯 내내 품어왔던 말을 채선은 읊조렸다.

"제가… 춘향이의 소리를 내었습니까? 제가 스승님의 춘향이가 되었습니까?"

어디선가 이른 소소리바람에 감겨 재효의 대답이 들려오는 듯도 하였다.

"그래, 그렇구나. 듣기가… 좋구나. 채선아."

스물네 번 바람 불어 만화방창 봄이 되니

구경 가세 구경 가세 도리화 구경 가세

도화는 곱게 붉고 희도 흴사 오얏꽃이

향기 쫓는 세요충은 젓대 북이 따라가고

보기 좋은 범나비는 너픈너픈 날아든다

붉은 꽃이 빛을 믿고 흰 꽃을 조롱하여

풍전의 반만 웃고 향인하여 자랑허니

요요하고 작작하여 그 아니 경일런가

꽃 가운데 꽃이 피니 그 꽃이 무슨 꽃인고
웃음 웃고 말을 하니 수렁궁의 해어환가

해어화 거동보소 아름답고 고을써고
구름 같은 머리털은 타마제 아닐런가
여덟팔자 나비 눈썹 서귀인의 그림인가
환환한 두 살 작은 편천행운 부딪치고
이슬 속의 붉은 앵화 번소가 아닐런가

언제 그리 눈여겨보았던가. 거동 하나 눈 코 입 하나하나 기억하고 품어주었던가.

채선은 고마운 스승의 마음을 담아 소리를 풀었다. 그미의 소리에 홀려 사립문 너머에서 일곱 살을 갓 넘었을 어린 계집이 하나 들어왔다.

아이가 화롯불 근처에 섰다가 채선의 품으로 다가들었다.

채선이 아이를 안고 하늘 위 살포시 떨어지는 진눈깨비를 잡아본다. 아이가 채선의 말을 따라 도리화가 한 소절을 이어 불렀다.

소리가 소리를 부르고 소리가 소리를 좇았다. 그미는 처연하게 울다가 웃었다. 동리정사의 소리도 드높게 울려 퍼졌다.

채선의 입에서는 여전히 소리가 흘러넘쳤다.

동리 신재효는
조선 후기 판소리 연출가이자 지도자였다.
동리정사라는 판소리 학당에서
수많은 명창들을 키워냈으며,
대원군의 지원 아래, 떠돌던 광대소리를
정리하고
판소리 여섯 마당을 체계화했다.

신재효의 제자 진채선은
1867년 경복궁 낙성연에 올라,
조선 최초의
여류 명창이 되었다.
이후 대원군의 대령기생으로 살다
그 행방이 묘연해진 것으로 알려졌다.

도리화가
1867년, 조선 최초 여류 소리꾼 이야기

원작영화

도리화가 ⓒ 2015 CJ E&M CORPORATION, ALL RIGHTS RESERVED

초판 1쇄 발행 2015년 11월 25일

지은이 임이슬 이종필 김아영
펴낸이 윤승일
펴낸곳 고즈넉

출판등록 2011년 3월 30일 제319-2011-17호
주소 서울시 동작구 등용로 37, 106동 201호
대표전화 02-6269-8166 **팩스** 02-6166-9199
이메일 realfan2@naver.com

ⓒ 임이슬, 2015
ISBN 978-89-6885-035-6 03810